KB063439

가짜화가

이중섭

가짜화가

이중섭

초판 1쇄 인쇄 | 2016년 6월 27일
초판 1쇄 발행 | 2016년 7월 1일

지은이 | 이재운
펴낸이 | 이춘원
펴낸곳 | 책이있는마을
편   집 | 이경미
디자인 | 고 니
마케팅 | 강영길
관   리 | 정영석

주 소 | 경기도 고양시 일산동구 장항2동 753 청원레이크빌 311호
전 화 | (031) 911-8017
팩 스 | (031) 911-8018
등록일 | 1997년 12월 26일
등록번호 | 제10-1532호
이메일 | bookvillagekr@hanmail.net

ISBN 978-89-5639-258-5 03810

이재운 장편소설

가짜화가

책이있는마을

"작품이 너무 많아도 안 좋지.
미술은 상품이고, 화랑은 시장이야.
그러니 화가의 인생이란
상품 포장지라고나 할까."

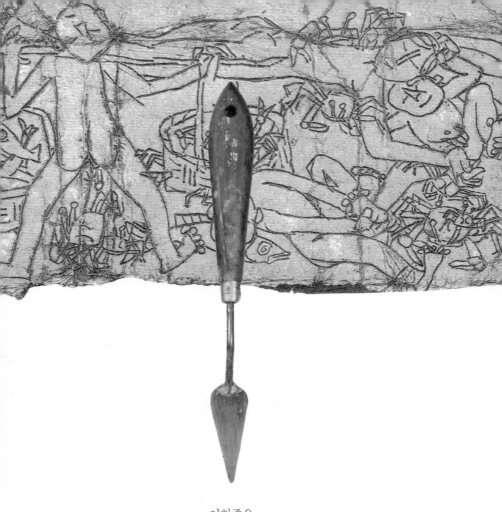

이허중은

비록 가공인물이지만 아직 살아 있다.

우리들 사이에, 우리들 가슴에.

그리고 "넌 고흐처럼 그림을 그리는구나."란

말을 듣는…….

차 례

프롤로그

제2차 세계대전이 끝나자마자 독일군 치하에 있던 네덜란드는 나치에 부역한 매국혐의자들을 줄줄이 체포하기 시작한다.

이런 가운데 한스 반 메이허런이라는 화가도 나치 부역자로 체포되어 법정에 선다. 그는 네덜란드가 자랑하는 화가 요하네스 페르메이르의 그림을 나치에 팔아넘긴 혐의로 기소되었다. 언론은 그를 가리켜 네덜란드의 영혼을 팔아먹은 매국노라고 비난했다.

그러나 한스는 자신의 작품을 혹평해온 평론가들의 허상과 위선을 폭로하기 위해 일부러 페르메이르의 위작을 만들어 화상(畵商)을 통해 나치 실력자 괴링에게 팔아넘겼다고 주장한다. 모조그림일 뿐이라는 것이다.

"미술 감정가들이 진품으로 판정한 페르메이르의 초기 작품들은 사실 내가 그린 것입니다. 특히 괴링에게 판 위작들은 파란색을 표현할 때 17세기 안료인 울트라마린 대신 코발트블루를 섞어 나중에라도 위작임이 밝혀지도록 했습니다."

그의 증언으로 네덜란드 미술계는 발칵 뒤집힌다. 네덜란드 국민들은 나치 실력자 괴링에게 위작을 팔고 약 1500억 원(165만 굴덴)을 받은 그를 가리켜 나치를 조롱한 위대한 화가로 치켜세웠다.

이에 네덜란드 정부와 판사들은 그에게 실제로 그림을 그려볼 것을 명령한다.

- 재판 받는 한스 반 메이허런(왼쪽), 〈박사들 사이의 그리스도〉를 실제로 그려 보이는 한스(오른쪽).

캔버스가 들어오고, 붓과 물감이 마련되었다. 판사, 검사, 변호사, 정부 관료 들이 모두 숨을 죽이고 있는 가운데 그는 붓을 잡았다. 아니나 다를까, 한스는 페르메이르의 작품을 기막힌 솜씨로 그려낸다.

그는 나치 부역 혐의는 벗지만, 네덜란드 미술계를 조롱한 죄가 인정되어 징역형을 선고받고 복역 중 심장마비로 사망한다.

한스 사건 이후 수백 점이나 되던 페르메이르의 작품은 78점으로 줄어들고, 나중에는 56점만이 진품으로 인정되었다. 그마저도 정밀 감정 결과 페르메이르가 그린 진품은 약 30점에 불과한 것으로 밝혀졌다.

그러나 이 30점에 대해서조차 누구도 페르메이르의 진품이라고 확신하지는 못한다. 진품과 위조품을 물감이나 종이의 질 차이 등으로 구분하려는 것은 골동품에나 해당되는 말이다. 화가의 혼이 들어갔느냐, 들어가지 않았느냐, 이를 감정할 방법이 있지 않는 한 진품과 위조품의 싸움은 끝날 수가 없다.

- 요하네스 페르메이르, 〈진주 귀고리를 한 소녀〉
한스는 이 작품도 위작으로 만들어 괴링에게 팔았다.

I.
이중섭 그림을 구해오라

1958년 1월 말, 일본 도쿄 도심에서 항구 쪽으로 비켜난 허름한 호텔, 도쿄 대공습 때 무지막지한 네이팜탄 공격에도 살아남은 작은 호텔이다. 인근에는 복구되지 않은 빌딩 잔해가 음산한 분위기를 지킨다. 유기견이 어슬렁거리고 키 큰 쑥대가 하얗게 말라 있다. 도쿄는 아직도 패전의 그림자를 다 거두지 못하고 있다. 핵폭탄 두 발 앞에 완전히 무너진 지 14년, 또다시 사람이 살아간다. 그뿐만 아니라 욕망이 먼저 일어난다.

하루 종일 비가 내려 그렇지 않아도 창밖이 흐릿한데 짙은 갈색 커튼이 반쯤 쳐져 있다. 가까이 있는 사람 얼굴은 윤곽이나마 겨우 보이지만 구석에 서 있는 새끼야쿠자들은 그저 시커먼 그림자로만 보인다.

"이런 허접쓰레기는 다 필요 없소."

마창룡은 대답 대신 그의 눈을 뚫어져라 바라보았다. 수긍할 수 없다는 강렬한 신호다.

마창룡의 눈빛에 눌렸는지 그는 고개를 숙여 다른 그림을 뒤적거렸다. 그러다 딱 한 점을 가리킨다.

"이 그림, 이건 얼마짜리요?"

마창룡은 그가 가리킨 그림을 벌써 네 번째 관심 있게 들여다보고 있다는 걸 눈치로 알았다. 구매력이 느껴진다.

그림 수집이 취미라는 야쿠자 오사카지부 두목 야마시다는 마창룡이 내보인 그림과 골동품 중 다른 건 다 밀쳐버리고 유독 이중섭의 그림 한 점을 지목했다. 〈길 떠나는 가족〉이다.

- 이중섭, 〈길 떠나는 가족〉

13

마창룡은 재빨리 머리를 굴렸다.

이 그림이 얼마냐?

네 번이나 들여다볼 정도로 관심이 간다는 뜻이다.

이런 질문에 정답은 없다. 가격이란 서로 합의하면 되는 것일 뿐 하한선도 상한선도 없다.

그가 이중섭 그림을 구하는 데는 사실 돈이 얼마 들지 않았다. 하지만 다른 그림과 골동품을 사는 데 쓴 돈, 경비, 적당한 이윤, 애인에게 사준 금목걸이 값, '예술 깡패' 임화수가 재촉하는 뇌물까지 두루 계산하니 100만 환은 불러야 할 것 같다. 그가 일제 때 전쟁으로 정신없던 도쿄 바닥을 구르며 배운 것도, 지금 임화수 밑에서 배운 것도 오로지 눈치뿐이다. 눈치로 시험을 보면 동경제대라도 들어갈 수 있다고 너스레를 떨던 그다.

마창룡은 눈을 질끈 감았다가 살며시 뜨며 이 액수를 '용감하게' 불렀다.

"햐쿠만(100만)."

"햐쿠만?"

야마시다는 눈을 내리깔며 다시 한 번 이중섭의 그림을 뚫어지게 들여다보았다. 그 가격에 합당한 그림인지 다시 재보는 것이다. 하지만 마창룡은 그가 이 그림을 다섯 번째 보고 있다는 걸 헤아리고 있다.

유리창을 두드리는 겨울비 소리가 가느다랗게 들려온다. 마창룡은 유리창에 흘러내리는 빗줄기를 물끄러미 바라보았다. 거래 중 여유는 그림의 여백 같은 것이다. 잴 수 없는 힘이다. 이런 힘은 종종 돈으로 환원된다.

새끼야쿠자가 벽난로로 다가가더니 잘게 쪼갠 장작을 몇 개 더 넣는다. 새끼야쿠자는 거래가 길어질 것으로 보는 모양이다. 외투를 벗어 그렇잖아도 한기가 느껴지는데, 야쿠자들도 추운 모양이다.

마창룽은 거래를 빨리 끝내고 싶지만 야쿠자들은 아직도 뜸을 들인다. 그렇다고 서둘 것도 없다. 파느냐 못 파느냐가 중요하지 가격은 중요하지 않다. 오늘 팔아도 좋고 내일 팔아도 좋다. 팔 수만 있다면 1년이라도 기다릴 수 있다. 전후 복구가 늦어진 고국의 현실은 한 푼의 달러, 아니 도쿄의 어린애들이 들고 다니는 10엔짜리 동전이 아쉬운 지경이라 흥정을 걸 만큼 한가하질 못하다. 100만 환이라면 야쿠자 두목이 고민할 정도로 큰돈은 아니다.

"흠."

그가 침을 꿀걱 삼킨다.

물론 마창룽이 제시한 100만 환은 결코 적은 돈이 아니다. 으레 깎으려니 하고 불러보기나 했을 뿐이다. 파는 게 목적이므로 그들이 깎자고 대든다면 기꺼이 깎아줄 준비가 돼 있다. 50만 환, 아니 20만 환을 준다고 해도 팔 생각이다.

이번에는 뭐라도 꼭 팔아 엔화 가방을 들고 돌아가야만 한다. 임화수에게 돈줄이 생겼다는 걸 확실히 보여줘야 조직 내 입지가 강화된

15

다. 조직에서는 서열이 중요하고, 마창룡은 이 서열을 돈으로 지켜야
한다.

이윽고 장고를 끝낸 야마시다가 고개를 끄덕였다.

"요시(좋소)!"

마창룡은 그 말에 안도하며 야마시다가 거부한 다른 그림과 골동을
거두어 큰 가방에 차근차근 집어넣었다. 100만 환이란 거금에 거래가
성공했으니 대박이 난 셈이다. 표정을 관리해야 한다.

이윽고 야마시다의 부하가 돈가방을 가져오더니 마창룡에게 열어
보였다.

"응?"

"햐쿠만 엔, 가조에테 미테(세어봐)."

'100만 엔?'

순간 마창룡의 가슴이 덜컹했다. 그는 재빨리 가방 속 돈다발로 시
선을 묻었다. 당황한 얼굴 표정을 들켜서는 안 된다.

세상에, 그가 생각한 액수보다 열 배, 아니 그 이상으로 크다. 100만
환도 배짱으로 부른 건데, 가방 속에는 그 열 배가 넘는 100만 엔이 들
어 있다. 1만 엔짜리 화폐가 다발로 묶여 있다. 100장이 맞는지 세어볼
엄두가 나지 않는다.

야마시다며 야쿠자 새끼깡패들은 죄다 무표정하다.

아차차, 여긴 서울이 아니라 일본의 도쿄다.

100만 엔이면 빌딩이라도 살 수 있는 거금이다. 지금 그런 거액이 눈앞에 있다. 그가 가져온 그림과 골동을 다 주어도 아깝지 않다. 시선을 어디 둬야 할지 모르겠다. 소리를 지르고 싶고, 당장이라도 국제전화를 걸어 임화수에게 자랑하고 싶다.

돈벼락을 맞아도 제대로 맞았다. 하지만 속마음을 들켜서는 안 된다. 커튼이 드리워져 있는 게 다행이다 싶다. 마침 비 내리는 날이라 고맙다는 생각까지 든다.

마창룡은 심장이 콩닥거리는 걸 숨기려고 눈을 질끈 감았다가 얼른 떴다.

"마, 맞습니다."

야마시다는 돈가방을 닫은 뒤 마창룡 쪽으로 밀었다.

마창룡은 볼 것도 없이 이 가방을 오른손으로 번쩍 들면서 일어섰다. 왼손은 팔지 못한 골동과 그림을 넣은 가방을 들어야 한다. 좌우로 가방을 드니 든든하다. 무게라면 왼쪽 가방이 무겁지만 돈이 든 오른쪽 가방이 더 든든하다. 어깨에 힘이 오른다. 뿌듯하다.

복권이 맞아도 이보다 더 좋지는 못하리라. 마창룡은 이렇게 생각하면서 그 자리를 빨리 뜨고 싶어 야마시다에게 서둘러 목례를 건넸다.

그러는 마창룡을 야마시다가 도로 앉혔다. 그의 손등에 깊게 팬 칼자국이 선명하다.

"어허, 급하긴."

"……?"

17

"이중섭 그림, 얼마나 더 있소? 있는 대로 다 사고 싶소."

"아, 예. 구해봐야 압니다만, 왜 유독 이중섭 그림을? 신윤복이나 장승업, 정선같이 유명한 그림도 많은데……."

"조선 수묵화 따위는 필요 없고, 이중섭은 지유텐(自由展)[1]에서 태양상을 수상한 거장이야. 소문에 들으니 몇 년 전 요절했다더군. 그럼 그림 값은 더 치솟을 것이고. 너희 한국은 6·25전쟁을 치른 끝이라 이런 게 귀한 줄을 몰라. 야마모토, 〈망월(望月)〉 가져와봐."

곧 구석에 서 있던 새끼야쿠자 하나가 들고 있던 큰 종이봉투에서 그림 한 장을 꺼내어 야마시다 앞에 펼쳐 보였다.

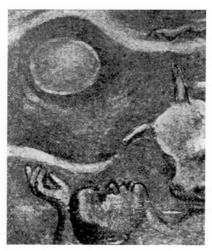

– 이중섭, 〈망월〉

---

1) 일본 화가 단체 자유미술가협회(自由美術家協會)에서 개최하는 공모전.

"이 그림 제목이 뭔지 아나?"

"글쎄, 본 적이 없소."

"〈망월〉이야. 지유텐에서 태양상을 받은 바로 그 작품이지."

"아, 말은 들었습니다만……."

"인쇄한 거니까 하나 가져가. 혹시라도 조선에 진품이 있을지 모르니 찾아봐. 이중섭 작품을 더 찾아올 수 있겠소?"

"물론이지요. 사실 저는 이중섭이 일본 유학 때 사귄 고향 동생입니다. 제가 이중섭에 대해선 아주 잘 아니 한국을 다 뒤져서라도 작품을 구해오겠습니다."

마창룡은 이중섭이 원산에 살 때 그 지역에 있기는 있었다. 하지만 원산에서는 서로 알지 못했고, 일본에 와서야 성명을 통하고 얼굴을 익혔다.

"구하기만 하면 내가 다 살 테니 언제든 연락해. 우리 일본은 너희들이 전쟁을 해준 덕분에 그림이나 골동을 살 만큼 형편이 되살아났어. 얼마든지 가져오라구."

"물론입죠."

"다른 그림은 안 되고 이중섭 작품이어야 돼. 그래야 돈이 되거든. 옛날 골동품이라며 가져오는 사람들이 있는데, 좋은 거는 우리가 식민지할 때 다 가져왔잖아. 그러자니 이중섭밖에는 장사가 안 되는 거야."

식민지 운운하는 말에 기분은 언짢지만 마창룡이 마음먹고 대들기에는 그의 지식이 너무 얕고, 어쨌든 을(乙)이다.

거래를 마친 마창룡은 서둘러 귀국 길에 올랐다.

가방 두 개를 들었건만 하나도 무겁지 않다. 일제 물건을 바리바리 샀으니 서울까지 끌고 갈 짐은 더 많다. 하나도 거추장스럽지 않다.

부산으로 향하는 연락선이 느릿느릿 떠가는데도 기분만은 하늘을 나는 것만 같다.

마창룡은 보는 사람이 없는 데서 우하하하 웃으면서 돈가방을 움켜잡은 채 현해탄을 건너 한국으로 향했다. 현해탄 시커먼 바닷물을 보아도 웃음이 나왔다.

'바보 같은 것들! 뭐, 사랑? 사랑이 밥 먹여준다더냐!'

한때 그도 알고 지내던 윤심덕과 김우진이 〈사의 찬미〉란 노래를 남긴 채 투신한 그 현해탄 빠른 물살이 마창룡의 눈에는 기운차고 희망차 보인다. 사랑, 사상 따위보다야 돈이 훨씬 좋다는 걸 마창룡은 뼛속 깊이 배웠다.

예상치 않은 거액을 받아든 마창룡은 서울에 돌아가는 대로 두목 임화수에게 50만 환을 잘라 바쳤다. 시치미 딱 떼고 그림 한 점을 50만 환에 팔았다고 보고한 것이다.

"뭔데 50만 환이나 받아? 누구 작품이야?"

임화수도 조선인 화가의 그림을 50만 환에 팔았다는 말이 믿기지 않는 모양이다.

"이중섭이라고, 몇 년 전 황달 걸려 죽은 제 친구 작품이지요."

"뭐하는 자야? 몇 살에 죽었는데?

"뭐하긴요, 화가니까 그림을 그렸지요. 제가 얼굴을 좀 아는 고향 동생인데, 몇 년 전에 덜컥 죽었어요. 마흔한 살이던가…… 요절이지요. 예술가들은 요절해야 몸값이 올라간다는데 딱 맞게 죽어줬지요. 화가는 생짜라도 죽어야 그림 값이 나간다잖아요."

"술 처먹다 죽었나, 젊은 사람이 왜 그렇게 일찍 죽어? 나보다 두 살밖에 안 많은데. 아이고, 억울해서라도 그 나이에는 못 죽겠다. 그나저나 화가는 뭐 일찍 죽어줘야 그림 값이 오른다니까, 네 말이 딱 맞는가 보네. 그깟 종이쪽을 50만 환이나 주고 사는 놈이 있으니."

영화계의 대부를 자처하는 임화수인 만큼 그림이며 골동 쯤은 풍월로 들어 대충 안다. 그의 머리로는 결코 50만 환 이상으로 뻗어나가질 않는다.

"이중섭은 전쟁 중에 피난살이를 이기지 못하고 처자식을 일본에 보내 생이별했답니다. 그 뒤 외로움에 지쳐 고생만 하다 병으로 죽었지요. 화가가 죽는다고 다 값이 오르겠습니까? 그래도 중섭이 동생 정도는 돼야 그림 값이 좀 오르는 편이지요. 시원찮으면 개죽음이지요."

"고향 동생이라?"

"같은 원산 출신이라 좀 안면도 있고, 도쿄에서는 고향 후배라고 더러 어울렸는데 제가 나이만 조금 더 많지 가방끈이 짧아서 깊이 사귀지는 못했고요. 무식한 형 소리 듣기 싫어서 제가 피해 다닌 셈이지만요. 제가 철학을 압니까, 예술을 압니까."

"그러게 남들 유학할 때 따라서 공부를 좀 하시지 않고? 할 일이 그리 없어 도쿄까지 가서 모찌 장사나 하다 왔소? 마형, 아무리 그래도 한글은 좀 배워야 하는 거 아니오?"

"일본어는 그래도 더듬더듬 읽는데, 나이 먹어 귀국하니 한글 배우기도 힘들고, 또 몰라도 장사하는 데 별 지장 없더라구요. 헤헤. 시간도 없고, 나이도 먹을 만큼 먹었잖아요."

"허 참, 한글이라도 배워두라니깐. 하여튼 그림이고 골동이고 일본놈들이 아주 좋아한다니까 형이 싹 쓸어다 팔아봐. 쪽바리새끼들, 6·25 덕분에 거지 신세를 면하더니 또 조선 골동품만 찾는다더군."

그림 값이 만만치 않다는 걸 안 임화수는 내심 입이 떡 벌어졌다. 이승만을 대통령 선거에 또 당선시키려면, 특히 그의 후견인이나 다름없는 이기붕을 부통령에 꼭 당선시키려면 이래저래 검은돈이 필요한데, 목돈을 챙길 쉬운 길이 하나 생긴 것이다. 임화수는 "박사각하께서 대통령을 네 번 하고 나면 다섯 번, 다섯 번 하고 나면 여섯 번을 하게 해드려야 우리들 세상이 쭈욱 계속된다."며 부하들을 다그쳤다.

사실 임화수는 다가오는 설에 이승만에게 바칠 큰 선물을 준비하고 있는 중이다. 매년 설이 되면 '박사각하'가 깜짝 놀랄 큰 선물을 들고 세배를 가곤 했는데, 이번 설에는 마침 대통령 선거도 있으니 더 큰 걸 준비해야 한다면서 틈만 나면 그 고민이다.

"박사각하께서 영원무궁토록 경무대에 눌러 계셔야 우리도 밝은 세상에서 보란 듯이 산단 말이야. 그러자면 형도 돈을 많이 만들어 오시라구. 그래야 큰돈을 벌지. 돈이 돈 버는 거 알잖아? 배운 거 없는 사람은 그저 돈이 제일이야."

임화수는 이때 〈독립협회와 청년 이승만〉이라는 대작 영화를 만드는 중이었다. 이승만을 독립영웅으로 그리는 관제 영화인데, 그래야만 이기붕까지 부통령에 당선시킬 수 있기 때문에 자유당은 4000만 환이라는 거액을 제작비로 지원했다. 출연자는 무려 500명, 엑스트라가 6만 명이나 된다. 이승만, 서재필이 나오고, 김구 따위는 그림자도 없다. 안양군에 대형스튜디오까지 지어 제대로 찍었다. 선거가 있는 3월 15일 이전에 개봉해서 득표율을 한껏 올려볼 참이다. 그런 만큼 이승만의 삼선도 중요하지만, 그야 당연하다는 믿음을 갖고 있고, 무엇보다 이기붕의 부통령 당선이 중요하고 간절하다.

"영화도 성공해야 하고, 돈도 만들어야 해. 문화예술인들이 똘똘 뭉쳐 박사각하를 지켜야지."

마창룡은 임화수보다 나이가 한참 많다. 임화수는 서른아홉 살, 마창룡은 훨씬 많은 마흔여섯 살이다. 그래도 임화수가 두목이니 마창룡은 말투까지 공손하고, 마디마디 또박또박 알아듣기 쉽게 발음해야 하고, 그의 말이 완전히 끝나야만 겨우 한마디쯤 말할 수 있는 부하다.

"예, 얼마든지 긁어모으겠습니다. 이중섭이 죽은 지 얼마 되지 않으니 그림을 갖고 있는 놈들이 꽤 있을 겁니다. 전쟁 끝난 지 오래되지 않아 그런 거 들고 있어봐야 돈이 되질 않으니 적당한 값에 두루 사들이지요."

"마형, 이중섭이하고 진짜 동향 친구 맞기는 맞는 거지?"

"저 같은 무식쟁이가 뭐 그냥 얼굴이나 겨우 아는 정도라니까요. 이중섭이야 원산에서도 알아주는 부잣집 도련님이었는걸요. 저는 가난뱅이라서 같은 원산에 살았어도 서로 다른 세상에 산 셈이었지요. 중섭이는 천국, 저는 지옥에 산 셈이라니까요."

"얼굴 알면 됐지. 핑계대지 말고, 그 친구 그림, 조선 팔도를 다 뒤져서라도 싹쓸이해와. 지금 우리가 돈이 얼마나 필요한지 마형도 잘 알잖아? 영주 형 통치자금을 충실히 대줘야 우리 자리도 생기는 거야. 게다가 2년 남은 선거에서 또 반드시 이겨야 하는데, 박사각하 나이가 좀 많으셔? 박사각하께서 만에 하나 지기라도 하면…… 아이고, 우린다 죽는 거야. 다 감옥 가. 알았어, 형?"

"예, 사장님."

"대신 박사각하가 당선되시면 우리가 가는 길에는 거기가 어디든 붉은 양탄자가 쫘악 펼쳐지는 거야. 가는 곳마다 풍악이 울리는 꽃길이요, 하늘에는 만국기가 휘날리지. 박사각하의 품안에서 우리도 한바탕 잘 놀아보자구. 마형, 형이 비록 일자무식이라도 군수 정도는 시켜줄수 있어. 쪽팔리게 관 뚜껑에 학생부군이라고 적을 순 없잖아. 아, 내년이라도 내가 그 뭐냐, 장관만 되면 내 손으로도 작은 벼슬 몇 개쯤 나눠줄 수 있다구. 우리 영주 형이 못하는 게 뭐냐구. 형은 그저 골동품, 그림, 그런 거만 잘 팔아보라구. 난 영화 찍느라고 바쁘잖아."

"예, 예!"

임화수가 말하는 영주 형이란 경무대 경무관 곽영주를 가리키는 것이다.

곽영주는 이승만이 막내아들처럼 알뜰살뜰 여기는 경호관이다. 일제 때 헌병하사관으로 복무하고, 해방 후 경찰이 되어 지금은 경무대 경찰서[2]장 겸 경무관으로 승진해 무소불위의 권력을 쥐고 있다. 경찰과 군인 대부분은 일제 순사와 일본군 출신이지만 '박사각하의 세상'에서는 아무도 그런 걸 따지지 않는다. 6·25전쟁 때 전방을 지키는 장군들조차 거의 다 일본군 출신들이었다. 그래서 그런 건 아니지만 6·25전쟁은 남북 모두 비참한 패배를 당하고 불행을 겪었지만 오직 일본만은 어마어마한 돈을 버는 행운의 전쟁, 축복의 전쟁이었다. 김일성이 일으킨 이 전쟁으로 해방 후 가까스로 숨이나마 쉬던 남북은 거의 죽다시피 하고, 핵폭탄 맞고 다 죽은 일본은 기사회생한 것이다.

경기도 이천 출신의 곽영주는 다섯 살 많은 1917년 이천 출신 깡패 이정재의 비호를 받아 승승장구했다. 여기에 이천과 가까운 여주 출신 임화수까지 셋이 삼총사로 뭉쳐 권력의 똬리를 틀었는데, 이 둥지 언저리에 마창룡도 붙어 있는 것이다.

곽영주는 처음에는 이승만 대통령의 경호업무를 맡은 경무대 경찰서 소속 경찰이었는데, 이중섭이 죽던 해에 치른 정부통령 선거에서 이기붕이 낙선하면서 전면에 등장했다. 뜻밖에 낙선한 이기붕은 관권

---

2) 경무대를 경호하는 경찰 및 군 병력으로 사실상 경호업무를 맡았다. 제3공화국 때 대통령 경호실로 개칭·설치되었다.

선거를 제대로 치르지 않았다는 이유로 내무장관 김형근을 사임시키고, 치안국장 김장흥을 끌어내려 강원도지사로 좌천시켰다. 그러면서 경무대 경찰서장 김국진을 갈아치우고, 그 자리에 새파란 일본군 하사 출신 곽영주를 앉힌 것이다. 그러니 새 내무장관, 새 치안국장, 새 경무대 경찰서장은 어떡하든 다음 선거에서 이승만을 대통령에 당선시키는 것은 물론 이기붕을 반드시 부통령에 당선시켜야 하는 절대 특명을 받은 셈이다.

이때부터 곽영주는 이기붕 당선을 위해 은밀히 세를 조직했는데, 그 시작이 고향 선배인 깡패 이정재를 포섭하는 일이고, 이어 여주 깡패 임화수까지 끌어들인 것이다.

특히 임화수가 그토록 곽영주를 모시는 것은, 곽영주가 어떡하든 문교부장관 자리 하나는 받을 수 있게 해주겠다는 귀뜸해주었기 때문이다. 그래서 요즘은 〈독립협회와 청년 이승만〉이란 영화를 열심히, 정말이지 죽을힘을 다해 찍고 있다. 최고의 감독이라는 신상옥을 잡아다 족치고 김진규, 황정순, 최은희, 엄앵란, 김석훈, 도금봉, 남궁원, 황해, 김지미, 박노식, 윤일봉 같은 명배우들을 모조리 엮어 넣었으니 영화가 안 될 리가 없다. 연기자만 500여 명을 쓸어 넣고, 엑스트라를 6만 명이나 동원한 초대형 영화인 것이다. 엑스트라가 모자라 임화수가 직접 수하의 깡패들을 동원하기도 했다.

이런 여러 가지 사정 때문에 임화수는 스스로 자신을 문화예술계를 대표하는 인물로 가다듬어 나갔고, 기어이 문교부장관은 한번 하고야

말겠다는 열망을 움켜쥐고 있었다.

이런 마당이니 마창룡이 임화수를 따르지 않을 수가 없다. 임화수 곁에 있는 한 이승만 정권에서는 최소한 굶어죽을 일이 없는 것이다. 하, 그런데 군수라니.

마창룡은 임화수가 이끄는 반공예술인단에도 끼어 이중섭의 그림을 수집하는 일을 포함하여 전쟁 통에 쏟아져 나온 서화나 골동품 따위를 쓸어 모아 일본에 갖다 파는 일을 도맡고 있었다. 일제 말기부터 도쿄에서 장사를 해온 그는 6·25전쟁 이후 일본을 상대로 한 밀수라든가 골동품을 팔아 자금을 마련하려던 임화수의 눈에 띄어 지금까지 그의 부하 노릇을 해오고 있다.

2.
춘화 쇼

임화수의 명령을 받은 마창룡은 그가 운영 책임을 맡고 있는 명동의
비밀 룸살롱 '달맞이꽃'으로 건너갔다. 달맞이꽃은 임화수가 돈줄 삼
아 운영하는 호화 술집인데, 마창룡이 이곳을 맡으면서부터 매출이 부
쩍 늘었다.

마창룡은 큰 룸 하나를 없애고 거기에 안이 다 보이는 유리를 삼면
에 설치하고, 밖에다 따로 객석을 마련했다. 그러고는 거기서 주말 밤
이 되면 비밀리에 춘화 쇼를 열었다.

마창룡이 시각에 맞춰 나가니 이미 준비가 끝나고, 관객들 수십 명
이 유리창 밖에 모여 침을 삼키고 있었다.

겨울이다 보니 두꺼운 외투를 입고 온 사람들이 많은데, 마창룡은 새끼깡패들에게 손님들이 옷을 훌훌 벗어던질 만큼 난로에 땔나무를 많이 넣으라고 시켰다.

"날씨가 너무 추우면 좆이 꼴리질 않아. 장작이고 석탄이고 아끼지 말고 마구 때라구. 피가 따뜻하게 돌아야 매상이 쭉쭉 오르는 법이야. 저 새끼들 좆을 다 세우라고. 그게 돈이야!"

입구를 지키는 새끼깡패들은 머리를 툭툭 꺾으며 마창룡의 말을 마디마디 받들었다.

한 놈이 앞장서더니 춘화 쇼가 벌어지는 곳으로 길을 열었다.

"오늘도 손님이 많이들 오셨군."

새끼깡패는 마창룡을 맨 앞자리로 안내했다.

마창룡은 명색이 달맞이꽃 사장이다. 물론 자타공인 바지사장이지만, 새끼깡패들한테는 마음껏 소리를 지를 수 있다.

춘화 쇼는 밤 열한 시는 돼야 시작한다. 밤에 피는 꽃들이 우글거리는 업소이니 벌 나비도 이 시각에 맞춰 모여든다. 밤 열한 시란, 손님들이 눈 맞은 아가씨들을 하나씩 꿰차고 쇼룸에 나올 수 있는 적당한 시각이다. 관객들 간에 서로 마주치지 않게 사이사이 비단 커튼을 쳐놓았기 때문에 이 쇼는 더 성황이다. 비단 장막 사이에서 무슨 일이 벌어지는지 피차 모른다. 보이는 건 춘화가 그려지는 것하고, 거기서 뒹구는 알몸의 남녀뿐이다.

유리창 안에는 위아래 남김없이 다 벗어젖힌 여성 모델과 남성 모델이 오직 얼굴에만 화려한 가면을 쓰고 침대에 누워 실제 정사 장면을 연출 중이고, 화가 한 명이 창 쪽으로 등을 보인 채 부지런히 그림을 그리고 있다. 원래 미군부대 근처에서나 볼 수 있는 특별한 쇼인데, 임화수가 힘을 써서 명동 한복판에 이처럼 화끈발끈한 룸살롱을 차려놓았다.

관객들은 숨을 죽이고 모델들의 적나라한 성희를 보면서, 한편으로 춘화가 그려지는 걸 지켜보았다. 남녀 모델이 움직일 때는 별 반응을 보이지 않던 사람들도 화가의 손길이 스쳐 지나가기만 하면 뜨거운 숨을 몰아쉬곤 했다.

바지사장 마창룡은 흐뭇하게 미소를 지었다. 전에 관객들에게 실제 정사 장면만 보여줄 때는 손님들 반응이 심드렁했다. 미군부대가 있는 동네야 목적이 하나뿐이니 그런 저질이 통하는지 모르지만, 서울에서는 막장 술집으로 낙인이나 찍힐 뿐이다. 그래도 명색이 예술의 거리 명동이다. 손님들 체면을 세워줘야 한다면서 마창룡이 짜낸 아이디어가 바로 춘화 쇼다.

마창룡이 화가를 데려다 현장에서 춘화를 그리게 한 뒤로는 반응이 그야말로 폭발적이다. 손님들은 저질 퇴폐 쇼를 보는 게 아니라 특이한 그림 쇼를 감상한다는 핑계로 떳떳이 달맞이꽃을 드나들었다.

게다가 춘화 쇼를 하는 이 화가는 어찌나 솜씨가 좋은지 단 20~30초면 한 장씩 뚝딱 그려내는데, 실제 정사 장면보다 그림이 훨씬 더 음란하다. 초점을 맞춰 부분을 확대하거나 얼굴 표정을 기가 막히게 묘사하기 때문인데, 춘화는 즉석에서 돈으로 팔릴 뿐만 아니라 춘화 쇼를 한 날의 달맞이꽃 매출은 쑥쑥 올라간다. 손님들은 실제 포르노를 감상하는 게 아니라 단지 그림을 감상한다고 착각할 정도로 춘화 쇼는 기대 이상이다.

이처럼 달맞이꽃 운영은 문제가 없다. 춘화 쇼가 계속되는 한 관할 경찰들만 적당히 구슬리면 걱정할 일이 하나도 없다. 사실 경무대 경찰이라면 모를까 일반 경찰 따위는 전혀 신경 쓸 일이 아니다. 임화수가 모시는 경무대 경찰서장 곽영주가 있는 한 대한민국 경찰은 누구도 시비를 걸지 못한다. 곽영주는 바로 임화수가 '박사각하'라고 부르는 이승만의 경호 책임자다. (경호실이 따로 없다.) 그 곽영주도 이따금 술을 마실 때는 달맞이꽃으로 행차하는데, 손님들은 경무대 사람들이 드나드는 술집이라고 수군대면서 더 많이 몰려들었다. 거기서 곽영주와 우연히 눈이라도 마주치길 기대하는 정객들이며 사업가들이 줄을 잇기 때문이다. 임화수는 이곳에 곽영주 전용 룸까지 만들어놓고, 평소에는 비워두었다가 곽영주가 나타나면 비밀금고 열듯이 활짝 열어주곤 했다. 그럴 때면 '알현'을 부탁해온 사람들을 길다랗게 줄을 세워놓고 임화수가 직접 점고를 해가며 하나씩 안으로 들여보내곤 했다.

다만 요즘의 문제는 머지않아 치를 정부통령 선거 자금을 만들어 오라는 임화수의 엄명을 얼마나 성실하게, 어떻게 빨리 지켜내느냐는 것이다. 어차피 불법선거, 관권선거를 치러야 하는데 돈이 여간 많이 드는 게 아니다. 불법 관권선거가 통하느냐 그렇지 못하느냐는 순전히 흔적 없이 돌아다닐 수 있는 눈먼 돈의 양에 비례한다.

마창룡의 머릿속은 온통 이중섭의 그림을 구하는 일로 복잡했다. 임화수가 문교부장관이 되면 어디 시골 군수쯤이야 못해 먹으랴, 마창룡도 그렇게 믿었다.

마창룡은 낮에는 주로 이중섭의 그림을 사기 위해 화랑을 찾아다니거나 화상들을 만나 소문을 모았지만 허탕 치기 일쑤였다. 발이 부르트도록 돌아다녔건만 일본에서 돌아온 뒤 한 달 동안 단 석 점밖에 구하지 못했다. 그 정도로는 임화수를 만족시킬 수가 없다. 물론 선거자금이야 마창룡 혼자만 구하는 것이 아니다. 영화감독을 자처하는 임화수가 알아서 훑는 곳이 부지기수이고, 그 밖에 이승만 대통령의 심복들이 여러 분야에서 두루 노력 중이다. 다만 이 짓도 경쟁이니 신경이 쓰이지 않을 수 없다. 적어도 남들보다는 많이 갖다 바쳐야 곽영주가 아는 체를 하지 안 그러면 버려지 보듯 하는 그의 차가운 시선에 얼어붙어 숨도 못 쉬게 된다. 장관을 꿈꾸는 임화수는 그런 경쟁에서 결코 지고 싶지 않았다. "군수라도 해먹어야 체면을 세우지." 하고 결심한 마창룡도 기꺼이 부담을 졌다.

그러던 어느 날 마창룡은 우연히 들른 한 화랑에서 이중섭에게 제자가 있었다는 소문을 들었다.

"제가 이허중……이던가, 그런 무명작가한테서 은지화 석 점을 산 적이 있습니다. 춘화도 그리고 초상화도 그리고, 극장 간판까지 그리는 아마추어 작가인데요. 죽은 이중섭에 대해서는 뭐든지 다 꿰고 있는 것 같더라구요."

이중섭에게 친구가 있다는 말은 많이 들어봤어도 제자가 있다는 건 처음 듣는 말이다. 이중섭은 돌아오자마자 해방이 되고, 이어 전쟁이 터져 월남하고, 고단한 피난살이를 하느라 어디서도 화실을 가져본 적이 없다.

"이중섭 제자요? 내가 중섭이를 좀 아는 편인데, 우울증에, 간경화에, 그러고도 정신병 앓기 바빴는데 언제 어디서 어떻게 제자를 두었다지요? 금시초문이네요?"

"그야 모르는 일인데, 그 무명작가가 그렇게 자칭하더라구요? 이래 봬도 제가 이중섭 화백의 제자입니다, 이러더라니까요."

"그래요? 하긴 뭐 내가 이중섭하고 좀 아는 사이이긴 하지만 내가 나이도 많고, 그리 친한 사이는 아니었으니까. 서귀포에서 두었을 수도 있고, 통영이나 대구에서 둘 수도 있고."

"은지화 같은 건 이중섭 화백하고 아주 가깝지 않으면 소장하기가 쉽지 않아요. 정식 그림이 아니라서 가까운 주변 사람에게 나눠주고 푼돈이나 바꿔 쓴 정도라잖아요."

사실 마창룡은 친구인 이중섭의 그림을 단 한 점도 갖고 있지 않다.

애초 그림이 무슨 가치가 있으랴 싶어 가질 생각을 하지도 않았고, 또 그림을 주고받을 만큼 친한 사이도 아니었다. 나이도 마창룡이 더 많은 데다 이중섭이야 부잣집 도련님에 인텔리고, 그는 도쿄 뒷골목을 헐떡거리며 뛰어다니던 장사치에 불과했다.

"그럼 그 작가가 이중섭 그림을 더 가지고 있을까요?"

"많이 있다고 하던데요? 이중섭이 그리다 버린 것도 다 주워놓았다더라구요."

"그래요? 정말입니까?"

마창룡은 이제야 제대로 찾았구나 싶었다. 진짜 제자가 있다면 노다지를 잡은 셈이다. 물건이 있기만 하다면야 협박을 해서라도 가져올 수 있다.

"이중섭의 제자라는 걸 엄청나게 자랑스러워하더라구요. 그렇잖아도 미술 공부를 하기 위해 이중섭이 머물렀거나 그림을 그린 적이 있는 도시를 일일이 답사 중이라더군요. 맞아요, 요즘은 부산항에 나가 노동을 한다고 했어요. 이중섭도 6·25 때 부산에서 피난살이하며 종종 부두 노동을 했다잖아요? 제자란 사람은, 주말이나 돼야 서울에 일이 있어 올라온다더라구요."

"부산항에서 일한다?"

"예, 그렇다고 했어요. 돈 버는 게 목표가 아니라 스승의 발자취를 제대로 느껴야 한다면서요."

"그래요? 이중섭에게 푹 빠진 사람이구만."

믿음이 간다. 이중섭을 느끼기 위해 그가 그림을 그린 장소를 찾아다니고, 이중섭이 노동한 곳까지 가서 직접 체험한다면 그야말로 진정한 제자 아니겠는가. 마창룡은 화랑 사장한테서 은지화 석 점을, 옥신각신 흥정 끝에 사들이고는 바로 부산으로 내려갔다.

서울은 아직 날씨가 쌀쌀한데 부산은 동백꽃이 피어나고, 제법 봄기운이 올라오고 있었다. 날씨가 따뜻해지면 선거가 얼마 남지 않았다는 뜻이다.

"제발이지 작품 좀 많이 갖고 있었으면 좋겠군."

마창룡은 이 무명작가를 만나면 이중섭 그림 몇 십 점은 구할 수 있으리라는 희망을 품었다. 그의 머릿속에서는 그림 한 점에 10만 엔, 100만 엔씩 달라붙는 장면이 자꾸만 떠올랐다. 이번 일만 제대로 해내면 그는 임화수 조직 내에서 제대로 끗발을 잡는다. 그 돈으로 이승만이 대통령에 당선되고, 이기붕이 부통령이 되고, 임화수가 장관이 되고, 그러면 시골 산간벽지의 군수 자리 하나쯤이야 거뜬히 얻어 줄 수 있다. 관 뚜껑에 써 붙일 직책 하나쯤 얻는 건 식은 죽 먹기일 것이다. 불우한 환경 탓에 일본을 드나들며 장사를 하느라 공부는 못했지만, 그렇다고 미관말직 하나 못 맡을 것도 없잖은가. 그는 그렇게 믿었다.

3.
부산항

1959년 여름.

바닷가에는 늘 배고픈 갈매기 떼가 몰려든다. 배고픔에 처연히 울부짖는다. 한 점 먹이를 찾아 힘겨운 날갯짓을 하며 항구를 날아다닌다. 전쟁 뒤끝이라 사람이나 짐승이나 저마다 먹이를 찾아 바삐 돌아다녀야만 한다. 마창룡은 도쿄 시절부터 이런 일에 익숙하다. 한 끼 밥을 구하기 위해 10리를 걷는 건 예사였다. 이문 단 1전을 벌기 위해 동짓달 골목길에서 오들오들 떨면서 장사를 한 적도 있다.

큰 배가 드나들 때면 갈매기가 더 많이 몰려든다. 일본에서 들어온 연락선이 항구에 닿자 갈매기들은 기를 쓰고 달려들어 승객들이 던져주는 먹이를 노린다. 빵조각이며 과자부스러기다. 그 갈매기 떼를 헤치고 이번에는 사람들이 달려든다. 일본에서 배 타고 들어오는 이익이 있고, 그런 사연마다 사람들이 달라붙어 서로 먹이를 다투는 소리를 질러댄다. 핵폭탄으로 불타버린 나라 일본이 도로 부자가 된 다음부터는 돈이고 물건이고 부산항을 통해 홍수처럼 밀려든다. 6·25전쟁이 끝났어도 부산항은 건재하다. 수도꼭지가 터지도록 쏟아지는 물줄기처럼 일본에서 들어오는 물자가 차고 넘친다. 고관대작이며 부자들이 쓰는 물건은 웬만하면 일본산이고, 그런 것들은 반드시 부산항으로 들어와 밤기차에 실린 다음 '박사각하가 계시는' 서울을 향해 기적을 울리며 달려간다.

보따리상들은 양팔저울처럼 어깨가 늘어지도록 양손에 짐가방을 들고 내린다. 마창룡은, 임화수 밑에 있지 않았다면 틀림없이 일본을 드나드는 보따리장수를 하고 있었을 것이라고 생각하며 부두 노동자들이 하역하는 쪽으로 찾아갔다.

배가 들어올 때마다 부두 노동자들이 우르르 몰려들어 짐을 내리기 시작한다. 이들도 다 배가 고픈 사람들이다.

연락선 짐칸이 열리면 거기 가득 찬 화물이 드러난다. 터지도록 빵빵하게 포장된 화물덩어리가 빈틈없이 가득 쌓여 있는 걸 보면 부두 노동자들은 기분이 아주 좋아진다. 힘든 건 두 번째, 세 번째 얘기고 일양이 많으면 품삯이 많아지니 저절로 입이 벌어진다. 뼈가 부서지더라도 일이 많아야 좋다.

부두 노동자들이 개미 떼같이 달려들어 한바탕 땀을 흘리고 나니 그 많은 화물도 금세 정리가 된다. 다음 배가 들어올 때까지는 저절로 휴식 시간이다.

그렇잖아도 햇살이 따가워 집중이 되지 않는데 귀까지 시끄러워 동료와 얘기를 하려 해도 잘 들리지 않는다.

"이씨, 안 들려? 누가 찾는다니까!"

누군가 그를 부르는 소리가 요란한 잡음을 타고 한 가닥 들려온다.

하역이 끝나 겨우 숨을 돌리고는, 담뱃갑 속지를 펼쳐놓고 손톱으로 꾹꾹 눌러 그림을 그리는데 누군가 그를 불렀다. 그는 그리다 만 그림을 접어 윗저고리 주머니에 넣고 목소리가 들려오는 방향을 향해 씨익 웃어 보였다.

고개를 돌려 뒤를 돌아다보니 막 연락선에서 내린 듯한, 말쑥하게 양복을 차려입고 하얀 중절모를 쓴 신사가 오른손을 높이 쳐들어 보였다. 아무리 봐도 누군지 알 수 없지만, 신사는 분명 그를 향해 손을 흔들고 있다. 마창룡이다.

눈이 부시다. 바닷물에 반사되는 햇빛까지 부두로 들이닥쳐 시야가 선명하질 못하다.

가까이 다가가 보니 정말 모르는 얼굴이다.

"혹시 저를…… 찾습니까?"

"은박지에 그림을 그리고 있었군? 근데 너…… 혹시?"

마창룡은 이허중의 얼굴을 보자마자 처음부터 말끝을 깎아버렸다. 무식한 깡패라서 그런 게 아니다. 낯이 익다.

"너, 달맞이꽃에서 일하는 그 화가 아니야?"

"예?"

"너, 맞지? 맞구나?"

"저를 어떻게 아시는데요?"

"맞네, 뭐? 너 이름이 뭐야?"

마창룡은 아직 춘화 작가의 이름조차 모른다. 그가 섭외한 것도 아니고, 그런 사람들까지 사장으로서 일일이 알 필요도 없다. 따지고 보면 달맞이꽃이 마창룡의 것은 더더욱 아니다. 마창룡이 맡아서 운영하는 임화수의 돈줄이요, 비밀 사업장일 뿐이다. 마창룡의 본업은 어디까지나 일본인을 상대로 하는 무역이요, 품목은 조선의 골동과 서화다. 일제 때 많이 수탈된 줄 알지만 고려청자나 조선시대 서책들이 마구 쏟아져 나온 건 6·25전쟁 무렵이다. 밀리고 밀어대는 전선을 따라 '부잣집' 피난민들이 남으로 남으로 밀려다니고, 그때마다 쌀과 바꾸기 위한 수단으로 이러한 가보들이 피난민 등짐으로 끌려 나오고, 그런 것들이 전후에 이리저리 구르다가 최근 일본 쪽으로 물꼬가 터졌다. 특히 몇 년 전부터 이런 보물급 골동 서화들이 뭉텅이로 흘러 다니는데, 막상 돈이 급하던 전쟁 통에는 거래가 잘 안 되다가 최근에 일본이 6·25전쟁 덕분에 경기가 되살아나면서 일제 때를 능가하는 구매력을 갖춘 것이다. 마창룡이 임화수 패에서 분명한 자기 몫을 갖게 된 까닭도 이 때문이다.

"이허중이라고 합니다만."

"이허중이라. 이런, 미안하네. 내가 여태 자네 이름도 몰랐군. 달맞이꽃 화가 맞기는 맞지?"

"그렇긴 한데요, 누구신데요?"

"그래? 이런이런, 등잔 밑이 어둡다더니만 내가 그런 꼴이군. 내가 달맞이꽃 사장 아니냐. 나 마창룡이다. 너, 나 못 봤어?"

"저 같은 사람이 사장님을 어떻게 알아요? 그냥 거기 밑에서 일하는 사람이 오라면 가고, 가라면 오는 거지요."

마창룡은 고개를 끄덕거리며 씨익 웃었다. 달맞이꽃에서 일하는 종업원이 수십 명이지만 마창룡은 이름을 잘 모른다. 그저 실무를 담당하는 새끼깡패들이나 겨우 알 뿐이다. 자주 가는 것도 아니고, 한 달 이상 가보지 못할 때도 있고, 더 길어도 운영에는 아무 문제가 없다. 어차피 중요한 일은 새끼깡패들이 임화수에게 직접 물어서 처리한다.

"하긴 그렇지. 그나저나 너 춘화 그리는 화가질로는 먹고살 수가 없던? 이 땡볕에 웬 부두 노동이야?"

"사장님, 일단 저는 화가가 아니고요. 뭐랄까, 차라리 화공(畫工)이라고 불러주세요. 우리 선생님도 평생 화공을 자처하셨지 그 고상한 가(家) 자는 붙여본 적도 없으시거든요."

"가든 공이든 쟁이든 그런 건 아무렇든 좋고, 우리 애들이 돈을 안 주더냐고? 어느 놈이 떼먹는구만?"

"주말 이틀 일하는 것뿐인데요. 더구나 나 춘화 작가요 하고 명함 내밀 수도 없고, 수입도 그저 그렇고요. 더러 극장 간판도 그리고 노인들 장례 때 쓸 초상화도 그리지만 처자식 먹여 살리기가 빠듯해요. 안 그러면 제가 왜 춘화를 그리러 다니겠어요."

"그래도 그렇지. 화가가, 아니 그래 화공이 왜 이런 데서 힘들게 일해? 선풍기 틀어놓고 시원한 화실에서 그림을 그려야지? 자네 몇 살이야?"

"스물네 살입니다."

"그 나이에 처자식까지 있으면 이젠 자기 그림을 그려야지. 난 무식하긴 해도 열다섯 살부터 장사했어. 뭐, 고상하게는 무역이라고 하지만, 그렇게 말하기도 좀 뭣하지만 내 손으로 우리 부모형제 다 먹여 살렸다구."

"저야 뭐 화가도 아니고……, 화공이란 호칭도 제겐 너무 무겁지요. 그냥 먹고살려고 하는 짓이라니까요. 아들이 생기니까 무슨 일이라도 닥치는 대로 해야겠더라구요. 그런데 사장님은 주말도 아닌데 부산까지 왜 내려오셨어요? 평일에도 춘화를 그리시게요?"

"짜샤, 춘화가 문제가 아니야. 사장이 그런 거 섭외하러 다니게 생겼어?"

어쨌거나 마창룡은 기쁘다. 이 더위에 땀 흘려가며 부산항까지 찾아온 상대가 바로 자신의 가게에서 일하는 춘화 작가라니, 이제 그는 마창룡의 손아귀에 들어온 노다지다.

사정 모르는 이허중은 머쓱하게 웃으며 머리를 긁적였다. 눈앞에 닥친 인연이 어떤 방향으로 흘러갈지 짐작조차 못한다. 휩쓸려 가볼 뿐이다. 지금보다 나빠질 게 없으니 휩쓸리고 보는 것이다.

"방금 그리던 거 좀 볼 수 있나?"

"습작인데요, 뭐."

그는 그리다 만 그림을 호주머니에서 꺼내 별생각 없이 마창룡에게 내밀었다.

"어? 이거 이중섭 그림 아니야?"

마창룡은 깜짝 놀랐다.

화랑 주인의 말이 결코 빈말이 아니다.

"이중섭이라니요!"

이허중은 손사래를 쳤다. 막일을 많이 해서 그런지 손이 거칠다. 화가의 손 같질 않다.

"그냥 모사해본 겁니다. 제가 그린 가짜지요, 가짜."

"진짜 이중섭 그림 같은데? 중섭인 내가 잘 알아. 어떤 그림풍인지 선만 봐도 안다고."

"아까 쉬는 시간에 잠시 그린 거라니까요. 절대로 이중섭 선생님 그림이 아닙니다. 우리 선생님을 욕보이지 마십시오."

마창룡은 고개를 갸웃거렸다. 아무리 봐도 이중섭 그림과 다를 바가 없다. 게다가 '우리 선생님'이라니, 돈이 묻어나는 달콤한 표현이다.

"좋아, 너 이중섭은 어떻게 알아? 왜 이중섭 그림을 그리고 있느냐구?"

"제자걸랑요. 선생님한테서 그림을 쬐끔 배우다가 말았지요. 선생님이 일찍 돌아가시는 바람에 더 배우질 못했어요. 그래서 선생님 체취가 묻은 곳을 찾아다니며 선생님이 무슨 생각을 하셨나, 무얼 느끼셨나 그런 걸 따라가며 숨 쉬고 밥 먹고 그러는 거지요. 선생님께서 '나를 알고 싶거든 상처투성이인 내 인생을 직접 느껴봐라.' 이러셨거든요. 그래서 여기 부산항에서 이중섭 선생님이 하셨던 대로 저도 처자식 먹여 살리기 위해 노동을 하는 겁니다. 범일동 판자촌에서 배가 고파 우는 두 아들에게 따뜻한 밥 한 끼를 먹이기 위해 병약한 몸으로 노동을 하신 선생님의 그 절절한 심정을 몸으로, 마음으로 느끼고 있는 겁니다. 이게 제 그림 공부입니다."

"오, 네가 바로 이중섭의 제자였다니……."

마창룡은 어리둥절해하는 그의 손을 덥석 잡아끌었다.

기쁨을 나누기에는 부둣가 햇볕이 너무 뜨겁다.

그는 곧바로 쏟아지는 햇볕을 피해 선풍기가 쌩쌩 돌아가는 항구 근처 찻집으로 들어갔다.

그는 드디어 대물을 잡았다고 쾌재를 불렀다.

"아까도 말했지만 나는 무역업자 마창룡이다. 달맞이꽃 사장 마창룡은 잊어라. 사실 그 가게는 내 거라고 말할 수도 없어. 거기서 번 돈은 임화수한테 다 넘어간다. 너 임화수가 누군지는 알아?"

"첨 듣는 이름인데요?"

"영화도 안 보나? 천지유정, 길 잃은 사람들, 사람팔자 알 수 없다!"

"모르는데요?"

"와, 젊은 녀석이 보기보다 무식하군. 하여튼 있다고 쳐. 내가 말한 영화 다 그분이 만들었어. 대한민국에서는 아주 유명한 영화제작자야. 정치 깡패고, 이승만 각하와 이기붕 의장을 모시는 분이야. 낙원동 집이 호화저택인데, 장관은 돼야 쓰는 경비전화를 가설하고, 지프는 번호판이 없지. 호신용 권총까지 차고 다니거든. 뒷빽이 누구냐면 경무대 경찰서장이야. 총 든 사람 중에서는 제일 높으신 분이지."

"저는 하나도 모르는 사람들 얘기고, 무슨 말인지 알아듣지를 못하겠어요."

"짜식, 너, 우리나라 대통령이 누군지는 아냐?"

"그야 이승만 박사시지요."

"어쭈? 그분을 문화예술로써 극진히 모시는 분이 임화수다, 이렇게만 알아."

"문화예술로 모시는 게 뭘 어떻게 모시는 건데요?"

"마, 여배우도 갖다 바치고 박사님이 좋아하는 영화도 만들어 돌리고, 박사님 생신 때는 동대문운동장에서 영화배우들 잡아다가 잔치공연도 열고, 뭐 그런 거지. 임화수가 하는 일이 아주 많아. 장차 문교부장관이 되실 분이란 말이야."

"그래서 사장님은 그런 분 밑에서 일하신다, 그런 말씀 아닙니까? 그런 분이 저는 왜 찾아오셨는데요? 제가 깡패를 할 만큼 덩치가 있는 것도 아니고, 고아원에서 못 먹고 자라 비실비실하는데요. 하역 노동까지 하자니 힘에 부쳐 죽겠습니다."

"간단해. 난 임화수 밑에서 일하는 사람이고, 달맞이꽃 월급 사장이잖아. 사실 실제 운영은 임화수가 데리고 있는 새끼깡패들이 하는 거고 난 나잇살 좀 있다고 명의만 걸어두었을 뿐이지. 난 그보다 더 큰일을 하고 있어. 말하자면 일본하고 무역을 하는 셈인데 말이야. 지금은 임화수 두목의 명령으로 이중섭 작품을 사 모으는 중이야. 이중섭 전문 무역상이라고나 할까."

"깡패들이 왜 우리 선생님의 작품을 사 모으지요?"

"이 자슥이! 너 자꾸 깡패깡패, 그럴래?"

마창룡은 인상을 찌푸리다가 이내 웃어 보였다.

"너까지 우릴 깡패라고 하면 어떡하냐? 임화수를 가리킬 땐 꼭 예술가라고 해. 영화예술가. 어디 가서 임화수 두목을 가리켜 깡패란 말 함부로 지껄이지 마라. 쥐도 새도 모르게 죽는 수가 있다. 여하튼 네가 이중섭 제자란 말이 있어 내가 불원천리 찾아온 거야. 춘화 그리라고 할것 같으면 깡패 한 놈 보내면 되지 이 몸이 왜 오시겠냐."

"전 마 사장님이 연락선 타고 오신 재일교폰 줄 알았는데 그게 아니었군요? 그럼 어디서 오셨어요?"

"임마, 너 만나려고 서울서 일부러 내려왔다니까. 이 삼복더위에! 일본 가는 연락선이야 뭐 지겹게 타고 다니지만 오늘은 아니야. 난 오로지 우리 박사각하를 위해 일본 무역을 한다니까. 그런데 뭐가 있어야 저걸 타고 일본에 건너가지 빈손으로 왜 타냐. 난 오늘 순전히 널 찾아 서울역에서 기차 타고 내려온 거야, 네가 여기서 일한다는 말 듣고. 나도 사실 중섭이하고는 안면이 좀 있는 사이였어. 중섭이가 내 고향 원산 후배이기도 해. 오해가 있어 중간에 절교가 됐지만. 장사하다가 잘 안 돼서 말이야. 장사라는 게 뭐 그렇잖아."

마창룡은 머리를 긁적이면서 말했다. 나이로는 이중섭보다 세 살이 더 많은 마창룡은 누가 이중섭을 거론할 때마다 마음이 불편하다. 떳떳하지 못한 일이 있어서다.

"그래요? 사장님도 이중섭 선생님을 아신다고요?"

마창룡이 이중섭을 약간 안다고 말하자 이허중은 금세 풀이 죽었다.

"아, 녀석. 쬐끔, 겨우 요만큼 안다니까. 원산 선후배지간이지만 이중섭은 본디 원산 사람이 아니고 평안도 평원 출신이야. 평안도 사람하고 함경도 사람은 기질 자체가 달라. 그런데도 이중섭이 원산으로 이사 와 살았으니 고향 선후배다, 뭐 이렇게 말하는 거지 실제론 가깝지 않다 이 말이지."

마창룡은 결코 가까운 사이가 아니라는 걸 강조하면서 고개를 가로 젓기까지 했다.

"여하간 이중섭 화백을 잘 아시네요?"

"나같이 무식한 놈은 이중섭 알면 안 돼? 나하고 이중섭은, 원산 살때는 사실 서로 본 적이 없다가 중섭이가 도쿄 유학 때 안면을 텄어. 난 유학한 게 아니고 장사하러 일본에 갔다가 이중섭을 우연히 만나 알게 되었지. 조선에서는 할 일도 없고, 독립군 해가지고는 밥도 못 얻어먹을 거 같아서 차라리 호랑이굴에 들어가자, 그래서 어찌어찌 도쿄까지 갔는데, 전쟁 통이라 그런지 일거리가 아주 많더라구. 조선에서는 지긋지긋한 콩깻묵이라도 끊어지지 않으면 잘 먹는 거였는데, 도쿄에서는 눈치만 있으면 얼마든지 먹고살 수 있더란 말이야. 부잣집 도련님들 중에는 노비를 데리고 가 유학한 사람도 있었거든. 이중섭도 가난한 친구 등록금을 내줄 만큼 부유한 집안이었지만."

"거기서 무슨 일을 하셨는데요?"

"양반집 도련님들 심부름으로 조선에 들어가 돈이나 물품을 받아다 주기도 하고, 허드렛일해서 용돈을 타 쓰기도 하였지. 굶어죽을 일은 없더라구. 게다가 태평양전쟁이 터지면서는 일거리가 더 늘어났지. 하도 어수선할 때라 자주 보진 못했지만 더러 마주치거나 모임에서도 가끔 보았지. 이중섭이 조선에서 가져온 패물 같은 걸 내가 도쿄 암시장에 내다 팔아준 적도 있어. 나야 뭐 돈 되는 일이라면 영혼이라도 파는 장사치였으니까."

들을수록 마창룡은 이중섭에 대해 알 만큼 다 아는 사이 아닌가.

이허중은 창밖으로 시선을 던지다가 파도가 넘실거리는 부두를 내려다보면서 고개를 떨구었다. 마창룡이 이중섭의 친구라고 말한 뒤로는 어딘지 모르게 기운이 빠진 듯하다.

"그렇군요? 전 사실 이중섭 선생님의 제자라고…… 떳떳하게 말씀 드릴 처지는 못 되지요. 며칠 같이 살긴 했지만 그걸 가지고 제자를 자처하기에는 좀 쑥스럽습니다."

"그래? 이중섭하고 얼마나 같이 살았어? 언제? 어디서?"

마창룡은 궁금하다는 듯이 눈을 치켜뜨며 잇따라 묻고 채근했다.

"예, 돌아가시던 해 이른 봄, 한방에서 두 달간 같이 살았어요. 선생님께서 은지화 그림을 그리는 걸 곁에서 지켜보기도 하고, 은박지 떨어지면 제가 의사들이 쓰는 쓰레기통을 뒤져 은박지를 모아다 드린 적도 있어요. 은박지 구한다고 의사들 방에 몰래 들어가 쓰레기통 뒤지다가 도둑질한다고 붙잡혀 얻어맞은 적도 있지요. 헤헤."

"한방에서 같이 살았어?"

"그러믄요. 옆 침대에서 잤어요."

"그런 대단한 작가하고 두 달이나 같이 살았으면 그거 여간 인연이 아니야. 와, 두 달이나 같이 자며 부대꼈으면 스승과 제자라고 말해도 되지. 암, 되고말고. 난 중섭이를 몇 번 만나고, 패물 팔아다 준 것밖에 없거든. 인연이 짧다구. 하기 좋은 말로 이중섭 고향 선배라고 내가 자랑은 하지만 하루도 같이 잔 적이 없어. 서로 철학을 논하는 그런 사이가 아니었거든. 중섭이야 배울 만큼 배운 인텔리고 나야 무식한 장사치니 뭐. 너 그럼 이중섭 작품도 많이 가지고 있겠네?"

마창룡은 화색이 도는 얼굴을 앞으로 쑥 내밀며 물었다. 관심사는 오직 이중섭 작품을 몇 점이나 가지고 있느냐, 이뿐 아니던가.

염천, 선풍기를 틀어놓았어도 그의 이마에는 땀이 송골송골 맺혔다. 마창룡은 그럴 때마다 손수건으로 땀방울을 훔쳐냈다.

"이따금 선생님께서 쓰레기통에 버리는 걸 제가 몰래 주워 보관했지요. 손수 주신 것도 몇 점 있고요. 애 낳고 나서 돈이 좀 궁해 몇 점 팔았어요."

그쯤은 안다. 그곳이 바로 마창룡이 찾아간 화랑이고, 그래서 이 자리가 마련된 것이다.

"아, '굳세어라 금순아' 좀 그만 틀어!"

마창룡은 찻집 주인을 향해 냅다 소리를 질렀다.

"흥남 철수한 지 9년이나 지났는데 아직도 저 타령이야. 전쟁 생각하면 지겨워 죽겠어."

"이중섭 선생님도 흥남 철수하셨다던데요?"

"원산은…… 피난 전까지 우리 식구들이 살던 곳이기도 하지만 이중섭네도 거기 살았거든. 난 혼자 서울에 나와 장사하던 중에 난리가 터져 우리 식구들은 북에 고립되고, 난 생고아가 됐다. 중섭이는 일가족이 내려왔으니 좀 나은 편이지. 그나저나 너, 팔고 남은 작품은 얼마나 되는데?"

"우리 선생님이 남덕이를 죽여야 해, 일본까지 날아갈 거야, 난 날수 있어. 이렇게 혼쭐을 아예 놓으시는 날은 몇 십 점도 더 그렸어요. 은지화는 손톱으로 짓이겨 그리는 건데, 괴기스런 그림들이 많았지요.

그 방에서는 못이나 철사를 갖고 있을 수가 없어 손톱으로 눌러 그렸거든요. 아마 그래서 마음에 안 들어서 버리셨나 봐요. 그러실 때마다 제가 다 줍는 줄도 모르셨을 거예요."

"그래?"

마창룡은 또 침을 꿀꺽 삼켰다. 들을수록 노다지다.

사람을 만나도 어쩜 이렇게 제대로 만난단 말인가.

임화수는 오래전부터 일본 시장, 시장은 무슨, 야쿠자에 내다 팔 수 있는 거라면 골동, 서화 등 뭐든지 긁어모으라고 시켰다. 이승만 대통령 밑에서 충성스런 깡패 조직을 관리하려면 거금이 필요하다고 공공연히 떠들어댔다. 국내에서 깡패 짓을 해봤자 큰돈 만지기 어렵다는 걸 안 그는 골동품이든 그림이든 불상이든 값나갈 만한 것은 깡그리 모아 일본에 내다 팔라고 했다. 다 죽었던 일본은 6·25전쟁 중에 미국한테서 40억 달러란 어마어마한 돈을 받아 챙긴 덕분에 다시 옛날의 경제력과 자신감을 웬만큼 회복한 상태다. 당시 한국인 소득이 평균 50달러[3]니 2000만 명의 총소득, 그러니까 국부(國富)라고 해봐야 겨우 10억 달러다. 그러니 망한 일본이 한국 덕분에 얼마나 큰돈을 벌었는지 상상이 가지 않는가. 특히 야쿠자들이 군수산업에 끼어들어 새로 생긴 이 재력을 움켜쥐고는 씹다 버린 껌 같은 조선을 다시 훑는 중이다. 그리고 6·25전쟁 통에 북에서 내려온 부자 피난민들이 헐값으로 내놓는 조선의 서화, 골동 따위를 사들여 그런 야쿠자들에게 연결해주

---

3) 이마저 불투명한 수치다. 한국의 공식 GDP 통계는 1970년부터 집계된다.

는 선봉에 이 마창룡이 있다.

"이허중 씨, 생활은 어떻게 하는 거야? 그림 그려서는 먹고살 수 없는 거야?"

춘화나 그리고, 그것도 모자라 극장 간판 그리고, 날품을 팔아 먹고 사는 아마추어 화가 이름에 씨가 붙었다. 아무래도 이중섭과 두어 달 같이 살았다고 말한 게 효과를 보는 듯하다.

"보시다시피 노동하잖아요? 노동 며칠 하면 아이 기저귀 값하고 우유 값, 물감 값은 벌거든요. 그러면 화실로 돌아가 새로 산 물감이 다 떨어질 때까지 며칠이고 그림만 그려요."

"춘화 쇼를 해서도 돈은 받을 거잖아?"

"에이, 그 돈으로 어떻게 제 처자식 먹일 찬을 사요? 달맞이꽃에서 주는 돈은 그냥 다 써버려요. 아무 데나 써요. 고아원 친구들 불러 술 마시고 놀고, 막 써요. 극장 간판 그리는 거하고, 이렇게 노동해서 버는 돈으로만 생활하는 거지요."

"그래 가지고는 생활이 안 되잖아? 처자식 먹여 살릴 궁리를 해야지. 그게 인간의 기본 의무야."

"인기 있는 영화가 걸리면 시간이 많이 나요. 극장 간판은 한 번 그려서 여섯 달 갈 때도 있거든요. 그러면 저는 주말만 빼고 이중섭 선생님 체취를 찾아다니지요. 계시던 병원에도 다시 들러보고, 살던 집에도 가보지요. 더러 망우리 공동묘지도 가보고요. 묘지 번호가 103535

인데 찾기가 힘들어 제가 적송 한 그루를 심어두었어요."

"무덤 번호 외우는 사람은 첨 보네."

"망우리 공동묘지잖아요. 번호 모르면 찾기 힘들어요. 다행히 외우기 쉬운 번호잖아요. 하여튼 선생님 무덤 마당에 우두커니 앉아 있으면 제 귀에 익은 선생님 목소리가 들리는 듯해요. 눈물이 저절로 나요. 이번에도 부산항에서 하역질을 하다 보니까 가족들 먹여 살리려고 애쓰던 선생님 마음이 진짜로 느껴져요. 범일동 판자촌도 가봤는데 거기서 어떻게 사셨을까 처참한 그림이 그려지더라니까요. 저 역시 자식 먹여 살리려고 일하다 보니까 더욱 실감이 나는 거지요."

이중섭은 6·25전쟁 때 부산항 하역장에서 노동을 하여 범일동 판자촌에 웅크리고 있는 가족들의 생계를 겨우 꾸린 적이 있다. 그러면서도 이중섭은 줄기차게 그림을 그렸다. 그걸 누구보다 잘 아는 마창룡은 만족스런 표정으로 물었다.

"이허중 씨, 그동안 이렇게 그린 그림이…… 얼마나 돼? 습작…… 말이야."

"뭐, 수십 점이 넘지요. 하지만 제 그림에는 이중섭 선생님 작품처럼 혼이 들어가질 않아요. 먹을 갈듯이 제 영혼을 갈아 그걸 물감에 풀어 써야 하는데, 영혼이 영 갈리질 않네요. 이중섭 선생님은 선생님의 영혼을 갈아서 그걸로 그림을 그리신 거래요. 물감으로 그린 그림이 아니래요. 제게 늘 그렇게 말씀하셨어요."

"그래? 중섭이가 그런 말까지 했어?"

"그럼요. 선생님은 6·25전쟁을 겪기 전에 그린 그림은 자신의 그림이 아니라고도 하셨어요. 혹시라도 옛날 그림 보거든 네가 사서 태워다오, 꼭 태워다오, 그러셨어요. 적어도 부인과 두 아드님이 일본으로 떠나간 뒤 이곳 부산부두 하역장에서 고되게 일하던 시절, 배고프고 아프고 외로워 밤잠을 잘 수 없게 되면서부터 진짜 그림이 뭔지 조금씩 보이기 시작했다고 말씀하시더군요. 돌아가시기 몇 달 전에는 진짜 그림이 머리에 마구 떠오른다면서 아무것도 안 하고, 아무 걱정 없이 마음 놓고 그림 좀 그리고 싶다고 울먹거리셨어요. 물감이 없어 하는 수 없이 담배 은박지에 주로 그렸지만요. 어디서 페인트라도 생기면 벽지를 뜯어서라도 그리셨지요."

마창룡은 침을 꿀꺽 삼켰다. 이중섭의 그림을 갖고 있을 뿐만 아니라 이중섭의 그림을 모사하는 능력까지 탁월한 이허중은 여러 모로 쓸모가 많은 인물 아닌가. 춘화 쇼를 하는 데만 쓰기에는 너무나 아깝다. 그 실력이면 뭔가 만들어볼 수도 있을 것만 같다. 무엇보다 돈을 만들어야 한다. 임화수가 말하기를, 미래로 가는 길은 돈으로 깔아야 빛난다고 말한다.

"이허중 씨, 화실에 좀 가보자구. 사실 난 우리나라 화가들 작품을 일본에 갖다 파는 화상 노릇도 하거든. 이허중 씨 그림이라면…… 얼마가 됐든 일본에 가 팔아줄 수도 있어. 국내에서야 누가 쳐다보기나 하겠어? 밥 먹고 살기도 힘든 마당에 그림 값을 제대로 쳐줄 사람이 누가 있느냐고. 그리고 갖고 있다는 이중섭 그림을 주면 더 비싼 값에 팔아다 줄 수도 있고."

"뭘, 제 습작까지. 필요하시다면 이중섭 선생님 작품이나 가져가세요. 그림 판다는 게 꼭 선생님 영혼을 팔아먹는 것 같지만 제 살림이 워낙 곤궁하니…… 뭐."

이허중은 마창룡이 보여주는 관심이 싫지는 않다. 한창 걸음마를 하는 아들을 생각하면 한 푼이 궁하니, 마침 잘되었다. 인생이 이상이나 철학을 따라가지 않고 돈을 따라가는 게 속상하지만, 돈 따라 길이 나는 세상에서는 도리가 없다.

마창룡은 가난한 이허중을 어렵지 않게 일으켜 세웠다.

어차피 부두 노동은 날일로 하던 참이라 이허중은 작업복을 벗어 가방에 넣고 마창룡을 따라 서울행 기차에 올랐다. 찌는 듯한 날씨에도 기차간은 시원했다. 세상이 아무리 더워도 시원한 곳은 있고, 아무리 추워도 따뜻한 곳은 있다.

4.
지하 화실

　서울역에 도착한 두 사람은 역전 거리에서 함께 저녁을 먹었다. 그
사이 마창룡이 달맞이꽃에 전화를 걸어 자동차 한 대를 불러냈다.
　마창룡은 식사를 마치는 대로 이 자동차를 타고 일단 달맞이꽃으로
가서 술과 안주 등을 챙기더니, 곧바로 이허중을 앞장세워 종로의 한
낡은 빌딩 지하로 들어갔다.
　거기 방 한 칸과 스무 평쯤 되는 어둑한 공간이 있었다. 이허중이 그
의 아내와 세 살짜리 아들이 사는 집 겸 화실 겸 창고다. 그가 그린 습
작들은 구석 쪽에 아무렇게나 쌓여 있다. 말이 습작이지 한눈에 봐도
대부분 이중섭풍의 그림이다. 달맞이꽃에서 그린 춘화 같은 작품은 보

이지 않는다.

'제대로군.'

마창룡은 이허중이 그린 이중섭풍의 그림을 하나하나 살펴보았다.

놀랍다. 하나같이 진품 같다. 이걸 누가 위작이라고 할 수 있을지, 마창룡은 자신의 눈을 의심했다.

중섭이니 대향이니 하는 서명만 없을 뿐 영락없는 진품 같다. 장사치로 살아온 그의 촉이 뿌리 없이 뻗어나가는 새삼처럼 이허중을 향해 쭉 뻗는다. 마창룡은 또 한 번 침을 꿀꺽 삼켰다.

마창룡은 그동안 갖은 인맥을 동원해 이중섭의 친구들을 찾아다니면서 그림을 탐문해왔다. 일본 유학 시절의 친구들은 마창룡도 면면을 대략 기억하지만 귀국 후, 특히 월남 후에 맺은 친구관계는 알 수가 없어 이리저리 수소문해보았다.

이중섭의 친구들이라고 해봐야 기껏 한두 점 가지고 있을 뿐 다량 가지고 있는 수집가는 만날 수 없었다. 그나마 잘 팔려 하지도 않았다. 임화수 이름을 대고 윽박질러야 겨우 못 이기는 척 내놓는 정도다. 구상 같은 시인은 그림을 팔라는 마창룡의 요구에 불같이 화를 내서 서둘러 도망쳐 나오기도 했다.

그 밖에 이중섭 전시회에서 외상으로 작품을 가져가 놓고는 그림 값 안 치르고 버티다가 그가 죽은 뒤 공짜로 차지한 사람들은 더더욱 손사래를 쳤다. 수요는 있는데 공급할 수가 없는 처지다.

그런 중에 엉뚱하게도 춘화 작가 이허중을 만나 맥을 잡은 것이다. 그냥 맥이 아니라 노다지다. 적어도 장사로 뼈가 굵은 마창룡의 촉으로 보자면 이허중은 샛노란 순금 노다지다.

어느 놈이 갖고 있는지도 모르는 작품을 찾아 헤매는 것보다, 날이면 날마다 그려낼 수 있는 제2의 이중섭이 여기 눈앞에 떡 서 있는 게 아닌가. 같은 그림이라도 이허중의 손을 거치면 두 점, 아니 다섯 점, 열 점이라도 새끼 칠 수 있다. 오른쪽을 바라보는 그림을 뒤집어 왼쪽을 바라보게 그려도 한 작품이 느는 것이고, 까마귀 두 마리가 있는 그림을 세 마리로 늘려 그려도 한 작품 느는 것 아닌가. 이허중을 잘만 다룬다면 이중섭은 죽었으되 죽은 게 아니다. 이중섭은 살아 있다, 마창룡은 빙그레 미소 지었다.

"이허중 씨, 이제 사업 얘기 좀 나누지."

이허중의 부인은 잠시 미닫이문을 열어 고개만 까딱하고는 도로 닫았다. 장사에 이골이 난 마창룡은 슬쩍 보고도 상대의 마음을 읽어내는 눈치가 있다. 아무래도 손님 왔다고 과일을 깎아 내거나 차를 끓여 내올 처지도 못 되는 모양이다. 고단한 지하 생활이 물씬 느껴진다.

이허중은 무슨 얘기든 하라는 듯이 의자를 당겨 등받이에 등을 바짝 갖다 대었다. 마창룡은 준비해온 양주와 구운 오징어를 꺼내놓았다.

"우리 달맞이꽃하고 극장에서 간판 그려 받는 돈이 한 달에 얼마나 돼?"

"뭐, 한 달이라는 기준도 없습니다. 간판 한 번 그리는데 얼마, 달맞이꽃도 하루에 얼마 이렇게 받습니다. 다 합쳐 3000환 되려나 모르겠네요."

"겨우 3000환? 그럼 물감은 무슨 돈으로 사 쓰나?"

"그러게 노동을 하지요. 이중섭 선생님을 배우기 위해서만 그 일을 하는 게 아니고 실제로 살기 위해 노동한다니까요. 제가 일을 찾는 게 아니라 일이 저를 찾습니다. 일이 제 하루를, 운명을 결정짓습니다."

"그럼 내가 좀 돕지. 자네 화실에 있는 습작들……, 다 합쳐 10만 환에 사들이겠네."

"예? 10만 환이나요? 그걸 어디에 쓰시려고요?"

10만 환은 쌀 수십 가마를 사고도 남는 돈이다. 이허중은 입이 떡 벌어져 말을 못했다.[4] 그렇게 큰돈은 부자들 입에나 오르내리는 거지 이허중 같은 가난한 화가가 감히 입에 올릴 액수가 아니다. 솔직히 그는 그렇게 큰돈은 상상조차 해보지 못했다.

"왜? 적은가? 더 줘?"

마창룡은 안달이 났다. 술을 한 잔 마시고, 이허중 잔에도 가득 부어주었다.

먼저 술잔을 비우고, 그러고도 또 잔 가득 양주를 따랐다. 잠시 홀짝

---

4) 이 당시 쌀 한 가마의 가치는 현대 시점과 완전히 다르다. 저자가 태어나던 1958년, 숙부는 쌀 한 말을 구하기 위해 일주일간 노동했다고 증언한다. 1959년부터 충남 서천 장남의 쌀값을 54년간 기록한 강연순 씨 자료에 따르면 1959년 5월 17일의 쌀 한 가마 가격은 1320원, 11월 22일은 850원이었다. 당시 화폐는 환으로 100원이 1환이었다. 민간에서는 편의상 원 표기를 썼다.

거린 이허중의 잔에도 넘치도록 첨잔했다. 아무쪼록 넉넉한 모습을 보여줘야 한다.

"전 단지 이중섭 선생님 그림을 배워보려고 시늉을 내는 것뿐인데…… 아직 제 그림을 그릴 엄두를 내지 못하고 있거든요. 등록금을 구하지 못해 대학도 마치지 못하고, 해마다 국전에 작품을 내보긴 하지만 심사위원들이 거들떠보지도 않는걸요. 지하실 형광등 밑에서 그림을 그리다 보니 햇빛에 내놓으면 색깔이 제대로 나오지도 않고요."

"어차피 왜놈들에게 팔아먹을 그림인데 뭐 어때? 비슷하기만 하면 되지. 이중섭이 언제 물감 골라가며 그림 그렸어? 종이조차 없어 은박지에 그린 친군데."

"왜놈들이라구 이런 그림을 살까요?"

"일본놈들, 우리야 약이 오르지만 6·25전쟁으로 하필 그놈들만 떼돈을 벌었어. 원자탄 터져서 거지발싸개같이 굴던 놈들이 우리나라에 전쟁 터지니까 군수품 만들어 미군에 팔고, 탄알 만들어 팔면서 팔자를 확 바꿨다니까. 돈이 생기니까 이놈들이 여유가 생겨가지고는 그림이나 고려청자, 불화, 고서 이런 걸 탐내더란 말이지. 게다가 중섭이는 왜놈들한테 제법 인기가 있는 작가거든. 지유텐에 출품하여 상을 타고 호평을 받은 적이 있는데, 쪽바리들이 여유가 생기니깐 그런 걸 다 기억해. 그러니까 내 말인즉슨, 이걸 이중섭 작품이라고 포장해서 왜놈들에게 팔아먹잔 말이야. 돈맛에 푹 빠진 왜놈들이야 그런가 보다 하지 뭘 알겠어? 이중섭 작품은 화풍이 참말 독특해. 솔직히 내 눈으로도

분간하지 못하겠는걸."

"그러다 경을 치게요? 사기잖아요?"

마창룡은 못마땅하다는 듯이 눈을 동그랗게 뜨고는 오징어 다리를 물더니 휙 끊어 씹었다.

"왜놈들은 우리 땅에서 쌀이고 놋쇠고 다 훔쳐갔는데, 처녀와 장정을 싹 쓸어다가 총알받이나 위안부로 썼는데, 36년간이나 우리 걸 훔쳐다 먹고도 지금은 6·25 덕분에 저렇게 떵떵거리며 으스대는데, 그깟 가짜 그림 좀 몇 점 팔아먹는 게 뭐 대수야? 천 점 만 점을 팔아먹어도 왜놈들이 우리한테 뺏어간 걸 다 갚을 수가 없어. 조약이고 합병이고 사기란 사기는 왜놈들이 다 친 거지. 죽고 다친 조선 사람이 얼만데? 하다못해 핵폭탄 터진 히로시마 나가사키에서도 징용 간 조선인 4만 명이 죽었다니깐. 괜찮아, 괜찮아. 일본놈들은 천벌 받아도 싸."

일본 땅에서 장사로 잔뼈가 굵었다는 마창룡이 열을 내자 이허중도 고개를 끄덕여주었다. 마창룡의 평소 신념은 아니다. 도쿄 뒷골목 허름한 술집을 떠돌며 주워들은 유학생들의 울분 섞인 푸념을 대충 읊었을 뿐이다. 그래도 명분이 제대로 생겼다.

"그거야 그렇지만……."

마창룡은 그새 가짜 그림을 팔아도 되는 논리까지 갖췄다. 마창룡 같은 장사꾼은 물건을 살 때는 사야 할 이유를, 팔 때는 팔아야 할 이유를 재빨리 만들어내는 데 익숙하다.

"아무리 돈을 많이 준다고 해도 그렇지, 아무려면 왜놈들에게 이중

섭의 혼이 담긴 진품을 갖다 바칠 수는 없잖아? 천금을 준다 해도 그
럴 순 없지. 그간 내가 몇 점 구했는데 자넨 그걸 그대로 똑같이 그려.
그러면 내가 알아서 왜놈들에게 팔아먹을 테니깐. 왜놈들 사기쳐 먹는
건 죄가 아니야. 왜놈들 돈이야 생짜로 도둑질해도 죄가 안 되고, 왜놈
들 살점을 도려와도 할 말이 없는 족속들인데, 아무렴. 임진왜란 때 잘
라 간 조선인의 귀와 코가 산을 이루었다는데…….”

　마창룡이 생각이 있어 하는 말은 아니고, 다 유학생들이 두서없이
떠들던 애기를 생각나는 대로 해보는 것뿐이다. 마창룡에게는 사실 국
가관, 민족정신, 이런 건 흐릿하다. 생존 말고는 생각할 필요가 없다는
게 그의 철학이지만, 상대에 따라 무슨 말을 해주는 게 좋은지 정도는
눈치로 잘 안다. 지금 이허중에게는 유학생들이 잡담 삼아 떠들던 그
런 애기가 좋은 것 같아 되뇌어보았는데, 뜻밖에도 이허중의 눈빛이
반짝거린다.

　이허중은 순진하게 고개를 끄덕였다. 이승만의 해방정부도 친일파
들이 도로 잡았다지만 이때만 해도 은근히 일본에 대한 원한을 갖고
있는 사람들이 더 많았다. 일제 때 거들먹거리던 친일파들이 죄다 잡
혀가 벌 받을 줄 알았는데, 막상 반민특위가 박살나고 그들이 도리어
떵떵거리는 세상이 되었다. 적반하장도 유분수지 이럴 수는 없다, 이
런 불평불만이 은근히 돌아다녔다. 이놈들은, 일제 때는 일본놈 밑에
서나 우쭐거렸지, 지금은 일본놈들이 앉아 있던 그 높은 자리를 친일
파들이 다 차지하고 나서 더 골을 내고 더 위세를 부린다. 일본놈 악행

보다 일본놈 종질하던 친일파의 패악이 더 심하다고들 한다.

"악귀 같은 왜놈들에게 파는 거라면야…… 뭐 좋습니다. 어차피 전 춘화도 그려 팔고, 먹고살기 위해 초상화도 그리는 삼류작가, 아니 화 공이니까요."

"삼류고 일류고, 화가고 화공이고 난 그런 거 몰라. 박사고 나발이고 관심도 없어. 넌 이중섭이 되면 돼. 지금처럼 열심히 중섭이를 공부한 다면 말이야, 자네가 종이에 물감만 묻혀놓아도 내가 다 사갈 테니 부 지런히 그리기만 해. 내가 좀 무식하기는 하지만 장사라면 박사보다 낫지, 암."

"저도 진품이 있어야 따라 그릴 수 있습니다. 진품은 몇 점 보지 못 해 제대로 모사를 해내지 못합니다. 가지고 있는 것도 은지화밖에 없 구요."

"걱정 마. 이미 구한 것도 석 점 있고, 나머지는 내가 팔도를 다 뒤져 서라도 사다 줄 테니까. 까다로운 놈들은 우리 형님이 전화 한 번 넣든 지 새끼깡패들 몇 보내면 다 토해놓을 거야. 우리 임화수 형님이 어떤 사람인데? 뭐, 그래도 못 사면 사진이라도 찍어오고, 전시 도록이라도 구해올게."

집 겸 화실이다 보니 살림방이 따로 있는 게 아니다.

두 사람이 떠드는 소리에 아들 담이 잠에서 깨었는지 끙끙거리는 소 리가 나더니, 곧 눈을 비비며 화실로 더듬더듬 걸어 나왔다.

"우리 아들, 더 자야지, 왜 일어나?"

이허중의 부인이 얼른 뒤따라와 아이를 번쩍 안아들었다.

그때였다.

"어!"

이허중의 아들 담은 엄마의 어깨 너머로 보이는 마창룡의 얼굴을 보더니 손가락질을 하며 옹알이를 하듯 중얼거렸다.

"내 돈, 돈 줘!"

이허중도 그의 부인도 놀라고, 마창룡은 더 깜짝 놀랐다. 한 번 본 적 없는 사람더러 어린아이가 돈을 달라고 소리치는 것 아닌가.

"담이야, 이 아저씨는 아빠 손님이야. 버릇없이 굴면 안 돼."

"내 책, 내 돈!"

"우리 집에 오늘 처음 오신 분인데? 게다가 넌 책도 못 읽으면서?"

"내 책, 내 돈 줘!"

마창룡은 고개를 갸웃거리더니 자리에서 일어나 천천히 아이에게 다가갔다.

이허중은 아직도 어리둥절한 표정이다. 그의 부인 역시 영문 모르고 아들을 안고만 서 있다.

"누가 나더러 책을 팔아달라고 했다, 혹시 이런 말이냐?"

"응, 내 돈."

아이는 손을 쭉 내밀었다.

"무슨 책?"

"그림책, 남덕이."

"남덕이? 남덕이가 누구야?"

"우리 남덕이."

"혹시…… 마사코 말이냐?"

"응! 내 돈!"

"네가 누군데?"

"돈 줘!"

이허중과 그의 부인조차 입을 벌린 채 다물지를 못했다.

마창룡도 벌린 입을 다물지 못했다. 도저히 이해할 수 없는 돌발 상황이다.

"뭐라고? 네가 그걸 어떻게?"

"알아, 저거 다 내 그림이야."

마창룡은 깜짝 놀라 이마를 짚으며 의자에 도로 앉았다.

이허중과 그의 부인도 놀라기는 마찬가지였다. 아이는 이허중이 그려놓은 이중섭풍의 그림을 가리키며 뜻밖의 말을 했다. 그게 다 자기 그림이라니…….

"뭐가 뭔지 모르겠네. 이 아이, 언제부터 이런 헛소리를 하던가?"

마창룡이 이허중을 돌아다보며 물었다.

이허중도 그의 부인도 고개를 가로저으며 대답했다. 오늘, 아니 지금 처음 있는 일이다. 한 번도 이런 적이 없었다.

"허 참."

마창룡은 뭔가 짚이는 게 있는지 가만히 입을 열었다.

그의 이마에는 벌써 식은땀이 흘렀다. 술기운에 그렇잖아도 더운 지하실인데 그는 적잖이 당황했다.

이허중은 고개를 좌우로 갸웃거리면서 뭔가 기억이 난다는 듯이 입을 열었다.

"가만…… 그러고 보니 제가 이중섭 선생님의 작품을 모사할 때마다 옆에서 희죽거리며 웃곤 했지요. 잘 그리네, 이렇게 천연덕스럽게 말할 때도 있었고요. 그러면 이게……."

"자기, 지금 무슨 얘기를 하는 거야. 자다 일어난 애가 잠시 헷갈리는 말 좀 한 거 가지고. 담이야, 방으로 들어가자."

이허중의 부인은 아들 담을 번쩍 안아들고 방으로 향했다. 그렇건만 아이는 엄마에게 안겨 가면서도 소리를 질러댔다.

"싫어 싫어. 돈, 내 돈 줘."

"자, 잠깐만요, 부인. 아드님을 놔둬보세요."

"아이, 애가 잠이 덜 깨 그래요. 잠버릇이 좀 거칠어요. 잠꼬대도 하고요. 신경 쓰지 마세요."

"아닙니다, 잠시 이리 좀 데리고 와보세요."

이허중의 부인은 마지못해 열던 미닫이문을 도로 닫고 아들을 안아 화실로 나왔다. 그의 아들 담은 웬일인지 깊은 잠을 자다가도 깨어날 무렵이거나 잠들 무렵이면 느닷없이 몸부림을 치거나 괴성을 지르곤 했다. 이허중은 전에 고아원에서 아이들이 놀라 울면 원장이 금계랍을 몇 알씩 먹이던 기억이 있어 어렵사리 구해다 먹여봤는데 별다른 효험이 없었다. 그러다 보니 오늘 같은 일도 그리 놀랄 일은 아니다.

마창룡은 양복 안주머니를 뒤지더니 노란 돈봉투를 꺼내들었다. 두 툼하다. 이허중이든 그의 부인이든 짐작이 안 가는 물건이다.

"혹시 이거면 되겠니?"

아이는 주저 없이 돈봉투를 받아들었다. 그러고는 돈이 얼마나 되나 알아보려는 듯 봉투 속을 들여다보더니 고개를 끄덕였다.

"그거, 너 줄게. 좋아?"

"응."

아이는 봉투에서 눈을 떼지 못하고 고사리 같은 손으로 돈을 뒤적거 렸다.

"여보, 담이 데리고 어서 방으로 들어가. 잠 더 재우라고. 오늘따라 잠꼬대가 너무 심하다. 꿈꾸던 중이었나 봐."

이허중의 부인도 고개를 끄덕이며 다시 아들을 안아 단칸방으로 들 어갔다. 그러더니 금세 도로 나왔다.

"재우라니까."

"뉘자마자 죽은 듯이 자는걸? 꿈을 꾸었나 봐."

이허중의 부인도 신기하다는 듯이 고개를 갸웃거렸다.

멀쩡한 것처럼 보여도 실은 꿈을 꾸고 있는 사람들이 있다. 몽유병 이 그러한데, 몸은 비록 움직이고 대화도 나누지만 머릿속에는 꿈이 진행되고 있는 것이다. 12세 이하 어린이는 무려 15%가 이런 증상을 보인다. 12세 이상에서는 0.5%만이 이런 증세를 보이는데, 이 경우는 정신질환으로 간주한다. 인간에게 12세란 나이는 두뇌 기능이 완전히 자리를 잡는 시기다.

황당한 일을 당한 마창룡은 잠시 생각을 하는 것 같더니 한숨을 길게 내쉬고는 두 사람에게 무겁게 입을 열었다.

"이런 얘기는…… 하기 곤란하지만, 정말 해괴한 일이네. 6·25전쟁이 끝나 이중섭이 아주 곤궁하게 살 때였어. 일본으로 돌아가 살던 부인 남덕 씨가 잠시 일본에 들른 내게 값비싼 일본 서적을 외상으로 구해다 주면서 한국 갖고 가 팔아서 돈을 중섭이한테 전해주라고 한 적이 있거든. 전쟁 끝이라 팔긴 어찌어찌 다 팔았는데 차일피일하다 책값을 이중섭에게 갖다 주지는 못했지. 휴전협상이 벌어지면서 좁은 부산에서 복닥거리던 사람들이 대구로 대전으로 서울로 올라갔거든. 이건 말이지, 남덕 씨하고 중섭이하고 나밖에는 아무도 모르는 일이거든. 저 아이가 알 리가 없어. 정말 미칠 노릇이네."

마창룡은 단숨에 술 한 잔을 마셨다.

"애 잠꼬대한다고 그래 돈봉투를 내줍니까? 어린애들이 얼마나 잠꼬대가 심한데요? 우리 애는 유독 심해요."

이허중은 아이 잠꼬대가 이상하기는 하지만, 마창룡의 해석이 더 기가 막힌다는 듯이 혀를 찼다.

그런 중에도 이허중의 부인은 마창룡이 아이에게 건넨 돈봉투를 꺼내들고 액수를 헤아렸다.

"어머? 이게 얼마예요? 과자 값인 줄 알았는데 그게 아니네요?"

"10만 환입니다. 이 화백 그림 값입니다."

"예? 무슨 계약금인데 이렇게 많이?"

이허중은 그의 아내가 들고 있던 돈봉투를 얼른 낚아채서 속을 들여다보았다.

그러자 마창룡이 손사래를 치며 소리쳤다.

"아이, 부끄러우니 그냥 넣어둬! 어차피 계약금 조로 준비해온 돈인데 아이가 갑자기 이상한 소리를 해서 나도 모르게 봉투를 내주고 말았네. 등짝이 서늘하구만."

"계약금이라고요?"

"자네한테는 계약금이고, 아이에게는 책 판 돈이라고 해두지. 나야 이 모사 그림을 사가는 것이고. 아이고, 뭐가 뭔지 모르겠네. 하여튼 돈은 걱정 말고 이중섭 그림이나 열심히 그려주게."

이허중은 10만 환이 들어 있는 봉투를 들고 꿈인가 생신가 하여 마창룡의 얼굴을 빤히 들여다보았다. 아무리 봐도 실수로 건넨 것 같지는 않다. 팔자가 피어도 이렇게 느닷없이 핀단 말인가.

"궁한 처지라 받기는 받습니다마는, 무슨 영문인지…… 허 참."

이허중은 도대체 까닭을 모르겠다는 표정으로 들고 있던 돈봉투를 부인에게 건넸다. 부인은 돈 10만 환에 얼굴이 붉게 물들 정도로 상기되었다. 들어보지도 만져보지도 못한 거금이다.

어쨌든 거금 10만 환짜리 봉투를 잡으니 이허중은 손이며 머리가 묵

직해지는 걸 느꼈다. 웬일인지 호흡이 안정되고, 어깨에 힘이 오르는 것만 같다. 부인도 마찬가지다.

마창룡은 노란 큰 봉투도 내밀었다. 그간 구해두었던 이중섭 관련 자료다.

"이중섭 친구나 지인들이 잡지에 기고한 글과 그림을 모아봤어. 전시 목록하고 도록도 있고."

지켜보던 이허중의 부인은 아들 때문에 놀라고, 또 돈 때문에 놀랐는지 얼굴이며 목덜미까지 불그스레해졌다. 생전 처음 겪는 일이고, 처음 구경하는 큰돈이다. 6·25 때 이런 돈이 있었다면 아마 하늘이라도 날았을 것이다. 역시 돈이 보약이요, 요술방망이다.

"이허중 화백, 뭘 그리든 거기 화룡점정[5]만 해줘. 이중섭 서명만 하란 말이야. 알았지?"

"아이, 화공이라니까요? 화백 소리 듣기 진짜 쑥스러워요. 나이도 어린데……."

"나이가 무슨 상관이야. 그림 잘 그리는 사람이 화백이지 나이 먹었다고 화백 되는 건 아니지. 하여튼 이중섭 서명 잘 알지? ㅈㅜㅇㅅㅓㅂ."

"그러믄요. 저도 자음하고 모음을 풀어 ㅎㅓㅈㅜㅇ이라고 서명하는걸요."

---

5) 畫龍點睛. 무슨 일을 하는 데에 가장 중요한 부분을 완성함을 비유적으로 이르는 말. 용을 그리고 난 후에 마지막으로 눈동자를 그려 넣었더니 그 용이 실제 용이 되어 홀연히 구름을 타고 하늘로 날아 올라갔다는 고사에서 유래한다.

"좋아. 자네에게 내 운을 걸어보겠네."

말하자면 어떡하든 이승만을 대통령에, 이기붕을 부통령에 당선시켜 그의 주인인 임화수를 문교부장관에 앉히고, 자기는 지방 군수 자리라도 얻어보자는 게 그가 간절히 바라는 운이다. 대통령 선거는 사실 문제없는데 중요한 건 부통령 선거다. 이기붕이 당선되면 다행이지만 낙선하면 본전도 못 뽑는다. 이 나라에서는 부통령이 실세다. '이승만 박사각하'는 경무대 사랑방에 뒷방노인처럼 가만히 앉아 계시고, 국사는 이기붕이 독단 처결한다고 소문이 나 있다.

이런 우려를 없애려면 무엇보다 돈이 필요하다. 그런데 그 돈줄이 잡혔다.

기분이 좋아진 마창룡은 호탕하게 웃으면서 돌아갔다.

마창룡이 나타나 바람처럼 휘젓다가 떠난 화실에 남은 이허중은 뭐가 뭔지 어리둥절했다. 하지만 '어린 남편' 이허중을 만난 이래 모진 고생만 해온 그의 '어린 아내'는 마창룡이 주고 간 봉투를 벌려 돈을 꺼내 세고 또 세었다. 기껏해야 10환짜리 돈이나 만져봤을 뿐인데 큰돈 100환짜리를 1000장이나 받아들었다. 무려 10만 환이다. 처음 만져보는 큰돈이거니와 한강을 넘어가면 당장 세 식구 살아갈 수 있는 집 한 채라도 구할 수 있는 큰돈이다. 어려운 살림이 금세 피는 기분이다. 겨우 형광등 하나로 밝히는 흐릿한 지하 화실이 갑자기 밝아진 듯하다. 이허중은 아내가 그토록 좋아하는 것을 보고는, 인간의 삶을 밝히는 건 뭐니 뭐니 해도 돈이 제일이구나 다시 한 번 깨달았다. 고아원에서 나와 독립하고, 겨우 만난 아내와 쌀 떨어지고 반찬 떨어져 허둥대는 단칸살이 살림을 해온 이래 숨도 못 쉬도록 짓눌러온 그 돈이 느닷없이 하회탈처럼 웃는 얼굴로 찾아들어왔다.

5.
이중섭을 찾아서

달맞이꽃 사장 마창룡을 만나 습작으로 그린 그림을 생각지도 못한, 아니 상상하지도 못한 거액에 팔아치운 이허중은 그날로 극장 일을 그만두었다. 춘화 쇼야 마창룡이 사장으로 있는 가게니 그만둘 수가 없어 시간이 되는 대로 틈틈이 나가기로 하고, 못 가는 날에 대비해 전에 같은 화실에서 공부한 친구를 물색해놓았다. 마창룡도 그 정도 편의는 봐줄 테니 신경 쓰지 말고 오직 이중섭 그림만 열심히 그리라고 그의 어깨를 다독여주었다.

이허중은 강 건너 말죽거리에 햇빛이 잘 드는 남향받이 농가를 한 채 구했다. 습하고 침침한 지하방을 벗어나자 그의 아내와 아들이 더 좋아했다. 화실에 앉아 물감을 개다 보면 텃밭에 나가 있는 아내의 콧노래가 창문 너머 들려온다. 종로 화실에서는 한 번도 들어보지 못한 콧노래다. 그뿐인가. 이허중이 맡아본 적이 별로 없는 분 냄새를 늘 풍긴다. 이불 속에서도 그를 받아주는 자세가 달라졌다. 늘 심드렁하더니 요즘은 누가 엿들을까 무섭다.

아들은 좁은 방을 벗어나 마당까지 나가 뒤뚱거리며 논다. 전 주인이 심어놓은 노란 국화밭에 코를 대며 킁킁거리기도 한다. 마창룡 사장을 처음 보던 날 담이가 보였던 이상한 반응은 더 생기지 않았다. 자다 돌아다니는 거야 여전해도, 말대답 또박또박 하는 일은 없어졌다. 그 뒤로 마창룡이 찾아와도 그뿐 더 말을 하지 않았다. 마창룡이 그의 아들에게 그때 일을 다시 물어봐도 아이는 기억조차 하지 못했다. 물론 낮잠이든 밤잠이든 자다가 깨어나 곡을 하듯이 울곤 하는 습성은 쉬 사라지지 않았다. 얼마 전에는 아들이 허해서 잠꼬대를 하고 몽유병 같은 증세를 보인다는 한의사의 말을 듣고 녹용을 한 재 지어 먹였는데 아직 특별한 효험이 없다.

마창룡을 만난 이래 가장 좋아진 건 뭐니 뭐니 해도 그의 아내 얼굴에 웃음이 늘고, 핏빛까지 더 붉어졌다는 사실이다. 못 보던 햇빛을 실컷 볼 수 있어 그렇기도 할 것이다. 또한 그림 그리는 게 정말 돈이 되는구나 하고 그의 아내가 희망을 품었다는 것도 큰 소득이다. 그간 쌀 떨어지고 반찬 떨어졌는데도 화실에 웅크린 채 그림을 그린답시고 나무의자에 앉아 있을 때면 벌컥 화가 치밀어 일부러 옆에 다가와 뜨거운 한숨을 토해낸 적이 한두 번이 아니다. 급한 것도 모르고, 애타는 것도 모르고 철없이 그림이나 그려대는 어린 남편이 죽도록 미웠을지 모른다.

결혼한 지 몇 년이 되도록 이허중은 제대로 돈을 벌어오지 못했다. 달맞이꽃에 나간 뒤로는, 아내에게 무슨 일을 하고 다니는지 말을 하지 못해 아내가 무슨 직장 다니냐고 물을 때마다 더듬거렸다. 아내를 만나기 전만 해도 그는, 부모형제 없는 전쟁고아니 출세하지 못하면 어떠냐, 세상이 박정하니 대충 살아도 되지 않을까 하는 체념이 늘 머리를 떠나지 않았다. 그런 처지를 잘 알고, 자긴들 딱히 내세울 게 없던 '무작정 상경족'인 부인조차 되는 대로 가는 대로 살아보자는 각오였는데, 마창룡이 다녀간 뒤로는 영 생각이 달라진 모양이다.

아득해 보이던 희망이란 불이 켜졌다. 꽃이 피어나듯 100환짜리 돈으로 피어났다. 왜놈들에게 36년간 당한 수모나 묵은 한을 조금이라도 풀고, 그러면서 돈까지 한몫 챙길 수 있게 된다. 그러면 언제고 자신의 그림을 그릴 수 있는 날이 오리라, 그렇게 믿었다. 그때까지만 이중섭의 그림을 제대로 모사하자, 단지 그 목표뿐이다.

이허중은 이곳 말죽거리에 마련한 새 보금자리에서 본격적으로 그림을 그리기로 했다. 이중섭이 말한 대로 혼을 갈아 그리는 그림을 갖고 싶다. 혼이 갈리기는 갈리는 것인지, 사실 이허중도 그 말의 뜻을 잘 알지 못한다.

그 뜻을 알자면 이허중 자신이 이중섭이 돼야만 한다. 아니, 이중섭을 뛰어넘어야 한다고 믿었다.

그는 앉으나 서나 어떻게 하면 이중섭이 될 수 있을까, 이중섭의 그림을 넘어설까 궁리했다.

선선한 가을에는 물감이 빨리 말라 그림 그리기에 좋다. 이허중은 원 없이 새 물감을 사다 늘어놓았다. 그림을 그리고 싶을 때면 듬뿍듬뿍 붓에 찍어 원하는 색깔을 냈다. 햇살이 비치는 화실에서 그림을 그리니 색도 제대로 살아나는 것 같다. 마당에 핀 국화의 노랑이나 그의 그림에 피어난 국화의 노랑이나 같은 색이다.

이허중은 이중섭의 인생을 처음부터 차근차근 재구성해보았다. 단순히 존경하는 화가를 닮으려는 정도가 아니라 하나가 되고 싶다.

게다가 마창룡의 주문 작품부터 우선 처리해야 하는 절박함으로 그는 이중섭을 본격적으로 공부하기 시작했다. 이중섭 관련 자료를 곱씹어 읽으며 6·25전쟁 때부터 이중섭의 발길을 지도에 옮겨 적었다.

이허중은 지도에 점을 찍어가며 날짜를 적어 넣고, 밑줄을 그어가며 이중섭이 돌아다닌 동선을 그물처럼 정리했다. 그러고는 차근차근 그자신이 직접 이 동선을 따라다니며 체험해보기로 했다. 이중섭한테 들은 대로 부산 시절 이전 무대는 가볼 수도 없고, 그가 경험할 수도 없는 북녘에 있으므로 어쩔 수 없다. 또 일본까지 갈 여력도 없다. 다만 이중섭이 격전지 흥남에서 인민군에게 쫓기던 중 미군 수송선을 타고 피난하여 첫발을 디딘 부산항, 그리고 이중섭을 만난 적십자병원까지 촘촘하게 훑어보기로 했다.

이중섭이 서울에 있는 동안 머문 곳은 진작 구석구석 둘러보았고, 부산은 몇 번 내려가봤으니 그다음에는 제주도 서귀포나 진주, 통영, 대구 같은 곳을 답사하기로 했다. 이중섭이 본 눈으로, 그의 시각으로 다시 한 번 전후의 폐허를 둘러봐야 한다. 전쟁이 끝난 지 여러 해 되었지만 아직 잔상은 그대로 남아 있고, 이허중은 이 잔상을 뒤져 그 속에서 이중섭이 남긴 삶과 예술의 그림자를 찾아내야 한다.

화실을 옮기면서부터 그는 이중섭이 그랬듯이 안 피우던 담배를 일부러 피우고, 안주 없이 오직 왕소금만 놓고 소주를 마시기 시작했다. 이중섭처럼 가르마를 타지 않고 머리를 한꺼번에 빗어 뒤로 넘기고, 콧수염도 길렀다. 너무 좋은 물감은 있어도 쓰지 않았다. 이중섭은 전쟁 통에 좋은 물감을 구하지 못하고 사지도 못하자 늘 물감이 마음에 안 든다며 하소연했다.

이허중은 마창룡이 구해준 미도파 전시회 때 만든 화집과 도록, 이중섭의 지인들이 쓴 수필이 실린 잡지 따위를 샅샅이 읽어가며 틈만 나면 그에 대해 연구했다. 진주든 통영이든 서귀포든 그림에 나오는 풍경은 모두 직접 찾아가보리라고 결심했다. 그렇잖아도 샅샅이 다니고 싶었는데 마창룡이 여비까지 대주며 밀어주니 그야말로 겨드랑이에 날개가 돋아난 것만 같다. 그림에 나타난 시선의 좌표를 재가며 이중섭의 실제 시선을 따라가보고 싶었다. 이중섭이 그림을 그린 자리를 찾아 앉은 다음 눈을 감고 생각이라도 해보고 싶었다. 그가 다녀갔다는 다방이나 술집, 식당을 찾아보고, 그런 가게가 없으면 비슷한 다른 집에라도 가서 그 분위기를 느끼고 싶었다. 그는 폭설이 내려 이동이 어려워진 거리를 해가 지도록 쏘다니다가 늦은 저녁이면 말죽거리 화실로 돌아왔다.

새해 1월, 검정색 지프로 눈길을 밟으며 찾아온 마창룡이 이중섭의 진품 그림 열 점을 더 구해왔다.

그 역시 이중섭의 전기를 꿰면서 화랑가를 수소문하며 그림을 추적한 모양이다.

"마 사장님, 참 부지런하시네요?"

이허중이 고마운 마음에 짐짓 칭찬을 하자 마창룡은 그쯤 아무것도 아니라는 듯이 말했다.

"깡패라도 미친 듯이 뛰고 매사 부지런해야 대통령 전속 깡패질을 해먹는 거야. 우리 두목 임화수가 얼마나 부지런한 줄 아냐? 잠을 네 시간밖에 안 주무신다. 매일같이 각하 어떻게 모셔야 하나 연구하고, 각하 회춘시켜 드리자면 어떤 여배우를 데려다 바쳐야 좋을까 고민하고, 또 깡패들끼리 형님동생 질서가 있으니까 형깡패 이정재는 어떻게 모실까, 동생깡패 유지광이는 어떻게 해줄까 이런 고민으로 밤잠을 못 주무시는 거야. 나보다 나이가 어리지만 내가 존경하지 않을 수가 없다니까. 사람들은 깡패를 가리켜 만날 놀면서 나쁜 짓만 골라 하는 불한당인 줄 알지만 절대 안 그래. 누구보다 열심이고 누구보다 부지런하지. 몸이 게으르면 머리까지 게을러진다며 자기 관리를 철저히 하거든."

이허중도 꾸지뽕나무 뿌리를 삶은 물주전자를 내오며 말대답을 해주었다.

"전 깡패들보다 게으른 편이네요. 만사 귀찮고 욕심도 없고……. 그런데 우리 선생님 일이라면 갑자기 힘이 솟구쳐요. 왜 그런지 저도 모르겠어요. 졸려 눈을 껌벅거리다가도 우리 선생님 그림만 보면 퍼뜩 정신이 나거든요."

마창룡은 김이 오르는 꾸지뽕나무차를 후루룩 마셨다.

"노랗게 우러난 찻물이 맛도 좋군. 난 장사꾼이니 장사꾼답게 말하지. 돈 벌려면 무조건 부지런해야 돼. 남보다 일찍 일어나고 남보다 늦게 자야 하는 거야. 소문에 들으니, 박사각하께서는 남보다 먼저 주무시고, 남보다 늦게 일어나신다더라만. 지도자는 바쁘면 안 된대. 늘 정신을 바짝 차려야 하니까 평소에 충분히 쉬고 계시다가 무슨 일이 생기면 거기에 집중하신다고 들었다. 그런데 나는 박사각하의 경호관이신 곽영주 서장의 부하인 임화수, 그 임화수 밑에 있는 일개 부하란 말이지. 나는 머리도 바빠야지만 일단 몸이 바빠야 돼. 새끼깡패들은 머리는 한가해도 몸은 바빠야지. 그렇게 부지런해야 조직에 붙어 있을 수 있지. 그런데 너는 몸도 바쁘고 머리도 바빠야 돼. 그게 예술가야."

"그래야지요. 머리도 몸도 부지런해야지요."

마창룡은 이중섭 그림 열 점을 탁자에 늘어놓으며 말했다.

"이 작품, 부산에서 수집한 거야. 로타리 다방에서 부산 촌놈들이 갖고 있던 이중섭 작품을 모아 유작전을 한다는군. 보나마나 그림 값 떼어먹은 놈들이 제 그림 값이라도 올리려고 잔머리 쓴 거겠지. 그 많은 작품이 돈 주고 산 거라면 이중섭이 왜 황달에 걸려 죽어? 사정을 잘 아는 내가 우리 새끼깡패들 보내 강제로 사온 거야. 나머지는 천천히 조질게. 목록 나왔으니 다 걸려든 거지."

"유작전이 열리다니 참 다행이네요."

"외상으로 사서 이중섭이 죽을 때까지 그림 값을 안 준 거면, 소장자는 다 사기꾼이고 그림은 장물이야. 그러니 내가 싹 사들일 수 있지. 어쨌든, 이 열 점을 각각 석 점씩 더 늘려. 그럼 서른 점이 되는 거지. 조금씩 구도를 바꾸거나 인물이나 색채를 바꾸면 열 점으로 늘려도 상관없어. 그리는 대로 내가 다 팔아올 테니깐. 일본놈들에게 혹 깎아줘도 싼값은 절대 아니거든. 야쿠자가 한두 놈이 아니니 도쿄에서도 팔고 오사카에서도 팔고 교토에서도 팔지 뭐. 그림 장사가 좋은 건, 그림을 산 놈만 알고 나머지는 누가 어떤 그림을 갖고 있는지 까마득히 모른다는 사실이지. 섬이 많은 일본 땅 정도면 한 1000명이 같은 그림을 갖고 있어도 서로 모를 거야. 하하하."

마창룡은 모작을 파는 것만큼은 언제나 자신 있다는 투다. 이허중은 그런 열정에 진심으로 보답하고 싶다. 마창룡의 의지나 말투는 무쇠 난로 속에서 탁탁 갈라지며 붉게 타오르는 장작 같다.

　"이 그림들을 다 따라 그리기는 어렵고, 부산 시절하고 서귀포 시절에 그린 것만 먼저 그려보지요. 제가 선생님한테서 배운 그림은 주로 6·25전쟁 이후 화풍이거든요. 슬프고, 격렬하고, 체념하고, 달관한 그런 화풍요. 다른 건 선생님 혼이 느껴지거든 그때 하겠습니다. 진짜 이중섭 선생님 혼이 제게 빙의된 것 같은 기분이 들면 저절로 모사가 되겠지요. 안 보고도 그려낼 정도가 돼야 진짜 좋은 모작을 그릴 수 있어요."

　마창룡은 크게 고개를 끄덕였다. 사사건건 흡족하다. 마디마디 감동이다. 자세가 됐다.

　"좋아 좋아, 그 태도 정말 마음에 들어. 그나저나 틈이 나면 달맞이꽃에 가끔 나가줘야겠더라. 네가 대신 보낸 애들 영 시원찮아. 너만 못하다고 손님들이 난리란다."

　"몇 번 해보면 걔들도 잘할 겁니다. 제가 요령을 더 알려주지요. 간판 작업에도 요령이 있고, 춘화에도 요령이 있더라구요. 무슨 일이든 길 없는 길이 있는 것 같습니다."

　"내가 짜식들 좀 가르쳐보려고 이쁜 계집애들 몇을 붙여 실습도 시켰건만 어린놈들이라 그런지 뭘 모른단 말이야. 하여튼 알아서 해. 우리한테는 이중섭이 더 중요하니까."

마창룡은 계약금이라며 또 5만 환을 내놓았다.

그가 오기만 하면 꼭 나와 서성대며 이유 없이 헤헤거리는 이허중의 부인이 방긋 웃으며 고맙다는 목례를 올렸다. 그런 아내가 밉질 않다. 마창룡도 아내도 다 잘되었으면 싶다. 성내고 골내는 것보다야 웃는 게 낫다.

"그럼 부탁하네."

이허중의 부인은 마창룡이 붕붕거리며 지프를 출발시키자마자 얼른 화실로 뛰어들어와 돈봉투를 낚아챘다. 그러고는 입술을 꼭 문 채 한 장 한 장 세어보았다.

그가 웃으면서 물었다.

"돈이 그렇게 좋아?"

"좋지! 이중섭 선생님에게 이런 돈이라도 있었더라면 처자식과 헤어지는 일이 없었을 거 아니야? 그러니 다른 건 다 이중섭을 닮아도 좋은데 가난한 건 절대 닮지 마. 날 청상과부로 살게 하지 말고, 우리 아들 담이, 조실부모한 고아로 만들지 마."

웃었다.

이허중은 자랑스럽다. 남편이 아내와 자식에게 일해서 번 돈을 줄 수 있다는 건 여간 기쁜 일이 아니다. 엄동설한의 함박눈도 눈이 부시고, 찌는 듯한 더위에 물기 머금은 바람조차 상쾌하다. 돈으로 만든 안경을 쓰면 세상이 천국으로 보이고, 가난한 이가 사는 집의 창문에 비치는 세상은 지옥일 뿐이다. 살아서 지옥을 체험하는 일은…… 절대로 없어야 한다. 이허중은 굳게 입술을 물었다.

그는 이중섭의 그림을 모사하는 일이 범죄라고는 조금도 생각하지 않았다. 이중섭의 세계에 깊이 빠져들수록 그의 작품을 모사하는 일이 마치 자신의 의무인 듯한 착각이 들었다. 그뿐만 아니라 말로는 뭐라 설명할 수 없지만, 가끔 새로운 모작을 완성하여 벽에 기대두면 제 엄마 등에 업혀 나온 아들이 보고는 "참 잘 그린다."고 뜬금없이 말하곤 하는데, 그때마다 더 묘한 생각이 들곤 했다. 어쨌든 이허중은 가정을 이루고 있고, 세 가족은 단란하다. 이중섭 때문에 행복하다. 이중섭이 돈을 만들어다 주고, 가정을 화목하게 해준다.

마창룡이 돌아간 뒤 이허중은 더욱더 이중섭의 그림 세계로 파고들었다. 그는 진정으로 이중섭의 영혼을 느껴보고 싶어 자신을 더욱 채찍질했다. 더 깊이 더 넓게 그의 영혼의 세계로 들어가고 싶었다.

눈이 녹으면 망우리 공동묘지에 있는 이중섭의 묘소를 찾아가, 잔디밭에 가부좌를 틀어 앉고는 그의 인생을 주마등처럼 돌리곤 했다.

사실 이 무덤은 이중섭의 몸이 온전히 묻혀 있는 곳은 아니다. 화장한 뼛가루 중 절반은 일본에 있는 부인에게 가고 나머지 절반만 망우리에 묻혀 있다. 그래도 이허중은 그곳에 이중섭의 영혼이 머문다고 믿었다.

그는 생전에 이중섭이 그랬던 것처럼 깡소주를 입안 가득 머금으며 미술에 대해 생각하고, 그의 인생에 대해 상상해보았다. 소금같이 쓰디쓴 인생이리라. 이중섭이 태어난 1916년부터 적십자병원에서 아무도 임종하지 않은 상태에서 홀로 쓸쓸히 죽어간 1956년까지 그가 걸어간 길을, 걸음마다 피와 눈물이 괴어 있을 그 길을 무덤 앞에 앉아 머릿속으로 복기해보았다. 묻기도 하고 답하기도 했다. 그런 식으로 이중섭의 인생을 복기해본 게 벌써 여러 번이다.

겨울이 끝나 버들개지에 물이 오르기 시작하던 어느 날, 이허중이 망우리에 갔다가 말죽거리 화실로 돌아왔을 때 그의 부인이 남겨놓은 다급한 메모가 눈에 띄었다. 하나밖에 없는 아들 담이 마당에서 뛰어놀다가 넘어져 팔이 부러졌으며, 그래서 한강 다리 건너 성심병원에 간다는 것이다.

내가 담이를 업고 병원까지 데려갈 테니까 당신도 이 쪽지 보는 대로 어서 와. 큰길 나가 버스 타고 한강대교 건너면 성심병원이 보이잖아.

"우리 담이가?"
이허중은 깜짝 놀라 화실을 뛰쳐나갔다.
본능이다. 몸이 즉각 반응한다. 그러는 자신에게 이허중이 스스로 놀랐다.
"아, 아니지."

그는 무슨 생각이 들었는지 걸음을 멈추었다. 그러고는 머리를 쥐어 뜯으며 혼잣말로 소리쳤다.

"아니, 아니야. 이중섭이 돼야 해. 우리 선생님이라면 이럴 때 어떡하실까."

그는 화실로 돌아갔다. 그러고는 급히 그림을 그리기 시작했다. 곧 자동차, 로봇, 인형 따위를 도화지가 넘치도록 가득 담았다.

이허중은 그림을 다 그린 다음 돌돌 말아 손에 쥐고는 화실을 뛰어나갔다. 그러고는 한강 너머 성심병원까지 뛰다 걷다 또 뛰다 버스를 타고 그야말로 헐레벌떡 찾아갔다.

하지만 병원에 도착한 그는 침착하게 간호사를 찾아갔다. 그러고는 아들에게 그림을 전해달라고 부탁하고는 바로 걸음을 돌려버렸다. 병원까지 다 가서 막상 아들은 찾아보지 않은 것이다. 상태조차 묻지 않았다. 병원을 나서는 그의 눈이 붉게 충혈되었다.

말죽거리 화실로 돌아온 뒤에도 아들이 걱정되고, 웃는 낯이 눈에 밟혀 미칠 듯하지만, 그는 이를 꽉 물고 움직이지 않았다. 보고 싶어도 참기로 했다.

그러고는 다시 붓을 잡았다. 아들 생각에 붓질이 되지 않지만 그래도 힘으로 밀었다. 그림이 안 되어 종이를 버리면 새 종이를 걸더라도 계속 그려 나갔다. 들뜨는 감정을 누르는 것처럼 물감을 바르고, 덧바르고, 덩어리째 짜서라도 발랐다.

이중섭은 죽을 때까지 일본에 있는 처자식을 미친 듯이 그리워했다. 그러면서도 정작 그들에게 돌아가지는 않았다. 갈 수도 있었고, 실제 가기도 했지만 그는 끝내 돌아왔다. 그러다가 가족에 대한 그리움을 그림으로만 퍼내고 퍼내다 지쳐 끝내 재회하지 못한 채 마흔한 살 나이에 덜컥 죽고 말았다. 그는 펜으로, 붓으로, 손톱으로 자신의 운명을 극복하려 노력했지만 그림 위로 떨어져 내리는 그 무수한 절망과 덧없는 시간을 결코 이겨내지 못했다.

이중섭은 태어나자마자 디프테리아에 걸린 큰아들이 병을 이기지 못한 채 꺽꺽 숨을 토하다 죽는 슬픔을 겪어보았다. 어쩔 수 없으며, 돌이킬 수 없는 운명이 있다는 것을 그때 뼈저리게 깨달았다. 아, 그는 지주의 아들로서, 그림 잘 그리는 미술학도로서 오산이나 원산이나 도쿄에서 얼마나 자신만만했던가. 돈이 없어 뭔가를 못하는 일은 없었다. 지금까지 안 되는 일이란 없는 줄 믿었다. 세상은 살 만한 곳이고, 나아가 지주의 아들인 그가 살기에 조선은 천국인 줄 알았다. 일제의 식민지인들 어떠랴. 일제는 조선의 백성이나 탄압할 뿐 왕족과 지주와 부자는 건드리지도 않았다. 친일이라도 하면 황은(皇恩)을 베풀어 조선 백성들을 대신 후려 먹을 수 있도록 완장을 채워주었다.

그러나 아들의 숨 하나 이어주질 못하는 무능, 그 불가항력 앞에 그는 무릎을 꿇었다. 아들의 목숨이 경각에 달린 그 순간 이중섭은 아버지의 자격을 빼앗기고, 심지어 그의 가슴속에 똬리를 틀고 있던 자신감, 용기, 신념, 자유의지마저 뿌리째 뽑혀 나가는 듯한 고통을 느꼈다.

하늘은 분명 오만하게 살아온 그를 응징하는 것처럼 보였다. 이어 이중섭의 행복을 지켜주던 부(富)의 원천인 형이 부르주아로 몰리더니 쥐도 새도 모르게 사라졌다. 시신도 찾지 못했다. 백화점 등 그 많던 부는 소련의 붉은 깃발이 장대 높이 올라가면서 아침이슬처럼 말라버렸다. 그러더니 전쟁이 터져 목숨처럼 여기던 어머니와 이별한 채 흥남 철수선을 타고 월남했다. 어머니를 잃은 상처는 너무 깊었다. 그런 데다 전쟁 후유증을 감당하지 못하던 아내와 두 아들마저 일본으로 떠나가 그는 혼자 몸으로 전후의 폐허를 부초처럼 유랑했다.

어쩌면 이 모든 불운은 그의 큰아들로부터 시작되었는지 모른다. 죽은 아들을 하얀 광목에 말아 뒷산에 파묻을 때 어쩌면 '인간 이중섭'은 이미 자신마저 묻어버렸는지 모른다. 거기서부터 그 자신이 마흔한 살 젊은 나이로 죽을 때까지 저마다 불운을 가득 실은 운명의 열차에 치이고 치였다. 이 지옥에서 그가 가장 잘할 수 있는 그림 그리기는 더이상 밥을 만들어내는 노동이 될 수 없었다. 어쩌다 짬을 내어 몇 점 그려도 전쟁 중인 나라에서는 값어치를 인정받지 못했고, 그나마 친구들이 외상으로 가져가서는 돈을 내놓지 않았다. 그래놓고는 부잣집 자식으로서 손가락 하나 움직여보지 않았던 그가 부두 노동 같은 막일을 해야만 겨우 목숨을 보존할 수 있었다. 예술이며 이상을 읊조리던 그의 입은 밥이 들어오기나 기다릴 뿐 늘 닫혀 있어야만 했다.

이허중은 이중섭의 생애를 그리면서 한숨을 길게 내쉬었다. 그에 비하면 담이는 기껏 팔이 부러졌을 뿐이다. 죽지도 않았고, 생이별한 것도 아니다. 그는 결코 호들갑을 떨 필요가 없다고 머리로 다짐했다.

하지만 결과는 그렇지 않았다. 그의 아내는 아들이 잠든 저녁에 집으로 돌아와서 대판 싸움을 걸었다.

"당신, 또 미친 거 아니야? 그 병 도진 거지!"

물론 상식으로는 이해 안 되는 행동을 이허중이 벌였다. 그도 이해한다.

"아니야. 미치긴 내가 왜 미쳐?"

"요즘 약 먹어, 안 먹어?"

짚이는 데가 있다는 투다.

그의 아내는 남편 이허중이 벌인 이 기이한 행동을 도저히 이해할 수 없었다. 애지중지 여기던 아들이 팔이 부러졌다는데 어떻게 이럴 수 있단 말인가.

"미안해. 그간 돈이 없어 병원에 못 가봤잖아. 이른 봄이라 약을 먹긴 먹어야 하는데…… 지금은 시간이 없고……."

그는, 이른 봄이면 예방 차원에서라도 약을 먹어야 한다는 의사의 충고를 잘 알고 있다. 이른 봄이면 기분이 혼란스러워질 때가 많다.

이허중은 아내를 만나 사귈 때 자신에게는 병이 있으며, 병증은 이러저러하며, 약만 잘 먹으면 아무렇지 않으니 걱정 말라고 솔직히 고백한 적이 있다. 그럼에도 불구하고 약을 잘 챙겨먹자 약속하고 두 사람은 결혼하였고, 이때까지 특이 증상은 없었다.

"그럼 돈 줄 테니 병원에 가봐. 하는 짓이 좀 이상해. 잠도 별로 없는 것 같고, 예민해진 것 같아. 당신 잘못되면 나나 담이나 어떻게 살라구!"

"괜찮다니까."

그의 아내는 한숨을 몰아쉬었다. 본인이야 늘 괜찮다고 하지만 바로 그런 것이 이 병의 대표적인 증상이다.

"그림을 그려갖고 병원까지 갔으면 응당 애는 보고 와야지, 그까짓 그림이 아빠 사진이라도 돼? 그림이 실물이야? 아니, 아빠 얼굴이냐구. 그림을 본 담이가 자꾸 아빠를 찾아오라잖아! 아빠 아빠, 그러면서 울잖아!"

"걱정 마. 팔 부러진 것 정도는 금방 붙어. 죽을병도 아닌데 왜 그래? 난 지금 그림을 그려야 해."

그의 아내는 이해가 가지 않는다는 듯이 남편 이허중을 무섭게 바라보며 고개를 저었다.

"그림이 중요해, 자식이 중요해? 한번 앓은 사람은 재발이 쉽다잖아? 오죽하면 가족력까지 따지겠냐구! 좀 조심해줘. 우리 세 식구, 담이하고 나 어떻게 살라구 그래?"

"당신, 왜 자꾸 날 정신병자로 몰아? 나, 제주도하고 통영에 좀 다녀와야 돼. 이중섭 선생님 발자취를 찾아다니며 그림을 그려야 한다고 말했잖아. 그러니 애 데리고 당분간 어디 좀 가 있어."

"뭐? 멀쩡한 우리 가족이 왜 찢어져? 자기 왜 이래? 결혼하기 전에도 정신병원에 입원하더니, 정말 도진 거 아니야? 나 불안해, 겁난다구. 제발 이러지 마!"

"괜찮아. 기분이 뜨기 전에 내가 알아서 약을 먹을게. 내 발로 병원 간다고."

"뭘, 봄만 되면 기운이 빠져 다 죽어가잖아. 약도 먹다 말다 그러면서. 약 빼먹지 말라고 의사가 신신당부했잖아. 내게도 약속했잖아!"

"이젠 약 잘 먹을게. 병원도 갈게. 그러니까 당신도 좀 어디 가서 쉬고 있어. 마 사장이 준 기회를 놓치면 안 돼. 영특한 우리 담이는 아빠가 그려준 그림이 무슨 뜻인지 알 거야. 아빠를 이해할 거야."

"그래, 잘만 이해하더라. 담이가 뭐라는지 알아? 아빠가 내 마음을 어떻게 알고 이런 그림을 그렸을까, 그러더라. 그러면서 맛있는 것도 좀 그려주지, 그러더라구. 담이가 아빠 갖다 주라고 그린 거야. 봐."

이허중의 부인은 핸드백에서 종이 한 장을 꺼내 내밀었다. 얼핏 보면 부적처럼 어지럽게 그린 낙서 같은데 엄마 아빠 그리고 저까지 셋이 손잡고 있고, 머리 위에 태양이 노랗게 떠 있고, 까마귀인지 까치인지 둥글고 검은 물체가 날아가는 그림이다. 누가 봐도 이중섭풍이다.

"아니, 담이가 이걸?"

"피는 못 속이나 보지. 당신이 다녀올 데가 많다니 하여튼 난 담이 퇴원하면 친정에 좀 가 있을 거야. 당신, 어차피 한참 집 비울 거고, 정신도 불안정하니……."

"여보, 나 진짜 병난 거 아니라니까. 내가 일하는 동안은 뭐든 당신이 하고 싶은 대로 해. 당신도 담이도 내가 이중섭 선생님 그림을 다 그린 다음에나 제대로 돌볼 수 있어. 당분간 가볼 데도 많고 집 비울 일이 많으니까 친정에 가 있는 것도 좋겠다. 내가 진짜로 열심히 그림만 그릴게. 멋지게 그려낼게."

"미쳤어, 정말. 내가 이렇게 말하면 펄쩍 뛰며 잡아야 하는 거 아니야? 아니면 같이 가자고 하든지."

물론 가족을 이끌고 같이 갈 수는 없다. 아내와 아들을 데려가면 이중섭이 될 수 없다. 아내를 그리워하고, 아들이 보고 싶어 가슴이 찢어지고, 황소처럼 울음을 토해야 한다.

이허중은 지금 이중섭에게 빠져들고 있는 이 기분이 정상인지 아닌지 구분하지 못한다. 조증과 울증의 경계를 진단할 수가 없다. 신경정신과 의사들도 판단하기 어려운데 환자가 직접 자신의 상태를 진단하기는 더욱 어렵다. 그저 병원에서 주는 약이나 열심히 먹자는 생각이지만, 간혹 먹지 않는 수가 있다. 그림을 한창 그릴 때 약을 먹으면 생각이 막히는 수가 있기 때문에 아내 몰래 약을 쓰레기통에 버린 적도 있다. 항우울증제, 항조증제, 그림 그리는 데는 치명적이다. 졸리고 무기력해지고 의욕마저 꺾인다.

이허중은 변명을 하면서도 아내가 더 화를 내주기를 바랐다. 일본으로 돌아간 이중섭의 부인과 아이들은 끝내 돌아오지 않았고, 이중섭은 생이별을 괴로워하다가 마침내 병원을 전전하던 중 임종하는 이 하나 없이 쓸쓸히 죽었잖은가.

그 시절 이중섭의 영혼이 얼마나 아팠을지 맨 정신으로는 느낄 수 없다. 그러니 아내가 아들까지 데리고 아주 집을 나가버리거나 이혼을 하자고 대들어준다면 좋겠지만, 그나마 친정에 가 있겠다니 얼마나 고마운 일인가. 그러면야 이중섭의 고통을 십분지 일, 아니 백분지 일이라도 맛볼 수 있지 않을까, 오직 그 생각이다.

물론 그도 자신의 정신이 온전한지 그렇지 않은지 돌이켜보곤 했다. 대개 삼사월이면 정신이 몽롱해지면서 살고 싶은 욕구마저 사라지곤 하는데, 올해도 예외는 아니다. 다만 마창룡을 만난 지금은 오로지 그림을 그리고 싶은 욕구가 용솟음친다. 그러니 미친 건 아니고 혹 조증이라면 조증일까, 나쁜 건 아니라고 생각했다. 모든 예술적 영감은 조증 상태에서 터지는 것이다.

'그래도 병원에는 한번 가봐야지. 이중섭 선생님도 감정 조절을 잘해야지 안 그러면 작품 못 그린다고 하셨잖아.'

이허중은 침착하게 앉아 붓을 놀렸다.

"당신, 이 판국에 그림이 그려져?"

그의 아내는 더 열이 나서 소리 지르다가 제 감정을 이겨낼 수 없는지 펄쩍펄쩍 뛰었다.

이허중은 못 들은 척 못 본 척 그림을 계속 그려 나갔다.

그의 아내는 도무지 남편을 이해할 수 없다며 머리를 흔들었다. 그렇다고 불만이나 표시할 뿐 일을 중지시키지는 못한다. 세 가족의 생계가 이허중의 붓끝에 달려 있으니 그것만은 놓게 할 수 없다. 그의 아내가 보여줄 수 있는 가장 큰 분노란, 차디찬 눈빛을 쏘아가며 화실을 뛰쳐나가는 것밖에 없다.

아니나 다를까, 그의 아내는 며칠이고 집으로 돌아오지 않았다. 마창룡한테서 받은 돈은 아내가 갖고 있으니 어딜 가더라도 고생스럽게 살지는 않을 거라고 믿었다. 그곳이 처가라면 더 다행이다. 이중섭의 처가가 있는 땅은, 패전으로 폐허가 된 일본이 아니다. 버스 타면 하루 안에 오갈 수 있는 곳이다. 게다가 마창룡이 돈을 더 가져다주면 그때마다 아내에게 부쳐주면 된다.

열흘쯤 지나자 그의 부인은 이허중이 정신 차릴 때까지 친정에 머물겠으니 돈 생기는 대로 알아서 보내라고 일러놓고는 정말로 집을 나가버렸다.

"당신, 게으름 부리지 말고 그림이나 열심히 그려. 맘 편히 그림 그리라고 내가 담이 데리고 비켜주는 거야. 담이가 당신 그림을 볼 때마다 이상한 말을 하는 것도 꺼림칙해. 가족력일까 봐 정나미 떨어져. 담이는, 친정에 가는 대로 한약방에 가서 용이라도 한 재 달여 먹여야지. 애까지 당신 닮으면 내가 어떻게 살아."

이허중은 가슴이 쓰라렸다. 전쟁고아로 떠돌다가 가까스로 꾸린 가정인데 한순간에 찢어지는 듯한 아픔이 느껴진다. 그나마도 참 다행이라고 생각했다. 그림을 위해서라면 이 정도 아픔은 견뎌야 한다.

그가 아무리 힘들어봐야 두 아들을 데리고 일본으로 떠나간 이중섭의 아내만큼은, 그래서 한국에 홀로 남은 이중섭의 처지만큼은 결코 알 도리가 없다. 당시 일본은 마음만 먹으면 갈 수 있는 그런 곳이 아니다. 핵폭탄이 떨어져 십 수만 명이 생짜로 죽어나간 히로시마, 나가사키만 문제가 아니라 2400톤의 네이팜탄을 무차별로 퍼부은 도쿄, 바로 그의 처가가 있던 곳도 마찬가지 폐허가 되어 있었다. 불에 타고, 찢기고, 저주받은 유령의 도시, 수십만 명이 불에 타 죽은 도쿄에 그의 처가가 웅크리고 있었다.

그에 비해 이허중의 처가가 있는 용인은 마음만 먹으면 하루 안에 가고도 남을 거리에 있다. 말죽거리에서 버스를 타고 과천으로 넘어가, 거기서 수원까지 한 시간 반, 수원에서는 수여선(水驪線) 기차를 타고 한 시간이면 넉넉히 용인 양지에 이르고, 또 한 시간이면 좌전고개를 넘어 원삼 용수마을까지 갈 수 있다. 버스가 안 닿으면 걸어서라도 해안에 갈 수 있다. 마음이 문제지 그리 먼 거리는 결코 아니다.

이허중은 아내와 아들이 친정에 자리를 잡은 뒤 화구를 챙겨 바로 서귀포로 건너갔다. 일부러 부산에서 배를 타고 제주로 들어간 다음 이중섭이 살던 서귀포 마을을 물어물어 찾아갔다.
거기까지 가서 이중섭 일가가 머물던 집을 찾기는 했지만 마침 살고 있는 사람들이 있어서 그 마을의 다른 집을 빌려 생활했다. 일부러 방 한 칸만 빌렸다. 이중섭이 부인과 두 아들, 이렇게 넷이서 산 집은 겨우 한 평 반짜리 쪽방에 불과하다. 부엌에는 솥단지 두 개가 걸려 있을 뿐

엉덩이 돌리기도 쉽지 않을 만큼 좁다. 남아 있지는 않지만 물허벅이 하나 더 있고, 설거지를 할 수 있는 지새그릇도 있었을 것이다. 그런 데서 네 가족의 목숨을 잇기 위해 부인 남덕이 치렀을 마음고생은 이루 말할 수가 없었을 것이다.

 이허중은, 이중섭이 배급만으로는 배가 고프다며 울부짖는 아이들을 위해 뭐라도 구해볼까 싶어 수없이 오르내리던 돌담길을 지나 바닷가 갯벌로 나갔다. 먹을거리 삼아 게를 잡고, 조개를 주웠다. 황소가 울음을 울던 저녁 노을이 내려앉을 때는 갯벌을 하염없이 걷기도 했다. 눈이 부시면 눈을 감고, 바람이 거친 날은 귀를 막았다.
 이중섭이 서귀포에 머물던 시절, 육지에서는 전쟁이 벌어져 무고한 사람들이 허망하게 죽어가고, 제주도에서도 전선으로 나갈 1만여 명의 어린 장정들이 땀 흘려 군사훈련을 받고 있었다. 4·3사건으로 1만 4302명이 학살된 지 두 해밖에 되지 않은 터라, 산간 지방에는 그때까지도 공비 토벌작전이 벌어지고 있어 집 앞으로 눈 부릅뜬 국군들이 돌아다니던 시절이다.
 당연하지만 마을 사람들 누구도 이중섭을 선명하게 기억하지는 못했다. 그저 떠돌이 화가가 잠시 살다 떠났다는 정도로 희미하게 기억하는 노인들이 서넛 있을 뿐이다. 4·3사건과 6·25전쟁으로 하루 살아남기에도 벅찬 시절, 육지에서 건너오는 피난민, 고아, 군인 등으로 너무나 어수선한 때였다. 그런 엄중한 시기에 주린 배를 움켜쥐고도 그림 따위나 그리는 화가 일족이라니, 밥상은 찌그러져가는데 고상한 팔레트⁶⁾나 허리춤에 끼고 다니는, 그야말로 현지인들에게는 무가치한, 아무 의미가 없는, 정신 나간 사람들이라는 기억에 불과했을 것이다.

5월의 햇살이 따갑다. 소금기 있는 바닷바람을 쐬니 들뜬 기분이 다소 가라앉는 듯하다. 바닷가에서 햇볕을 많이 쐬니 불안했던 기분도 정상으로 돌아온 것 같다. 햇볕이 너무 좋은 날은 도리어 낮게 밀려드는 밀물처럼 우울감이 가슴께로 치고 올라왔다. 그런 날에는 붓을 던져놓고, 이중섭이 했다는 소문대로 따라 했다.

쉬는 시간에는 안주도 없이 막소금 한 줌을 호주머니에 넣은 채 소주를 병째 마시고, 틈이 나면 아이들이 바닷가에서 뛰어노는 광경을 지켜보았다. 이중섭은 안주를 살 돈이 없어 막소금에 소주를 찔끔찔끔 마셨지만 이허중은 일부러 소주를 사서 마시고, 굳이 알이 굵은 소금을 구해 먹는다. 먹을 게 소주밖에 없어 마시는 것하고, 무슨 술이든 사서 마실 수 있는데 소주를 마시는 기분이 어찌 같겠는가. 소금도 그렇다. 안주거리를 살 돈이 없어, 아이들 먹일 찬조차 없어 소금밖에는 안주가 없어야 그 처절한 심정을 조금이나마 느낄 수 있을 텐데, 이허중의 호주머니에는 돈이 있다. 비싼 육포라도 사서 씹을 수 있다. 이중섭과 이허중 사이에 돈이 가로막혀 있다. 그걸 머리로 뛰어넘어야 한다.

---

6) 일본에서 태양상 수상 때 받은 부상.

– 이중섭, 〈섶섬이 보이는 풍경〉, 1951

– 이중섭, 〈서귀포의 환상〉, 1954

골목길에 서면 이중섭이 앞장서서 걸어가는 걸 상상했다. 저절로 눈에 보이는 듯했다. 해가 밝게 오르는 날이면 바닷가에 나가 모래밭을 기어 다니는 게를 구경하기도 하고 잡아먹기도 하고, 헤엄치는 물고기를 구경하기도 하고 잡아먹기도 했다. 어떤 날은 게만으로 하루 끼니를 해결하기도 했다. 해녀들이 거둬 올린 굴이나 전복도 구경했다. 군침이 돌아도 사 먹지는 않았다. 이중섭은 아마 사 먹지 못했을 것이다.

아이들이 떼를 지어 놀면 일부러 다가가 유심히 바라보았다. 아침 해가 뜰 때, 해가 질 때 이중섭은 무슨 생각을 하며 바다를 바라보았을까 상상했다. 붉게 흩어지는 노을을 감상하기도 하고, 앞에 바라보이는 섶섬을 바라보기도 했을 것이다. 이중섭이 그린 그림을 보면 그가 그림을 그린 장소를 짐작할 수 있고, 이허중은 꼭 그 자리를 찾아가 똑같이 스케치를 해냈다.

이허중은 그런 중에도 아내에게 편지 쓰는 걸 잊지 않았다.

보고 싶다, 가고 싶다, 사랑한다, 담이 보고 싶다.

부사와 형용사를 듬뿍 비벼 넣어 애절하게 호소했다. 물론 감정 과잉이다. 그렇다 해도 편지를 쓰고 나면 눈물이 뚝 떨어졌다. 이중섭의 눈물이 그러했으리라고 자위했다. 물론 이중섭의 눈물은 피보다 더 붉고 더 뜨거웠을 테지만, 미루어 짐작할 수 있을 만큼은 쓰리다.

이중섭이 가족을 일본으로 떠나보낸 뒤에 보낸 편지를 보면 살점을 떼어 써내려 간 듯한 아픔이 절절히 배어 있다. 이허중은 그렇게는 못하더라도 비슷하게는 해보려고 억지로 애를 썼다. 편지지에 글을 가득 적고 빈 공간에는 아들 담이 좋아할 만한 꽃과 나비, 장난감 따위를 그려 넣었다. 뒷장에는 아내가 좋아하는 노란 원추리꽃을 송이송이 노랗게 그려 넣었다.

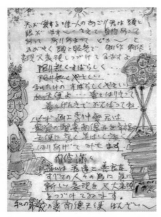

– 이중섭이 일본에 있는 가족에게 보낸 편지

　그렇다고 해서 이허중은 처갓집에 갈 생각은 하지 않았다. 서울에서 내려가는 데도 꼬박 하루, 오는 데 역시 하루가 걸리니 적어도 이틀을 길에 버려야 한다. 그건 물론 핑계라서 말죽거리에서 처가 사이에 물살 험한 현해탄이 있는 것도 아니고, 여권을 내밀어 출입국 허가를 받아야 하는 남의 나라 관문이 있는 것도 아니다. 그저 갈 수 없는 먼먼 곳이라고 느끼려면 의지로 가지 않는 수밖에 없다.

　명절이나 아들 담이의 생일에도 그는 처가에 가지 않고 그림편지만 잇따라 보냈다. 선물을 보내지도 않고 돌아오는 크리스마스에 장난감을 사주마, 내년 어린이날에 창경원에 데리고 가마 하는 달콤한 약속만 줄줄이 적었다. 이중섭이 일본에 가 있는 아들에게 했던 것처럼, 결코 지킬 수 없는 허망한 약속을 늘어놓았다. 이중섭이 무슨 꿈을 그리든 그것은 처음부터 불가능한, 도저히 이룰 수 없는 망상이었다. 이중섭도 편지를 쓰는 그 순간에 이미 불가능한 꿈을 적고 있다는 사실을 잘 알았을 테니 그 마음이 오죽했으랴 싶다. 이허중은 마음만 먹으면 편지에 적은 약속쯤 다 지킬 수 있다. 그러니 이중섭의 아픈 마음을 이해하기에는 여러 모로 역부족이다.

물론 마창룡이 섬까지 들어왔다가 놓고 가는 돈은 크든 작든 아내가 갖고 있는 통장으로 꼬박꼬박 송금했다. 그는 배가 고파야 하고, 돈이 없어 맛있는 음식을 먹지 못해야 한다고 생각했다. 마창룡이 혀를 끌끌 차며 들여 놓고 간 쌀이며 밑반찬으로 삼시세끼를 견디기도 했다. 그의 지갑에는 소주 몇 병 사고, 쌀 한두 되 사 먹을 수 있는 푼돈이나 있을 뿐이다.

적어도 이중섭을 다 안다고 확신하기 전에는 아내와 아들을 만나지 않을 생각이었다. 그들이 일본, 아니 더 먼 미국쯤 가 있다고 상상했다. 어쩌면 이승에서 다시 만나지 못할 수도 있다는 거짓 상상을 하기도 했다. 일본으로 떠난 이중섭의 아내와 자식들은 모진 가난에 시달렸다. 도쿄 대공습으로 초토화된 땅에서 패전국민 일본인들은 극한의 고통에 빠져 있었다. 그 한가운데에 그의 아내와 자식들이 있었다. 그에 비하면 이허중의 아내는 살림이 지나치게 넉넉하다. 이중섭의 아픔은 그저 상상이나 해볼 수밖에 도리가 없다.

서귀포에서 6개월 정도 살아본 이허중은 마창룡이 구해온 진품 가운데 이중섭이 서귀포 시절에 그린 그림을 따라 그렸다. 소재는 게, 물고기, 아이들, 제주도 풍광, 감귤 등이다. 이중섭이 그리지 않은 것이라도 이허중은 더 그려냈다. 돌담이나 해녀, 새끼로 꽁꽁 묶은 지붕 따위를 이중섭의 눈으로 그려냈다.

어차피 이중섭이 동네사람들에게 나눠줘서 전해오지 않는 작품, 서귀포에서 사귄 사람들에게 나눠준 작품도 있을 것이기 때문이다. 술한 잔이나 밥 한 끼 대신 그의 품을 떠난 작품도 필시 있으리라. 그렇게 믿으며 그의 눈에 보이는 것이라면 물리치지 않고 그려냈다.

이중섭이 본 풍광이라면 무엇이든 그의 마음속으로 파고들어가 기어이 그려보았다. 구름이든 바람이든 파도든 다 이중섭의 눈으로 바라보고, 마음에 비치는 대로 그려냈다.

가을이 되었다. 이허중은 서귀포 생활을 정리한 다음 더 추워지기 전에 바다 건너 통영으로 넘어갔다. 거기서도 이허중은 바닷가며 다방 거리를 쏘다니며 이중섭의 눈에 비쳤을 풍경을 머리에 담았다. 그때나 지금이나 변하지 않은 해안선, 능선, 낡은 거리, 오래 묵은 나무, 파도에 휩쓸리는 모래밭 따위를 살펴보았다. 시장 상인들, 다방이나 식당 주인, 우체부, 낡은 옛집을 드나드는 사람들, 몇 년 전으로 돌아가면 이중섭이 보거나 만났을 수도 있는 사람들이다.

이허중은 화첩 속의 그림을 보면서 이중섭의 눈길을 따라가 그대로 느껴보았다. 그러면서 방향을 조금씩 바꾸어 그려보기도 했다. 왜 이중섭이 그 자리에서 사물을 인식했는지, 왜 그리지 않을 수 없었는지 알기 위해서다.

– 이중섭, 〈통영 풍경〉, 1954

이허중은 통영에서 수십 점을 모사하거나 새로 그린 뒤 한 달 만에 진주로 넘어갔다. 늦가을이라 서둘러 다녀야 한다.

진주에서도 그는 이중섭의 눈에 비칠 만한 것이라면 모두 머릿속에 담았다.

거기서 이중섭하고 사당을 빌려 함께 지냈다는 화가 박생광을 느끼기 위해 그의 그림책을 일부러 사서 감상해보기도 했다.

박생광하고 무슨 얘기를 나눴을까. 박생광은 이중섭의 그림을 보면서 뭐라고 말했을까, 이중섭은 박생광의 그림을 보면서 상상해보았다. 이허중은 먼발치에서 박생광을 바라보았다. 박생광은 이중섭보다 열두 살이나 더 많은 용띠 띠동갑 형이다. 그는 아직 자신의 그림을 찾지 못한 채 뭔가 모색하는 중이었다.

– 박생광, 〈소〉
서명이 한자로 되어 있다. 후기 작품에는 한글로 되어 있다.

– 박생광, 〈촉석루〉
그는 일본풍 화가라는 평 때문에 이를 극복하기 위해 무진 애를 썼다.

이허중은 진주에 머물고 있는 박생광 화가를 찾아가 인사를 올렸다. 차마 이중섭의 제자라는 말은 못하고, 그저 공부하는 학생이라고만 자신을 소개했다. 그러면서 물었다. 이중섭은 어떤 화가였느냐고.

"학생이라고? 이중섭이라?"

"전에 진주에서 두 분이 같이 지냈다는 글을 봤거든요."

"내 나이 쉰여섯이네. 이중섭이 살아 있으면 마흔넷이군. 허, 그 친구가 먼저 간 이후로 내가 고민이 많아졌어. 고흐를 관통한 이중섭, 총알은 들어간 구멍보다 나온 구멍이 더 큰 법이지. 나는 샤갈을 뚫고 지나갈 참이야. 그런데 무엇으로 가느냐. 난 아직 찾고 있지, 나의 무기를."

그는 화가로서 충분한 나이다. 그런데 아직 무기를 찾지 못했다고 말한다. 빈센트 반 고흐를 관통했다는 이중섭, 그는 지금 마르크 샤갈을 뚫는 중이란 뜻인가.

"실은 이즈음의 내 인생이란 이중섭을 고민하는 나날이라네. 샤갈을 뚫는 법은 알았는데 이중섭의 황소, 게, 아이들, 천도 같은 내 실탄을 찾는 중이야. 그런 점에서는 나도 이중섭을 공부하는 학생이로군. 허허."

박생광은 천장 대들보를 바라보며 헛웃음을 몇 번이나 지었다.

이허중은 박생광을 만난 뒤에는 황소 구경을 하기 위해 소싸움이 열리는 마당으로 찾아가 덩치 큰 싸움소들을 구경하기도 했다. 소싸움을 앞두고 아침부터 긴장한 채 대기하는 황소들의 눈망울을 바라보며 거

– 박생광, 〈석굴암 해돋이〉
1984년 작으로 이허중을 만났던 당시 박생광은 이런 화풍을 찾아내지 못했다.

기에 비쳤을 이중섭의 눈도 찾아보았다.

　초겨울, 들에 나가기에는 날씨가 쌀쌀해지자 그는 진주를 떠나 대구로 올라갔다. 거기서 칠곡을 오가며 이중섭의 체취를 더 느껴보았다. 산천이며 거리 풍경이 많이 달라지긴 했지만 이중섭이 자주 다니던 다방, 그가 입원했던 병원은 그대로 남아 있었다. 특히 대구는 이중섭이 정신병을 처음 호소한 곳이라 더 깊이 알아봐야 한다.

　이중섭은 대구 시절에 극심한 정신병을 앓았다. 누가 자신을 죽이려고 쫓아온다거나, 그토록 그리워하던 부인을 찾아 죽이겠다고 날뛰기도 했다. 그러다가도 남덕이 자신을 그리워하며 울고 있다며, 저거 보라고 미친 듯이 소리치기도 했다. 헛것을 보고 환청을 들었다. 실제로 미친 것이다.

당시에는 전쟁이 끝난 뒤라 모든 게 어수선했다. 총상이나 파편이 박힌 군인들을 치료하기도 바쁘던 때라 정신병은 병으로 취급되기도 어려웠다. 정신병을 전문으로 치료해줄 병원도 드물고, 심한 정신질 환자조차 거리에 방치되는 일이 허다했다. 전쟁 끝난 지 여러 해 된 지금, 이허중조차 제대로 치료를 받기 어려운 지경이니 당시 이중섭이 제대로 된 정신과 치료를 받았을 리 없다.

이허중은 이중섭이 입원했던 성가병원에 가서 진료를 신청했다. 정신과 의사들은 지금도 형식적인 진료를 하는 수밖에 없었다. 의료 수준이 너무 낮아 막연한 치료를 하는 상태였기 때문에 병원에 간다고 해서 딱히 증상이 개선되거나 치료될 가망은 없었다. 약물이든 수술이든 효과적이지 못했다. 가두고, 심지어 때리거나 결박하고, 독방에 가두는 것이 치료 과정으로 인정되었다.

그런 만큼 이즈음 세상에서 가장 쉬운 일이 있다면 정신병원에 입원하는 것이었다. 이미 병력을 갖고 있는 이허중은 의사들이 묻는 말에 맞춤 답변을 척척 던져주었다. 다만 영영 잡혀 있을지도 모르니 마창룡에게 전화를 걸어 한 달이 지나도 퇴원을 하지 못하면 대구로 와서 자신을 꺼내달라는 부탁을 해놓았다. 이런 의료사고가 너무나 흔한 시절이었다. 인권은커녕 환자를 실험동물로 쓸 수도 있는 어수선한 분위기가 그대로 남아 있었다. 악명 높은 일제의 731부대가 문을 닫은 지

10여 년밖에 더 지났는가. 특히 정신병 분야는 의사들에게도 생소한 증상이 많아 딱히 진단을 하거나 치료를 해줄 수 있는 경우가 많지 않다. 정신과 약의 부작용도 만만치 않다. 정신분열증 치료제인 클로르프로마진이 1952년에 프랑스에서 발견되었으니 이 당시 한국에서는 정신질환자는 무당을 더 많이 찾아갈 정도였다.[7]

한 달 뒤 이허중은 무사히 퇴원했다. 치료가 되는지 안 되는지도 잘 모를 만큼 모든 게 뒤죽박죽이다. 약이라고 주는 것도 치료약은 아니고, 아직도 실험 중인 것들이었다. 실제로 먹어도 안 먹어도 그 차이를 구분하기 어려웠다. 어떤 약은 부작용이 심해 포기한 적도 있다.

해마다 태양 고도가 높아지는 5월이 되기를 기다리는 게 가장 확실한 치료법이었다. 직사광선이 늘고, 일조량이라도 많아지면 저절로 호전되는 증상이 많기 때문이다.

"평소에도 기분 조절을 잘 하세요. 한번 재발하면 잡기 어렵거든요."

정신과 의사는 이허중에게 이것저것 물어보고 검사를 하더니 약을 조제해주었다. 이허중은 자신의 병에 딱 맞아떨어지는 약이 없다는 걸 잘 알고 있다. 보나마나 바르비투르산염이나 벤조디아제핀처럼 검증되지 않고 부작용 많은 약을 억지로 처방했을 것이다. 어쩌면 안심하라고 먹이는 소화제인지도 모른다.

그는 병원에서 나오는 대로 약봉지를 쓰레기통에 버렸다. 그가 이중

---

7) 세로토닌에 작용하는 항우울제는 한참 뒤인 1980년대 후반에 개발되었다.

섭과 유일하게 닮은 구석이 하나 있다면 그건 바로 정신병력이다. 전에 이중섭은 자신의 병을 조울병이라고 말했다. 이허중 역시 그런 진단을 받고 치료를 받은 적이 있다. 그는 그런 데서 무슨 동질감 같은 걸 느낀 건 아니지만 이중섭의 아픔을 이해할 수는 있다고 믿었다. 이중섭의 경우, 부친의 병력이 내려온 것일 수도 있다. 그러다가 6·25전쟁을 겪으면서 가족과 생이별한 뒤 어딘가 깊숙이 숨어 있던 병증이 툭 튀어나온 것이라고들 했다. 오래도록 호주머니에 있다가 시간을 이기지 못하고 뚫고 나온 송곳처럼 어차피 언젠가는 발병하고야 말 집안 내력이라는 것이다.

그에 비해 이허중의 발병 원인은 무슨 까닭인지 알 수 없다. 그저 그러려니 할 뿐 부모형제를 모르니 원인도 모르고 경과도 모르고, 예후 역시 알 길이 없다. 의사들도 마찬가지다.

6.
체포영장

이허중은 이중섭을 더 닮고 싶었다. 아니, 이중섭이 되고 싶은 강렬한 열망을 다지고 다졌다.

대구에서 여관 몇 군데에 머물며 그림을 그리던 그는 지방여행을 정리하고 말죽거리 화실로 돌아갔다. 겨울 동안은 집으로 돌아가 있고 싶었다.

말죽거리 화실로 돌아온 이허중은 그간 여행에서 스케치한 것들을 늘어놓고 밤낮으로 그림을 그려대기 시작했다. 그런 중에도 시장에 나가 닭을 사다 기르고, 우시장으로 나가 하루 종일 소를 구경했다. 작년에 우리나라에서 제일 큰 우시장이 마장동에 생겼다는 소문을 듣고 강 건너로 넘어가 수천 마리나 되는 소를 실컷 구경하기도 했다.

하루 종일 소를 지켜보던 이중섭은 소도둑으로 오해받아 경찰에 신고당하는 일도 있었다. 그런 일은 원산 시절 송도원에서 종종 있었던 모양이다. 이허중은 우시장을 누비며 돌아다니니 그런 의심을 받지 않고도 실컷 스케치를 할 수 있었다.

그 밖에도 서울에서는 이중섭이 머물렀다는 성베드로병원이든 수도육군병원이든 정릉 하숙집이든 다 찾아다녔다. 그때마다 마창룡은 이허중을 찾아와 격려하고 지갑 속의 지폐를 한 줌 꺼내 그의 손에 쥐어주곤 했다.

이허중은 이중섭의 체취가 어린 곳이라면 웬만큼 둘러봤다 싶은 뒤로 말죽거리 화실에 틀어박혀 더 열심히 그림을 그렸다. 현장에서 스케치만 해온 것도 많은데, 기분이 나면 색을 입히고, 그러면서도 끊임없이 스케치를 해나갔다.

이중섭이 종군화가가 되었다는 대목에 이르면 전쟁 그림을 그려보기도 하고, 신문이나 잡지 삽화를 그렸다는 내용이 있으면 그도 이중섭 시대의 소설을 구해 읽으면서 그려보았다. 이중섭과 절친했다는 시인 구상의 시집을 구해 삽화를 그려보기도 했다.

그러는 중에도 마창룡은 완성 그림을 빨리 건네달라며 재촉했다.

이허중은 그의 재촉에도 아랑곳하지 않고 일부러 때를 기다렸다.

"마 사장님, 진짜 이중섭 그림을 그릴게요. 그럴 수 있어요. 자신 있어요. 저는 이중섭 선생님의 아픈 영혼을 생생하게 느낄 수 있어요. 느낌이 와요. 생각만 해도 몸이 떨려요."

"솜씨가 예사롭지 않은 건 알겠는데, 메뚜기도 한철이야. 야쿠자 놈들이라고 마냥 기다리는 건 아니야. 걔들도 장산데, 공급이 돼야 할 거 아니야? 선거도 얼마 안 남았고."

그래도 어쩔 수 없다.

이허중은 영혼을 갈아 캔버스에 뿌릴 수 있는 경지가 되지 않고는 붓을 잡지 않으리라 다짐했다. 마창룡도 그런 이허중을 존중해주어 그리 심하게 닦달하지는 않았다.

마창룡이 구해 오는 담뱃갑 은박지, 물감, 종이, 붓 따위가 수북하게 쌓여갔지만 그는 오직 연필로 스케치만 해나갔다. 특히 마창룡이 보내온 물감은 너무 좋아서 도리어 쓰질 못했다. 이중섭이 그런 물감을 보았더라면 얼마나 좋아했을까 싶지만, 실제로 그렇게 좋은 물감을 쓰지 못했으니 이허중도 손을 대지 못한다. 이중섭은 도쿄 유학 시절, 잘나가는 형과 부유한 집안 덕분에 세상에서 가장 좋은 물감을 실컷 써본 적이 있다. 그러니 그가 6·25전쟁 이후 그림을 그릴 때 그런 물감이 있는 줄 몰라서 안 쓴 것이 아니라 알고도 못 썼을 뿐이다. 그 아픈 마음을 이허중도 알아야만 한다. 감전된 듯 몸으로 느껴야만 한다.

마창룡이 위작을 받기 시작한 것은 선거가 예정돼 있는 1960년이 되면서부터였다. 그가 마창룡에게 보낼 작품을 그리는 동안에는 아내에게 "그림 그리는 동안은 제발이지 나 좀 도와줘."라는 편지를 매일 써서 부쳤다.

하루에 한 통씩 꼭꼭 편지를 써 보냈다. 그림을 그리고, 아들을 위해 장난감이며 꼬마 자동차며 맛있게 생긴 사탕과 과자 그림 따위를 그려 넣어 간절함을 한껏 표현했다. 이중섭이 죽은 아들을 위해 천도복숭아를 그려 관에 넣어주고, 심심하지 말라고 동무들을 그려준 것에 착안하여 그 역시 흉내를 내는 것이다.

그의 아내는 이허중의 끈질긴 호소에 감동했는지 친정에서 올라와 그의 시중을 들겠다고 답장을 보내왔다. 아들 담은 이제 부러진 팔이 다 나아서 활동하는 데 아무런 불편이 없다면서, 그의 아내는 곧 올라가마고 화답했다.

그러면 이허중은 태도를 바꾸어 차일피일 날짜를 늦췄다. 제주도에 다시 다녀와야겠다, 진주에 며칠 둘러볼 곳이 있다, 되는대로 핑계를 대어 아내의 발걸음을 시골에 묶어두었다. 이중섭이 가족을 그리워하면서도 영영 만나지 못한 아픔을 느끼려면 아내가 그렇게 쉽게 올라와서는 안 된다고 생각했다.

1960년 설이 되었다. 1월 28일 목요일이다.

이허중의 아내와 아들은 이번만은 말죽거리로 돌아왔다. 설이니 어쩔 수 없이 모였다. 집 안에 온기가 도니 막혔던 숨이 시원하게 터지는 것 같다. 그림 그리는 속도도 빨라졌다. 막상 가족이 옆에 있으니 그의 손도 힘을 얻은 듯 힘줄 핏줄이 팔딱거리는 듯했다. 그림은 일사천리로 그려졌다.

선거 예정일인 3월 15일 이전까지 그는 무려 100여 점이나 되는 이중섭의 그림을 모사하거나 창작하여 마창룡에게 넘겼다. 그는 그때마다 마창룡에게 똑같은 요구를 했다.

"진품 판정이 필요하시지요? 기왕이면 이분들한테서 받아주세요."

"누군데?"

"제가 응모한 그림을 항상 형편없다고 말하는 사람들이지요. 쓰레기라나 폐지라나, 악담을 하더라구요. 정신병자 그림 같다고도 했고요. 제가 어떻게든 대학을 졸업했어야 하는 건데, 병이 나서 중도에 그만뒀더니 숫제 제 작품은 거들떠보려고도 하지 않거든요."

"하하하, 이 사람들을 골려주란 말이군. 그럼 이중섭 선생님 작품을 모사한 거 말고, 순전히 자네가 창작한 것만 골라 평을 받아야겠네. 그래야 통쾌하잖은가."

"그럼 더 좋지요."

이허중은 어떻게든 자신의 그림을 무시한 사람들에게 보기 좋게 복수하고 싶었다. 그림 값이 선거 자금으로 쓰이든 말든 그건 그가 알 바가 아니다. 이승만이 대통령이 되든 말든, 이기붕이 부통령이 되든 말든 관심조차 없다. 그는 스승인 이중섭을 넘어서고 싶을 뿐, 그래서 이중섭의 그림을 뚫고나와 자신을 몰래 드러내고 싶을 뿐이다. 이허중은 잠시만 방심하면 자신만의 그림을 그려야 한다는 욕심을 불쑥불쑥 일으켰다. 그때마다 그는 이중섭 공부를 마치기 전에는 이허중은 없다고 스스로 다짐했다. 진주 땅에서 이중섭을 극복 중인 박생광처럼.

선거가 임박해지면서 마창룡은 부산으로 일본으로 부지런히 돌아다녔는데, 그가 모시는 임화수라든가 이정재, 그리고 그 아래 줄선 깡패들이 무슨 일을 저지르는지 이허중은 전혀 알지 못했다. 그는 그저 화실에 틀어박혀 그림만 그렸다. 그러면 세상은 그와 상관없이 따로 돌아가는 줄 알았다.

이허중이 관심을 갖든 안 갖든 정부통령 선거가 치러졌다. 그가 붓을 잡아 캔버스에 물감을 뿌리든 칠하든, 못으로 은박지를 긁든 긋든 세월은 흐르고, 사건도 따라 일어났다. 그 사건이 역사가 된다는 것도 모르면서 그저 물결처럼 흘러갔다. 물결에 휩쓸리는 줄도 모르면서 사람들은 동시대를 살아갈 뿐이고, 이허중도 그러했다.

그는 선거에 신경 쓸 여유가 없었다. 때때로 화실에 들르는 마창룡으로부터 시국 얘기를 건성으로 듣기만 했는데, 결국 마창룡의 주인인 임화수가 적극 밀어낸 이승만이 세 번째로 대통령에 당선되고, 특히 마 사장이 바라고 바라던 대로 부통령에 이기붕이 당선되는 것으로 마무리되었다. 싱거운 이야기다. 이승만의 상대이던 조병옥 후보가 중간에 사망하여 대통령 선거는 저절로 이긴 셈이고, 사실은 부통령 싸움이 치열했다. 자유당에서는 이기붕을 내세워 야당의 장면 후보와 맞붙었는데, 혈전이라고 불릴 만큼 공방이 대단했다. 하지만 돈과 깡패를 움켜쥔 임화수 쪽이 개입한 만큼 이기붕은 거뜬히 당선되었다. 작정하고 밀어붙였으니 안 될 것도 없다고 이허중은 생각했다. 그러니 그런 줄만 알았다. 나하고 상관없는 일, 난 그림만 그리면 된다, 이렇게 한가하게 생각했다.

선거가 끝나면서 마창룡의 재촉은 금세 줄어들었다. 대신 이중섭 그림과 똑같이 그려내기만 하라는 여유를 보이기 시작했다. 야쿠자에게 몇 점이나 팔았는지, 얼마나 벌어들였는지 이허중은 알지 못했다. 그저 선거에 약간이나마 기여를 했다는 정도밖에 그는 알 수가 없었다.

그러던 평안한 시국이 4월이 되면서 분위기가 뒤숭숭해지기 시작했다. 이승만 대통령 쪽은 말이 나오지 않는데, 이기붕 부통령 선거는 새빨간 부정선거라는 소문이 흉흉하게 나돌기 시작했다. 이기붕 선거라면 마창룡의 주인인 임화수가 앞장서서 치른 선거 아닌가. 이승만 대통령이야 상대인 조병옥 후보가 유세 다니던 도중 급사하는 바람에 자동 당선되었는데, 막상 이기붕은 선거 초기부터 장면 후보에 뒤졌다. 그러니 임화수든 이정재든 총력전을 벌이지 않을 수 없었던 것이다.

웬일인지 서울 곳곳에서 데모가 일어났다. 이허중은 그림 그리기 바빠 거리에 나가보진 않았지만 주말마다 나가던 달맞이꽃 춘화 쇼에서 그런 사회 분위기를 느끼곤 했다. 홍청망청하던 분위기는 차츰 식어가고, 마창룡이나 임화수의 부하들이 불안한 기색으로 삼삼오오 모여 두

런거리는 광경이 자주 눈에 띄었다.

그해 4월 16일, 따스하게 내리쬐는 봄볕을 받으며 한강을 건너간 이허중은 모처럼 춘화 쇼를 하러 달맞이꽃에 찾아갔는데 마창룡은 분위기가 좋지 않다며 한 주 거르자고 권했다.

"공기가 심상찮다."

이허중은 바쁜 중에도 한 달에 한 번은 달맞이꽃에 나가서 춘화를 그려주곤 했는데, 이날은 달맞이꽃을 지키던 새끼깡패들이 어디로 갔는지 하나도 보이지 않고, 그야말로 막 입문한 어린 깡패들만 불안한 표정으로 입구 주변에 삼삼오오 모여 수군거리고 있었다.

"분위기가 왜 이래요? 음악도 크게 안 틀어놓고?"

"대학생 놈들이 공부는 안 하고 시끄럽게 몰려다녀서 그래. 하필이면 선거하던 날 마산에서 일이 터졌는데, 내무부장관이 어린애들을 쏴죽이라고 명령하는 바람에 시끄럽더니만, 이젠 서울까지 난리잖아. 마산은 지금 난리가 나서 좌익분자들이 경찰서 무기고를 때려부수고 수류탄 훔쳐다가 서장실에 터뜨리고……."

생각보다 더 심각한 모양이다.

이허중은 선거 때문에 사람이 죽었다는 말은 마창룡한테서 처음 들었다.

"그런데 왜 달맞이꽃 애들이 안 보이는 거지요?"

"임화수가 다 불러갔어. 대한반공청년단이라고 있잖아. 뭔 짓을 하려는 건지. 돌아가는 걸 보면 달맞이꽃을 당분간이라도 닫아야 하는데…… 반공청년단을 일으켰는데도 안 되면 일이 아주 복잡해질 거란 말이야."

"반공청년단요?"

"아, 빨갱이새끼들이 마산에서 시민들 선동해 반란을 일으켰다잖아. 김일성이 그 미친놈은 왜 마산까지 간첩을 보내고 지랄이야. 6·25 때 한번 망해봤으면 정신을 차려야지."

"김일성이 또 빨갱이를 내려보냈어요?"

"그러니까 임화수가 저 난리지. 대학생들이며 빨갱이새끼들 다 때려잡겠다고 서울 깡패들을 죄다 불러 모으고 있대. 이정재나 유지광이도 저마다 애들을 부르고 있나 봐. 시끄러울 때 난 일본이나 후딱 다녀와야지. 어휴, 골치 아파. 빨갱이 소리만 나와도 진저리가 나."

이허중도 시국이 어수선하니 밖으로 나다니지 않고 화실에서 그림 그리기에만 열중하기로 했다. 세상이 소란스럽거나 말거나 화실 문만 닫으면 거기는 별천지 세계라고 그는 믿었다.

마창룡이 떠난 며칠 뒤 달맞이꽃에서 더 이상 춘화 쇼를 할 수 없게 됐다는 통보가 왔다.

듣자 하니 이허중이 달맞이꽃에 간 이튿날 임화수가 동원한 깡패들이 고려대생들을 뒤따라 다니며 집단 폭행한 모양이다. 소문을 들은 서울시내 대학생들이 이튿날인 19일에 일제히 종로 거리로 몰려나오더니 급기야 이승만 대통령이 사는 경무대로 쳐들어갔다는데, 거기서 경찰이 곡사포를 쏘는 등 발포를 하여 많은 학생이 죽었다는 것이다.

경무대 경찰은 대학생들을 죽인 게 아니라 선동하는 빨갱이 떼를 향해 발포한 것이라고 둘러대었다. 어쩐 일인지 신문들은 보도자료대로 쓰질 않았다. 양심 있는 언론들이 차마 대학생들을 빨갱이라고 덮어씌우질 못한 것이다.

민심은 더욱 요동쳤다. 부통령 선거가 심각한 부정선거였다고 하여 시작된 시위건만 시간이 갈수록 시위 양상은 이승만 반대 쪽으로 흘러갔다.

이허중은 말죽거리 화실에 틀어박혀 일에만 열중했다.

그러던 어느 날, 마창룡에게서 다급한 국제전화가 걸려왔다. 3·15 선거가 끝나자마자 임화수에게 크게 칭찬을 받은 마창룡이 올해 초에 가설해준 그 전화다.

"일본에서 돌아오셨어요?"

"아니, 여기 일본이야. 내가 사람을 보낼 테니 그 편에 완성된 그림을 건네줘. 용돈은 따로 입금해놓을게."

"와서 직접 보시고 가져가야지요?"

"그럴 것도 없어. 게다가 지금 서울에 들어갔다가는 무슨 경을 칠지 모르겠어. 대학생들이 하도 난리를 쳐서 각하께서 궁지에 몰렸나 봐. 이 빨갱이새끼들이 어찌나 지랄인지 감당이 안 되나 봐. 임화수도 어떻게 해보려고 난리라는데, 내가 뭘 어쩌겠어? 일은 자기들이 다 저질러놓고."

정국이 어떻게 돌아가고 있는지 이허중은 전혀 알지 못했다. 관심을 안 가지면 그뿐이려니 여겼다. 이중섭 그림이나 베끼는 사람으로서 시국과는 하등 관련 없는 일이라고 생각할 뿐이었다.

"그럼 그림은 준비를 해놓을게요."

"그럼그럼, 걱정하지 말고 열심히 그림이나 그려. 세상일 신경 쓰지 말고. 그러다 조용해지겠지. 이쪽 물이 아주 좋아. 무슨 말인지 알겠지?"

"예예, 그러지요."

마창룡이 전화를 건 지 하루도 안 지나 달맞이꽃에서 심부름하던 새끼깡패 하나가 지프를 타고 와서 그림을 실어 갔다. 그 뒤에 은행에 가서 통장을 확인해보니 마창룡이 약속한 돈은 틀림없이 입금되었다.

그 뒤로도 이허중은 이중섭의 그림을 열심히 모사하면서 하루하루를 지냈다. 라디오를 듣지 않고 신문을 보지 않다 보니 세상 돌아가는 일에는 여전히 캄캄했다. 그가 귀를 닫으면 세상도 잠잠해져야 하련만 정작 한강 이북에서는 나날이 시끄러웠다.

이기붕이 국회의장직을 사퇴하고, 이승만 대통령이 대통령직을 사임했다는 소식이 잇따라 들려왔다. 그래도 데모 군중이 흩어지지 않자 이기붕 일가가 자살하고, 이승만이 견디지 못하고 기어이 하와이로 망명했다.

기다리던 마창룡은 데모가 가라앉은 6월이 되어서야 겨우 한국으로 돌아왔다. 그는 두목인 임화수가 고려대생들을 집단폭행한 혐의가 인정되어 징역 6월형을 살고 있다며 자기는 그림 사업이나 열심히 해야겠다고 말했다.

"좌익 빨갱이새끼들이 설치는 바람에 임화수 형님이 재수 없이 걸려가지고는……."

마창룡은 모셔야 할 임화수가 감옥에 가 있기 때문에 말죽거리 화실에 더 자주 찾아왔다. 사회 분위기상 달맞이꽃 춘화 쇼는 아예 중지해 버렸다. 그러니 이래저래 시간이 남아 그가 하는 일 중에서는 이허중의 모작을 기다리는 게 가장 큰일이 되었다. 그는 아침 일찍 한강을 건너와 저녁 무렵 종로로 돌아가곤 했는데, 올 때마다 4·19로 들어선 장면 정권을 빨갱이 정부라며 실컷 욕하면서 이허중이 그림 그리는 걸 물끄러미 바라보곤 했다.

그해 가을, 마창룡이 다시 한 번 가짜 이중섭 그림을 갖고 일본에 다녀온 뒤 얼마 지나지 않아 급박한 전화가 걸려왔다.

"이 화백, 나 마창룡이야. 지금 검찰이 어떻게 알고 말죽거리 화실을 압수수색할 모양이야. 피할 시간도 없고 피할 도리도 없으니 차라리 사실대로 말하는 게 좋겠어. 뒷일은 내가 감당할 테니까 마음 편히 생각해. 우리 두목 임화수 사장도 곧 출소할 거야. 그래도 명색이 각하 전

속 깡패였는데 연줄 없겠어? 걱정 마."

이허중은 정신이 번쩍 들었다. 검찰, 압수수색, 이런 말은 듣느니 처음이다. 그는 경찰서도 아직 가보지 못했다.

"아니, 그럼 제가 감옥에 가나요?"

"뭐, 갈 수도 있지만 별일이야 있겠어? 부통령 선거에 떨어졌던 장면이란 놈이 총린가 뭔가 되더니 괜히 기강을 잡는답시고 친일파들을 잡아들이고 있다네. 등신, 저는 다마오카 쓰토무라고 창씨개명까지 해놓고 뭔 소리를 하는 건지. 그래놓고 감히 경찰관 4500명을 해고하고, 남은 경찰 80퍼센트도 전출시켜버렸다구. 게다가 공무원 5000명을 해임해버렸단 말이야."

"아니, 친일파 경찰이든 공무원이든 그런 건 모르겠고, 왜 제가 압수수색을 당하냐고요?"

"자네 정말 아무것도 모르는군. 장면이 누구야? 우리가 이기붕일 부통령으로 밀어대는 바람에 떨어진 놈 아니야? 입에 거품 물고 있었겠지. 부정선거라나 뭐라나 해서 어린놈의 새끼들을 등 떠밀어 사일군지 뭔지 그 난리를 쳤던 거고. 정치보복이야, 보복!"

"아니, 제가 이기붕 선거운동 한 적도 없고 장면은 이름도 제대로 들어본 적이 없는데⋯⋯."

"야, 너 이중섭 그림 그렸잖아! 그 자금이 부정선거에 쓰인 거라는 거지. 뭐 틀린 말은 아니지. 그래서 친일파 때려잡는다고 저 난리야. 우린 다 친일파 됐어. 안 그래도 박사각하께서 맨 친일파 데려다 군인, 경찰, 검찰, 공무원으로 다 썼잖아. 6·25 때 삼팔선 지키던 장군들이 다 일본군 출신들이야. 이 정도면 말 다했지."

"제가 왜 친일파라는 겁니까? 일제 때 태어난 사람은 다 친일파입니까?"

"그러기야 하겠어? 허중이 너는 이중섭 그림을 그렸고, 난 일본으로 빼돌렸고, 그림 판 돈 받은 임화수는 부정선거에 썼다, 그러니 우리 모두 친일파가 되는 거지."

"억울합니다."

"뭐가 억울해? 너도 임화수 형님이 하시는 반공청년단에 서명했잖아? 우린 반공이고 쟤들은 반일이야. 그러니 우린 쟤들을 빨갱이라고 욕하고, 쟤들은 우리를 친일파라고 하는 거지."

"제가 뭘 알아요? 사장님이 하라고 해서 했지요."

"서명했으면 그게 친일파라는 자백이나 다름없는 거야. 옛날의 친일파가 반공세력 된 거라잖아. 그래두 독립운동 하느라 가산 탕진시켜 놓고 빨갱이로 몰리는 것보다야 낫지."

"그렇다고 그림 좀 그린 게 무슨 죄가 되는 거지요? 더구나 가짜 그림인데요? 마 사장님이 아무 문제없다고 하셨잖아요?"

"네 그림이 가짜 줄 검사가 어떻게 알아? 진짜로 알고 그러는 거지. 하여튼 저것들이 이제는 아무나 친일파로 몰아 잡아들이네. 하기야 우리도 아무나 빨갱이로 몰아 죽였으니 피장파장이긴 하지만."

뭔지는 자세히 모르겠으나 갈수록 기분이 서늘해진다. 정치 싸움에 단단히 엮인 모양이다.

"그럼 우리 마누라하고 내 새끼는 어떻게 하고요?"

막상 혹시라도 형무소에 갇힐지 모른다는 생각을 하니 그간 아내와 아들을 용인 처가에 보내 억지로 떼어놓았던 경험쯤은 아무것도 아니다. 생각만 해도 피가 끓고 다리가 후들거린다.

"어허, 내가 뒤를 봐준다니까. 걱정 말라구. 변호사 사서 빼내줄 테니까. 우리 두목, 아직 안 죽었어. 임화수가 누군데?"

"아니, 대체 무슨 일인데요? 죽어도 알고나 죽게 해주세요!"

마창룡은 잠시 말을 끊고 있다가 한숨을 길게 내쉬며 말했다.

"어디 말 돌리지 마. 쉬쉬, 이승만 박사가 하와이로 도망가셨어. 이거 정말 1급 비밀이야. 우리 진짜 두목이 쫓겨난 거라구."

"전 정치 잘 모른다구요. 이 박사가 도망가든 말든 저하고 무슨 상관인데요?"

마창룡은 혀를 끌끌 찼다. 아직도 눈치를 채지 못하냐는 질책이다.

"정치를 모르면 되나. 목숨이 달리고 재산이 걸린 일인데? 이승만 각하가 도망갔다는 건 그간 그이가 지켜주던 친일파들이 뭐냐, 비빌 언덕을 잃어버렸다, 의지가지없게 됐다, 뭐 그런 말이지."

"그러니까 친일파가 비빌 언덕을 잃어버린 거하고, 남의 그림이나 베끼는 삼류작가인 저하고 대체 무슨 상관인데요?"

"장면 저 새끼가 괜히 깡패 잡아들이고 친일파 족쳐서 민심을 가라앉혀보겠다는 꼼수지. 윤보선이하고 장면 이 두 놈이 장난질하는 거야. 이 두 놈을 확 엎어버려야 하는데……. 경찰 놈들은 무능하고, 혹 친일 군인들이 나선다면 모를까……. 하여튼 패가 더럽게 말렸어."

"예? 그럼, 저는 어떻게 되는 건데요?"

이허중은 그림에 빠져 있느라고 세상이 어떻게 돌아가는지 잘 모르고 있었다. 대학생들이 이승만 대통령 하야를 외치는 데모를 했다는 말은 얼핏 들었다. 사람도 죽었다고 했다. 그렇지만 이허중은 자신하고는 관계가 없는 일이어서 관심도 두지 않고 오직 그림만 열심히 그렸다. 이기붕이 누군지, 장면이 누군지도 모르는데 무슨 상관이랴, 그렇게 생각했다. 그런데 이승만 대통령이 도망가셨다니, 오늘에서야 처음 듣는 말이지만 뭔가 찝찝하고 심상찮다.

"죽은 놈 도리깨질하겠다는 거야. 이승만 각하가 거둬 쓰던 친일파 검사, 판사, 경찰, 공무원, 군인을 싹 잡아들여 어떻게 민심을 잡아보겠다는 건데, 전에도 반민특위가 박살났는데 어느 놈이 감히 친일파를 잡아들이겠어? 설사 그런다고 한들 친일파 군인들이 총칼 들고 있는데 아무려면 가만있겠어? 지금 별 단 장군들, 죄다 친일파야. 장면 같은 거야 총알 한 방이면 끝나는 거야."

뭔가 불안감이 엄습한다. 서늘한 기운이 밀물처럼 밀려든다. 딸꾹질이 난다.

"그, 그렇다면……?"

이허중은 재빨리 지하실로 내려갔다. 그는 지하실 구석에 있는 작은 쪽문을 열어보고는 얼른 닫았다. 그러고는 못 쓰는 가구 따위를 모아

한쪽 구석으로 밀어놓았다. 그런 다음 최근에 그린 그림 20점을 누가 보아도 보일 수 있게 한쪽 벽면에 늘어놓았다.

겨우 한숨 돌리고 나서 책상 앞에 앉자마자 검찰 수사관 신분증을 내미는 사람들이 들이닥쳤다.

해방 이후 친일파와 반공 세력이 한 몸이 되고, 임정파와 독립군이 공산주의자와 엮여 서로 죽이고 죽이는 치열한 싸움을 벌여왔다. 그것이 폭발한 게 6·25전쟁이고, 이허중도 고아가 되어 들끓는 역사의 변두리에 버려졌다.

얼마 전에 집에 돌아와 있던 그의 아내는 이허중의 통화 내용을 듣다가 혼비백산하여 벌벌 떨었다.

이허중은 이미 그들이 찾아올 것을 알고 있었기 때문에 일부러 놀라지는 않았으나 그들의 체면을 위해 적당히 놀라는 척했다.

"화실에 웬 신사들이시지요?"

"너, 이중섭 화백의 그림을 왜놈들에게 밀반출한다면서?"

"예? 밀반출요?"

"깡패새끼들이 문화재를 도굴해다 일본에 팔아먹고, 또 유명 작가의 그림을 헐값으로 사서 야쿠자들에게 넘긴다는 제보가 있어. 너, 이중섭 그림을 수집해다 야쿠자에게 팔아먹는 조직책이라며?"

"조직책요? 그게 뭔데요? 전 일본말 못해요. 아는 일본인도 없어요."

"왜놈들한테 36년간이나 지긋지긋하게 당해놓고 아직도 공출할 게 남아 있냐, 이 친일파새꺄! 친일파 두목 이승만이 도망갔으니 친일파 개새끼들은 다 죽었어. 친일파 지켜주던 각하새끼가 이 땅에서 꺼져버 렸다고! 친일 검찰, 친일 경찰, 친일 군인 다 쓸어버릴 거야."

"저, 전 진짜 친일파 아닌데요?"

"우리 문화재를 일본에 팔아먹었으면 친일파지 다른 게 친일파냐!"

이허중은 당황했다. 그들은 지금 이허중이 이중섭의 진품 그림을 수 집해 일본에 파는 것으로 오해하고 있는 것이다. 마창룡도 이런 귀띔 은 해주지 않았다.

"저, 무슨 오해가 있으신 모양인데요. 부끄럽지만 전 사실 이중섭 화 백의 그림을 베껴서 파는 일을 하고 있습니다. 어디 파는지는 모르지 만, 제가 모사를 한 거라니까요. 보세요. 똑같은 그림을 여러 장 그리잖 아요?"

"거짓말하지 마, 이 친일파새꺄! 이미 조사 끝났어. 너 이승만 각하 새끼 밑에서 우쭐대던 임화수 똘마니잖아! 너희들 명단이 여기 다 있 어. 깡패새끼들, 반공투사로 위장한 친일파새끼들 다 죽었어! 이 새긴 겸 풍속사범이네? 너, 춘화도 그렸어?"

"예?"

검찰 수사관들은 다짜고짜 이허중에게 달려들어 수갑을 덜컥 채우 고 검찰로 연행했다. 그들은 체포영장을 갖고 있었기 때문에 달리 어 쩔 도리가 없었다. 불가항력, 어깨에서 힘이 빠져나간다.

그의 아내는 놀라 허둥댔지만 정작 그는 덤덤하게 집을 나섰다. 아들 담이하고는 눈을 마주치지 않으려 고개를 돌려 외면했다.

"마 사장님한테 연락해볼게요, 여보."

"무슨 오해가 있는 거니까 너무 걱정하지 마."

아내에게 해줄 말은 그뿐이다.

겪어보자, 이중섭은 6·25전쟁도 겪었는데 이까짓 게 대수랴 싶다. 검찰에 끌려간들 전쟁터에 끌려가는 것과는 다르다. 총알이 빗발치는 북녘에 어머니와 형수를 남겨둔 채 흥남부두에서 피난선을 타고 부산으로 내려온 이중섭은 그야말로 생사의 최전선으로 내몰렸다. 그때까지 부자로 살아온 그는 한 끼 먹는 게 그토록 힘든 일이라는 걸 피난지 부산에서 처음 깨달았다.

이허중은 비록 고아 출신이긴 하지만 큰 고난 없이 오늘까지 살아왔다. 죽는 일 아닌 다음에야 겪어서 나쁠 것은 없다고 다짐했다. 이중섭의 영혼을 닮으려면 그쯤 아무것도 아니라고 믿었다. 이중섭에 비하면 고통도 아니다, 그는 그렇게 자신을 위로했다.

7.
그림 그리는 깡패

　이허중이 검찰에 연행된 바로 그날 저녁, 라디오 뉴스에 그에 관한 소식이 생생하게 나갔다. 민족혼을 팔아먹은 매국노라는 한 미술평론가의 인터뷰 기사가 붙었다. 4·19혁명으로 들어선 장면 정권은 이승만 정권과는 달리 친일파를 무섭게 처단한다는 기자의 해설이 덧붙었다. 15년 만의 진정한 해방이라는 찬사까지 해설 기사로 흘러나왔다.

　막상 유치장에 가서야 이허중은 세상이 발칵 뒤집혔다는 걸 알 수 있었다. 마치 해방 직후 친일파들을 잡아들이던 분위기나 다름없다. 그때 반민특위에 붙들려간 경찰, 검찰, 공무원 들은 꼼짝없이 죽었다고 믿었지만 결국 미군정이 반대하고, 박사각하인 이승만의 지령을 받은 친일 잔당들이 반민특위를 박살내고, 특별위원회법을 수차례 개정하여 마침내 이들 친일파들을 '무사히' 구출해냈다.

이허중과 함께 잡혀 들어온 무수한 친일파들은 또다시 그런 기적이 일어날 거라면서 태평했다.

"이승만 박사가 비록 하와이로 떠나셨지만 국군 장성들이 다 누구냐고? 박사님 은혜를 입은 일본군 출신들이라잖아. 조금만 기다리면 좋은 소식이 있을 거야."

친일파들은 친일 군대가 가만있지 않을 거라면서 그리 크게 두려워하지 않았다. "그래 잡아봐라. 친일 판사, 친일 검사, 친일 관료, 친일 교수, 친일 군인, 친일 경제인, 친일 승려, 친일 목사, 다 잡아들여라. 그러면 이 나라에 누가 남느냐!" 이렇게 장담했다.

한편 검찰 수사관들은 연일 이허중을 다그쳤다. 그림은 어디서 구했느냐, 누구한테서 샀느냐, 브로커는 누구냐, 일본 측 접선자는 누구냐.

이허중은 말할 수 없었다. 그가 아는 유일한 인물은 마창룡뿐이다. 그러나 마창룡 덕분에 이허중은 극장 간판 그림이며 춘화를 그리지 않고, 위작이긴 하지만 오로지 그림만 그리며 처자식을 먹여 살릴 수 있었다. 마창룡 이름 석 자를 부르는 것은 인간의 탈을 쓰고는 도저히 할 수 없는 배신행위라고 생각했다.

그러면서도 이허중은 사실 자신은 위작을 만들어 팔았을 뿐 진품은 한 점도 팔지 않았다고 강변했다. 그리고 조사실에서 검찰 수사관들이 지켜보는 가운데 이중섭의 그림을 모사하는 실연을 해보이기도 했다.

수사관들은 이허중이 그린 그림을 보고는 반신반의했다.

"보세요, 이렇게 비슷하게 그릴 수 있다니까요? 제가 무슨 돈이 있어 이중섭의 진품을 사 모을 수 있겠어요? 전 돈 없어요. 먹고살려고 이 짓을 했다니까요."

"그러니까 네가 깡패새끼라는 거 아니야! 너 진짜 깡패 아니야? 달 맞이꽃에서도 일했다며? 거기가 깡패새끼들 소굴이거든. 친일 깡패새 끼들! 깡패를 해도 왜 친일 깡패를 해먹냐고!"

"반공하는 깡패가 그럼 친일이지 제 정신 있는 깡패냐? 너 같은 놈 까지 깡패 짓을 하고 사니 세상이 망조든 거지."

"그림 그리는 깡패도 있습니까? 그냥 그림을 그려놓으면 사람들이 아무 때나 와서 사가니까 그리는 것뿐입니다. 전 아무것도 아니라구 요. 도대체 그림으로 누굴 팰 수가 있습니까, 협박할 수 있습니까."

"그건 그렇다마는…… 왜 하필 깡패새끼들하고 어울렸냐고!"

검찰 수사관들은 그의 모사 솜씨에 당황했다. 그들도 이허중의 솜씨 로 볼 때 모사 가능성은 충분하다고 인정했다.

"하, 그래도 이중섭의 진품이 일본 야쿠자들 사이에 유통된다는 첩 보가 있단 말이야."

이허중의 말에 수사관들은 반신반의하기 시작했다. 아무리 엮으려 해도 진품이 아닌 가짜를 그려 팔았다면 친일파로 몰 수가 없다. 이허 중이 아니어도 진짜 친일파는 쌔고 쌨다. 요즘 친일 불법 세력들을 마구 잡아들이다 보니 형무소가 모자란다. 모자란 건 정작 검사와 수사관이다. 친일파를 잡아야 하는데 친일 검사, 친일 수사관을 쓸 수가 없다. 그러자니 몇 안 되는 검사와 수사관으로 친일파들을 잡아들이자니 우선 물리적으로 말이 안 된다. 그러니 이허중 같은 하등급 사건은 금세 시들해지고 만다. 사건 구성이 안 되니 이제 나갈 절차만 남아 있다. 피고들이 너무 많아 나가는 절차도 느려터졌다.

검찰 조사가 시들해질 무렵 변호사가 찾아왔다.
"난 마창룡 씨가 고용한 당신 변호사요."
이허중은 그제야 속으로 '그럼, 그렇지.' 하면서 변호사를 반겼다.
"저, 언제 나갈 수 있습니까?"
"마창룡 씨가 이걸 보여주라고 합디다."
변호사는 잔고가 적혀 있는 예금통장을 보여주었다. 무려 300만 원이다. 예금주를 보니 이허중이란 이름이 똑똑히 적혀 있다.
"아니, 이렇게 큰돈을?"
"마창룡 씨가 이 통장을 만들어 금고에 보관하고 있습니다. 이허중 화백이 출소하는 날 직접 전해주시겠답니다. 대신 한 가지 부탁이 있답니다."
'출소하는 날?'
300만 원이라는 거액을 준다면 필시 뭔가 곡절이 있을 거라고 이허중은 계산했다. 돈이 오가는 데는 언제나 치명적인 이유가 있다. 이허중은 이미 모사품에 대한 대가는 다 받아 썼다. 더 받을 돈이 없다.

"이 돈이…… 무슨 뜻이지요?"

"이 화백, 마창룡 씨 믿지요?"

돈을 믿지 사람을 믿지는 않는다. 그래도 입에서는 다른 말이 나왔다. 처지가 급하니 바른말을 할 수가 없다. 300만 원이면 혀가 비뚤어질 만큼 약효가 있는 돈이다.

"그러믄요. 제 모사품을 늘 사주신 분인데요."

"쉿, 모사품이라니. 이 화백이 그렇게 말씀하시면 안 되지요."

"아니, 왜요? 마 사장님도 다 아는 일인데요?"

변호사는 손사래를 치며 검지를 자신의 입술에 갖다 댔다.

"쉿! 위작을 그렸다고 하면 그거 사기가 되는 겁니다. 사기, 무서운 범죄입니다. 징역 산다고요. 일본에 팔아먹은 액수가 얼만데요?"

이허중은 사기라는 말에 겁을 먹었다.

변호사는 눈치를 살피더니 씩 웃으면서 본론을 꺼냈다. 방법이 있다는 신호다.

"사실 문제가 생겼소. 마창룡 씨가 죽게 생겼단 말이오. 그렇지 않아도 이승만 대통령이 느닷없이 도망치는 바람에 임화수가 거느리던 깡패들이 힘이 쪽 빠져 이리저리 다 숨어버렸소. 달맞이꽃도 문을 닫은지 오래요. 막상 일이 이렇게 꼬이자 이젠 야쿠자들까지 마 사장을 찾고 있다오. 가짜 그림을 팔았으니 잡아서 죽이겠다고 말이오. 그 무서운 놈들에게 외통수로 딱 걸렸단 말이오."

"야쿠자가 왜 마 사장을…… 죽여요?"

"그동안 이 화백이 그린 작품을 이중섭이 그린 진품이라고 속여서 야쿠자들에게 팔아온 모양이오. 그런데 그게 위작이라는 게 밝혀지면 마창룡 씨의 목숨은 하루아침에 날아가는 거지요. 야쿠자 그놈들 아주 무섭고 잔인해요. 인정사정 안 봐주는 놈들이거든."

들고 보니 그것도 큰일이다. 큰돈 내고 이중섭 위작을 산 야쿠자들로서는 화가 치밀 것이다.

"그럼 어쩌지요?"

그런 낌새는 이허중도 어느 정도 눈치로 알고 있다. 이허중이 위작을 그려 판 것이라고 검찰에 진술하면서 그것이 신문에 기사가 나가고, 그걸 또 야쿠자들이 본 모양이다. 일이 꼬여도 단단히 꼬인 듯하다.

"이 화백, 그러니 진품을 수집해서 팔았다고 진술해주시오. 모작이며 위작은 사실 몇 점밖에 하지 못했다. 하도 그려달라고 해서 그린 것뿐 대부분은 진품을 구해 일본에 팔려고 했다. 팔려고 했는데 다 팔지는 못했다. 야쿠자는 본 적도 없고 화상들이 찾아오면 한두 점씩 팔았다, 이렇게 진술해주시오. 그러면 죄가 될 게 없는 겁니다. 아니, 진짜 그림을 일본에 팔려고 수집했다는데 그게 무슨 죄가 되겠습니까. 훔친 것도 아닌데요. 도리어 모작, 위작을 팔았다고 하면 틀림없이 사기죄가 성립됩니다. 큰 사기꾼이 되는 거지요, 국제 사기꾼."

"그래도 우리나라 그림을 일본에 팔면 죄 아닌가요? 문화재 밀반출 같은 거?"

"아니, 죽은 지 얼마 안 된 이중섭 그림이 무슨 문화잽니까? 그냥 그림이지. 정신병자가 그린 수준 낮은 그림일 뿐 아닙니까. 조선시대의 김홍도나 신윤복이라면 몰라도 불과 몇 년 전에 병사한 이중섭 그림이야 무슨 가치가 있다고 문화재 밀반출이 되겠습니까. 손톱으로 비빈 은박지, 국민학교 애들이나 쓰는 질 낮은 물감 같은 걸로 그린 허접한 그림, 아이고 뭐 괜찮습니다."

들고 보니 그것도 그럴듯하다.

변호사는 또 사기죄를 들먹였다. 사기죄의 형량도 늘어놓았다.

이허중은 변호사가 의도하는 대로 알아들었다.

"아, 모작이나 위작을 팔았다면 사기가 되는군요?"

"그래요. 진품이라고 진술하시고, 팔려고 모은 건데 실제 한 점도 팔지 못했다고 우기는 거지요. 잊지 마세요. 야쿠자가 더 무섭습니다. 이쪽이야 이승만 대통령이 안 계시다 해도 이래저래 우리 인맥 많습니다. 일제 때부터 법원이고 검찰이고 경찰이고 총독부고 우리가 다 쥐락펴락하고 있잖습니까. 아, 방귀깨나 뀌는 놈들 중에서 임화수 씨 돈 안 먹은 놈이 누가 있습니까. 그러니까 대학생들 두드려 패고도 6개월밖에 안 살고 나오는 거 아닙니까. 죽은 대학생이 얼만데 그래 6개월 만에 버젓이 나옵니까."

"그러면 다행이고요."

"그래서 이 통장을 준비한 겁니다. 마창룡 씨 목숨 좀 살려주시오."

"허, 이런."

할 수 없다. 마창룡이 야쿠자에게 죽게 생겼다니 어쩔 도리가 없다.

이허중은 진술을 번복하기로 결심했다. 서로 좋자고 하는 건데 마다할 이유가 없다. 그동안 마창룡이 도움 준 걸 생각해서라도 입을 굳게 다물자, 이허중은 그렇게 결심했다. 그는 형량이 줄어서 좋고, 마창룡은 야쿠자에게 쫓기지 않아 좋으리라, 그렇게만 생각했다.

그는 수사관 면담을 신청해서 마음먹고 진술을 번복했다.

"저, 암만 생각해도 죄짓고는 살 수가 없을 것 같아 자백하기로 했습니다."

"뭘 자백해? 위작이라며? 왜놈들 골려줬다고 하면 판사들이 봐줄지도 몰라. 그러니 그냥 며칠 쉬다 나가. 이 사건, 우리도 접었어."

이허중은 크게 실망했다.

변명을 해야 한다. 어떡하든 마창룡을 살려야 한다.

"그게 아니고, 사실 위작이 아니라…… 진품이거든요. 국내에서는 몇 만 원이면 이중섭 화백의 그림을 살 수 있는데 이게 현해탄만 넘어가면 수백만 원이 된다는 겁니다. 그래서 6·25 때문에 돈 많이 번 왜놈들, 돈 좀 쓰라고 화상들에게 판 겁니다. 외화벌이인 셈이지요."

이허중은 의기양양 그림 팔아 돈 좀 쓰려고 한 게 무슨 죄냐고 외쳤다. 그래야 실감이 난다고 변호사가 알려주었다.

검찰 수사관들은 이허중의 자백을 받고는 반신반의했다.

"너, 요즘 사회 분위기가 어떤 줄 알고 이러는 거냐? 이승만 때나 친일파 봐줬지 지금은 아니야. 친일이라고 하면 다 걸려들어. 처자식 생각해 조심해야지. 우리가 지금 친일파 잡는다고 이러는 거 모르냐? 세상이 바뀐 걸 알았으면 바뀐 세상에 적응해라, 응?"

그래도 이허중은 진술을 굽히지 않았다.

검찰은 하는 수 없이 그를 기소하여 재판에 회부했다. 죄목이 뭔지도 모르고 이허중은 마창룡이 시키는 대로 따랐다.

재판은 싱겁게 시작해서 싱겁게 진행되었다. 묻는 말마다 시인하니 검사도 판사도 어쩔 수 없다.

"이허중 씨, 압수된 작품 20점이 다 진품이란 말입니까?"

"그렇습니다, 진품입니다. 제가 심심풀이 삼아 그린 게 몇 점 있는데 워낙 서툴러서 다 찢어버렸습니다. 일본에만 가면 워낙 고가에 팔린다는 소문에 가짜 그림을 그려보려고 시도했는데, 도저히 안 돼서 그만 포기한 겁니다. 이중섭 화백의 색채가 하도 희한해서 그게 잘 안 되더라구요. 제가 그린 모작은 너무 티가 나서 금세 들켜요."

"좋소. 그럼 이중섭 작품을 소장하고 있던 분들이 터무니없이 싼값에 넘겼다며 돌려받기를 원하는데, 어쩔 생각이오?"

눈치들 한번 빠르다. 마창룡에게 그림을 판 사람들이 들고일어난 모양이다. 마창룡이야 임화수의 권세를 내세워 진품을 싼값에 거둬들였을 것이다.

"한번 팔았으면 그만이긴 하지만, 그분들이 이중섭 선생님의 작품을 도로 소장하고 싶다면 돌려드려야지요."

이러고 나니 재판은 쉽게 끝났다. 진품들의 주인이 나타나고, 그들은 자신들이 소장했던 작품이 틀림없다고 진술해주었다.

웬일인지 그들은 작품을 되찾을 수 있다는 말에 마창룡한테 강제로 빼앗겼느니 헐값에 넘겼느니 하는 말조차 하지 않았다. 아마도 뒤에서 마창룡이 그들을 미리 설득한 모양이다. 그들로서야 헐값에 팔았더라도 진품을 돌려받는 게 더 중요한 것이다. 이중섭 그림을 일본에 갖다 팔면 큰돈이 된다는 걸 이번 재판으로 알았기 때문이다.

하지만 그들은 이 작품들이 이허중이 그린 위작이란 사실은 전혀 눈치 채지 못했다. 아는 건 마창룡과 이허중 두 사람뿐이다. 그러니 진품이라면 '헐값'일지는 몰라도 그들은 기꺼이 큰돈을 치르고 '위작'을 가져갔다. 적어도 가짜 그림 값으로는 턱없이 비싼 돈이라는 걸 그들은 알지 못했다.

이렇기 때문에 마창룡은 진품 소장자들하고도 또 한 번 거래를 하는 데 성공했다. 이허중은 역시 마창룡의 재주는 한이 없다고 탄복했다.

사실 마창룡이 진품 소장자들을 설득한 말은 간단명료했다.

"소장했던 작품을 이허중에게 팔았다, 그런데 헐값에 팔아 억울하다, 이렇게만 진술해주면 내가 사들인 가격에 그림을 그대로 돌려주겠소."

마침 신문과 방송에 난 기사를 본 이들은 이중섭 작품이 제법 큰돈이 된다는 사실을 뒤늦게 알고 두말없이 그렇게 진술했던 것이다. 마창룡은 이래저래 위작을 또 한 번 팔아먹은 셈이다. 진품은 팔아먹고, 위작은 진품이라고 하여 되파니 꿩 먹고 알 먹고다.

　결국 검찰은 이허중이 이중섭 작품을 일본에 판 사실이 있다는 사실을 증명해내지 못했다. 그리고 이허중이 직접 소장자들을 협박하거나 위협해서 작품을 구했다는 증거도 찾아내지 못했다. 그래서 스무 점 중에 찾아가지 않은 작품 다섯 점 때문에 그는 장물을 취득한 혐의만 유죄로 인정되었다. 이것도 법리적으로 완성된 혐의는 아니지만 판사는 검찰과 재판부의 체면을 세우기 위해 그렇게 판결한다고 변호사를 통해 미리 양해를 구하고, 변호사도 동의한 모양이다. 세상이 온통 친일파 때려잡는 분위기로 변했으니 법원도 시늉은 해야 한다.
　재판부는 이허중의 형량을 가장 짧은 6개월로 정해주고, 이허중은 예정대로, 아니 마창룡이 원하는 대로 연기를 한 뒤 형무소에 수감되었다.
　6개월, 그가 이중섭을 공부하기 위해 극복해야 할 또 다른 시련이었다. 그가 그린 그림을 세상 사람들이 이중섭의 진품이라고 믿어주기만 한다면, 그까짓 6개월은 아까울 것이 없다. 얼마든지 견디리라, 이허중은 낙관했다.

8.
계략

　이상한 일이었다. 이허중이 유죄 판결을 받고 형무소로 이감되자마자 이중섭의 그림 값은 천정부지로 솟구쳤다. 일부 언론에 "이중섭 그림은 한국에서는 싸구려지만 현해탄만 건너가면 집 한 채 값이 된다."는 관련자 진술이 보도되었기 때문이다.

　신문이나 잡지에서는 이중섭의 그림을 재평가하는 작업이 잇따랐다. 생전의 이중섭과 가까이 지내던 친구들은 거의 다 인터뷰 대상이 되어 시시콜콜한 인연담을 털어놓고, 그럴수록 이중섭은 관심 작가가 되었으며, 그를 표현하는 여러 가지 수사들이 현란하게 달라붙기 시작했다. 이제 이중섭은 '한국의 고흐' 정도는 상식이 되어버렸고, 뭉크,

밀레, 샤갈 등 세계 유명 화가들과 어깨를 나란히 하는 수준으로 높이 평가되었다.

이허중한테서 진품이라고 하여 위작을 돌려받은 소장자들은 하나같이 좋아했다. 그들이 갖고 있는 위작은 감정 받을 것도 없이 진품으로 인정되었다. 마지막에 누가 손해 볼지는 알 수 없지만 누이 좋고 매부 좋은 상황이 되어버렸다.

소문이 한 바퀴 돌고 나자 이중섭 작품은 아무리 소품이라도 미술시장에 내놓기만 하면 금세 팔려 나갔다.

그러던 중 마창룡이 보낸 사람이 면회를 왔다.

"고생 많소, 이 화백. 덕분에 일본에서도 그림 값이 치솟아 마 사장이 재미를 톡톡히 보고 있다오. 일본에서도 가격이 두 배로 뛰었답디다."

마창룡은 뛰어난 사기꾼, 아니 장사꾼이다. 솜씨가 현란하다. 이 정도 사기면 예술이라는 생각이 들었다.

"약속은…… 지키신답니까?"

"무슨…… 약속?"

"마 사장님이 주시기로 약속한 게 있거든요. 그걸 제 아내에게 주라고 말씀해주십시오. 그리고 저, 이중섭 선생님 관련 책이나 자료가 더 있으면 구해주십시오. 공부를 해야지요."

"알겠습니다. 꼭 말씀드리지요. 자료는 마 사장께 말해서 더 구해달라고 하지요. 대단하십니다. 형무소까지 와서도 이중섭 선생을 연구하려는 치열한 그 자세, 정말 감동입니다."

"이중섭 선생님 덕분에 먹고살았는데, 최소한 양심은 가지고 있어야지요. 은박지도 많이 구해다 주세요. 골필화 묘미를 제대로 느껴봐야겠어요. 형무소라는 폐쇄된 공간이 골필화 그리기에는 딱 좋네요."

마창룡은 며칠 안 되어 또 사람을 보내어 이중섭 전기와 은박지 한다발, 그리고 스케치북과 연필을 넣어주었다. 사식도 잘 들어오고, 웬일인지 간수들도 이허중을 박대하지 않고 은근히 협조적이었다. 마창룡이 알아서 두루 기름칠을 한 모양이라고 이허중은 믿었다. 마창룡은 좋은 사람, 은혜로운 사람이다.

그런 지 한 달이 채 안 되어 그의 아내가 면회를 왔다.

"여보, 마 사장이 뭐 좀 주던가?"

이허중은 간수의 귀를 피해 은밀히 물었다.

"뭘요? 아무 연락도 없는데요? 당신이 잡혀온 뒤로 쌀 한 톨 받아본적이 없어요."

"뭐?"

"여보, 아무래도 마창룡 씨가 우릴 배신한 모양이에요. 작품을 원하는 대로 다 만들어주니까 이제 손 터는 거 아닐까요? 그림이 너무 많아지면 값이 떨어질지도 모르니까…… 이제 이쯤에서 정리하려는 게 아닐까요? 우리, 조심해요. 무서워요."

"그렇다고 마 사장님을 의심해? 그간 해주신 게 얼만데? 지금은 숨어 다니느라고 그러실 거야. 야쿠자 놈들이 그리 쉽게 의심을 풀겠어?"

"그렇기는 하지만, 마창룡 사장은 당신이 그린 작품을 한 점에 수백만 원씩 팔아먹고도 우리한테는 겨우 돈 10만 원밖에 더 줬어요? 돈을 벌기 위해서라면 당신을 어떻게 할 수도 있는 사람 아니에요? 깡패잖아요?"

"10만 원이라도 그게 어디 거저 생기는 돈이야? 큰돈이라구. 우리한테는 너무너무 큰돈이라구. 그걸 잊으면 안 돼. 난 이중섭이 아니라 이허중이야. 정신이 오락가락하는 별 볼일 없는 당신 남편이라구."

그러면서 이허중은 말조심하라는 뜻으로 오른손 검지를 입술에 갖다 대었다.

그래도 그의 아내는 불만이다. 입술이 삐죽 나와 좀처럼 들어가질 않는다.

"소문에 듣자 하니 이중섭 선생님 진품이란 진품은 다 마창룡 사장이 갖고 있다면서요? 가짜 팔아 돈 챙겨, 진품 챙겨 잇속 봐, 세상에 그런 알짜 장사가 어딨어요? 그 사람 입장에서야 당신만 입 다물면 되는 거잖아요? 그러니까 당신을 감옥에 처넣은 거지요."

"쉿. 그런 말 함부로 하지 마. 누가 듣겠어."

"당신 지금까지 도대체 몇 점이나 그려줬어요?"

"다 합치면 아마…… 수백 점은 될걸? 헤에, 이중섭 선생님보다 더 많이 그렸지. 내 참."

'수백' 부분에서 이허중은 입술을 동그랗게 오므리며 나지막하게 말했다. 그의 아내는 입을 떡 벌리며 간수 몰래 크게 놀라는 표정을 지었다.

"아이고, 억울해. 계산 좀 해봐요. 당신이 감옥에 들어오면서 이중섭 그림이 돈이 된다는 소문이 나 그림 값이 치솟고, 그러면 누가 돈방석에 앉는 거지요? 당신? 아니잖아요. 마 사장이잖아요? 위작만 해도 얼만데 진품까지 고스란히 마 사장이 챙겼다니, 당신은 바보야, 바보!"

그의 부인은 열을 내면서도 간수가 듣지 못하게 나지막하게 말했다. 그동안 이허중이 그린 작품이 다 진품으로 팔려 나갔다는 걸 그의 부인도 알고 있었다.

이허중의 부인이 하는 말대로, 마창룡은 이미 거액을 받아 챙겼을 것이고, 앞으로도 진품을 갖고 상상할 수 없는 돈을 거머쥘 게 틀림없다. 그 돈을 임화수하고 나눠 갖든 혼자 먹든 어쨌든 거액이다.

뭔가 계산이 복잡하게 돌아가는 것만 같다.

"아무래도 마 사장이 그림 값 올리려고 당신을 속이는 게 아닐까요? 진품이라고 진술하라고 한 게 수상하잖아요?"

"그럴 리가 없어. 날 살려주려고 그러신 거야. 사기꾼으로 몰리면 더 골치 아픈 거래. 그러니 여보, 우리도 초심을 잃지 말자구. 별 볼일 없는 춘화 작가 이허중에게 쌀 사주고, 집 사주고, 용돈 대주고, 이런 행운이 어딨어? 우린 복 받은 거야. 고마운 마 사장, 진짜로 우리 귀인이지."

"그럼 왜 약속한 돈을 안 줘요? 마 사장이 번 돈이 얼만데 300만 원 가지고 버텨요? 야쿠자한테 죽는다는 건 다 엄살 아니면 거짓말이에요."

이허중은 아내의 얘기를 듣고 보니 뭔가 미심쩍은 부분이 짚이는 듯했다. 서늘한 감이 온다.

"아무래도 직접 물어봐야겠어. 약속한 통장을 아직까지 안 주는 게 좀 수상쩍기는 해."

이허중은 곰곰이 생각하다가 아내를 통해 마창룡에게 면회를 와달라는 말을 전했다.

마창룡은 이번에도 직접 오지 않고 대신 변호사를 보내왔다. 변호사는 마창룡의 지시로 이허중의 부인에게 통장을 전하고, 사식까지 넣었다며 어깨를 으쓱거렸다. 그는 자신의 말을 믿지 않을까 봐 이허중의 부인까지 대동했다.

"부인, 말씀 좀 해주세요."

변호사는 이허중의 아내를 바라보며 말했다.

"맞아, 여보. 어제 받았어. 그간 숨어 있느라고 전해주질 못하셨대. 낮에는 보는 눈이 많아서 통 다니시질 못한다네. 세상이 뒤집혔잖아?"

"그래?"

어제다.

이허중의 부인이 마창룡에게 전화를 걸어 문제의 예금통장을 거론했다.

그는 마치 기다리고 있었다는 듯이 호쾌하게 대답했다.

"제수씨, 제가 어떻게 그 돈을 떼먹겠습니까? 들킬까 봐 조심조심하는 거지요. 그간 야쿠자 놈들이 날 죽인다고 서울 거리에 쫙 깔렸다니까요. 그래도 이 화백이 진품이라고 증언해준 덕분에 이놈들이 슬슬 돌아가나 봐요. 이제야 겨우 숨통이 트입니다. 그래도 낮에는 좀 어렵고 밤에 몰래 찾아가지요. 누구한테 제가 간다는 말 하시면 안 됩니다."

그러고는 직접 이허중의 화실이 아닌 말죽거리 다방으로 와서 통장을 보여주었다.

"이걸 갖고 있더라도 아주 조심하셔야 합니다. 잘못되면 이 화백도 죽고, 저도 죽습니다."

"왜요?"

"이 돈을 나한테서 받았다고 하면 나는 또 임화수한테서 받은 셈이 되고, 그러면 깡패 자금이요 불법 자금 아닙니까. 아시겠지만 4·19혁명으로 세상이 홀딱 뒤집혔잖습니까? 그러니 이 큰돈을 어디서 받았다고 할 겁니까? 그림 팔아서? 위작 그려서? 큰일 납니다."

"그, 그렇군요?"

"검찰은 이중섭 그림을 일본으로 빼돌려 박사각하의 하와이 망명자금에 쓴다고 의심합니다. 그런데 만일 검찰이나 경찰에 통장을 들키기라도 하면 어떻게 되겠습니까? 당장 압수하겠지요. 그뿐만 아니라 임화수하고 연결되면 이 화백도 경을 치게 됩니다. 임화수하고 안면만 있어도 잡아다 족치는 세상입니다. 친일파 세상은 죽고 장면 일당이 권력을 잡고는 어찌나 위세가 심한지 아주 들들 볶습니다. 오죽하면 저 같은 장사치까지 숨어 살겠습니까. 그러니 잠잠해질 때까지 통장을 잘 갖고 있다가 좋은 세상 오거든 조금씩 찾아 쓰세요. 잘못하면 이 화백은 평생 감옥에서 썩어야 합니다."

마창룡은 통장과 도장이 든 누런 봉투를 내밀었다.

이허중의 부인은 봉투를 열어보았다. 과연 은행 예금통장이다. 통장을 펼쳐보니 예금주는 이허중이고, 도장을 보니 통장에 찍힌 것과 똑같다. 마창룡은 비밀번호도 적어주었다.

"조심 또 조심하셔야 합니다. 박사각하 밑에서 떵떵거리던 시절에는 우리가 이렇게 숨어살 줄 상상도 못했습니다. 세상, 아주 무섭습니다. 한번 뒤집히니 불가항력이네요."

"마 사장님, 고맙습니다. 그러신 줄도 모르고 오해할 뻔했어요. 힘내세요."

"마땅히 의심하실 거라는 건 알았지만 저도 어쩔 수 없었지요. 어쨌든 지금은 검찰이고 경찰이고 부인이 돈을 얼마나 쓰나 몰래 감시할 겁니다. 그러다 지출이 늘면 통장을 뒤질 거고요. 그러니 언론이 잠잠해질 때까지는 잠자코 기다리세요. 그나마 통장을 아는 사람 통해 지방 은행에서 개설했으니 망정이지 안 그랬으면 큰일 날 뻔했어요."

마창룡은 이따금 창밖을 흘깃거리며 목소리를 낮추어 소곤소곤 말했다.

"어머, 그렇군요? 언제쯤…… 찾으면 안심할 수 있을까요?"

"지금은 절대로 안 된다니까요. 1원도 인출해서는 안 됩니다. 인출하는 날에는 신분이 드러나고, 그나마 6월형으로 줄여 받은 형기가 10년, 아니 무기나 사형으로 늘어날 수도 있습니다. 이기붕 부통령 일가가 다 총 맞아 죽은 거 모르십니까. 박사각하가 쫓겨나고 이기붕이 자살하는 이런 시국에는 우리 같은 하수인 정도는 파리 목숨입니다. 이제 우리 친일파는 다 죽었다니까요. 친일파들이 그동안 반공 탈을 쓰고 겨우 버텼는데 가면 벗겨지니까 꼼짝없이 죽는 겁니다."

"아, 그러니까 언제쯤?"

"이허중 씨가 출소하거든, 그 기념으로 찾아 쓰시는 게 어떻겠어요? 그때가 되면 아무래도 의심하는 눈이 줄어들 테니까요. 그래도 표시 안 나게 조금씩만, 한 10만 원씩만 찾아 써야 합니다."

이허중의 부인은 방긋 웃으면서 마창룡이 건네준 봉투를 가슴에 안았다. 이제 안심이다. 이 돈이면 남편 이허중이 6개월 고생하는 것도 보람차다.

"고맙습니다."

시국이고 뭐고 돈이 더 중하다. 모두가 다 돈 때문에 한 일이다. 돈 아래 돈 없고, 돈 위에 돈 없다. 돈이 사람을 사람답게 만들어준다.

이허중은 그러면 그렇지 하면서 마창룡이 보낸 변호사에게 물었다.

"마 사장님이 가지고 있는 진품 있잖아요? 진짜 진품, 그거 파실 생각이시던가요? 혹시 진품 그림 값을 올리려고 절 감옥으로 보내신 건…… 아니겠지요?"

의심하지는 않지만 그의 아내를 안심시키기 위해 일부러 물어본 말이다. 역시 시원시원한 답이 나온다.

"그럴 리가 있겠습니까? 위작만으로도 큰돈을 벌었는데 진품까지 야쿠자에게 넘길 이유가 없지요. 마 사장님은 이중섭 그림은 대한민국 보물이라면서 어떻게든 잘 보관했다가 우리 후손들에게 물려줘야 한다고 말씀하십니다. 마 사장이 돈이나 밝힐 사람 같으면 이 화백에게 왜 거액을 투자하겠습니까. 적습니까?"

마창룡이 보낸 변호사는 오른손 검지, 중지, 약지를 쳐들어 보였다. 300만 원이 적으냐는 뜻이리라. 그마저도 투자금이라고 하지 않는가.

"아, 아뇨."

이허중은 고개를 크게 저었다. 적다니, 그림 값 떨어질지 모르니 붓을 꺾으라고 해도 영원히 꺾어줄 수 있다.

"마 사장님은 마지막 인생만은 착하고 진실하게 살겠다고 입버릇처럼 말씀하셨어요."

"착하고 진실하다니요?"

"진품은 하나도 빼지 않고 이중섭 선생님의 부인에게 기증할 거랍니다. 이곳저곳 흩어져 있던 작품이 부인과 아들에게 돌아간다는 것은,

홀로 외롭고 쓸쓸하게 지내다 돌아가신 선생님에게 자그마한 기쁨이 된다고 하셨어요. 영혼이 작품에 실려 집으로 돌아가는 이중섭, 아 얼마나 멋집니까?"

"가족에게요?"

"이 화백 덕분에 돈을 벌었으니, 뭐 더 욕심 부리면 뭐 하겠느냐면서 그러셨어요. 이중섭의 친구였고, 책값까지 떼먹어 미안하던 마당에 아주 잘된 일이라고 말씀하십니다. 어차피 임화수 씨 조직이 무너진 마당에 다른 일은 할 수도 없다면서 벌어놓은 돈으로 여생을 조용히 사시겠답니다. 돈 상납하라는 임화수도 없으니 잘만 숨어 살면 모든 게 다 잘될 겁니다."

"그럼 작품이 모두 일본으로 갈 거 아닌가요? 이중섭 선생님 부인께서는 일본에 사시잖아요?"

"아, 예? 그, 그렇지요."

"그럼 국가에 기증한다는 건?"

"아, 부인과 아드님들더러 이중섭의 고국 대한민국에 기증하라고 부탁하면 되지요. 기증자의 신분도 중요하니까 아무래도 모양을 살리려면 그게 좋겠지요?"

"예에……."

이허중은 어리둥절한 표정으로 하늘을 올려다보았다.

마창룡이 궁지에 몰리니 회개를 하고 좋은 일을 하려는 모양이라고 생각했다. 어쨌거나 이허중은 300만 원이라는 거금을 잡았다. 큰돈이 눈앞에서 왔다 갔다 하니 형무소 생활이 하나도 힘들지 않다. 마창룽에 대한 의심도 봄눈 녹듯이 없어져버렸다. 진품을 기증하든 말든 그건 마 사장의 일이다. 말이 되고 안 되고 귀에 들어오지도 않는다.

9.
배후

이허중은 예정대로 6개월 만에 출소했다. 겨울이 끼어 있어 어차피 추운데 그림 그리기도 어려운 계절이라며 묵묵히 참아냈다. 그러더니 봄은 기어이 오고, 꽃피는 4월에 출소했다.

그는 당장이라도 은행으로 달려가고 싶었지만 꾹꾹 참고 참다가 한 달 뒤에 은행을 찾아갔다.

이허중은 300만 원을 다 찾을 용기가 없어 출금표에 '일금 일십만원 정'이라고 적어서 통장과 도장을 창구에 내밀었다.

은행원은 한참 동안 이리저리 전화를 걸어 알아보더니 연신 고개를 저었다.

"이허중 손님, 이거 빈 통장입니다. 개설하자마자 이튿날 통장을 잃어버렸다고 해서 재발급해 갔어요. 그리고 며칠 뒤 전액 인출해 갔고요. 개설 지점에 전화로 확인한 겁니다."

"예? 설마……."

"그러니까 6개월 전에 이미 빈 통장이 되었단 말씀입니까?"

"예, 개설한 지 며칠 만에 해지된 통장입니다. 차명계좌라 통장하고 도장하고 비밀번호만 있으면 누구나 찾아갈 수 있거든요."

"그럼 이 통장은 뭐지요?"

"그때 잃어버렸다는 통장이겠지요. 그거 이제 아무 소용없어요."

이허중은 눈을 질끈 감았다. 심장이 마구 뛴다. 숨도 거칠어진다.

속았다. 확실히 잘못되었다. 어떻게 해볼 도리가 없다.

무슨 일인가 해서 기다리던 그의 아내가 눈치를 채고 달려왔다.

"왜? 뭐가 잘못됐어?"

"여보, 가자."

이허중은 아내의 손을 잡아끌고 은행 문을 나섰다. 하늘이 노래지는 것 같다. 봄볕이 짜증나게 눈부시다.

"마창룡이 기어이 날 속였어! 빈 통장을 준 거라구!"

"뭐라고요!"

이허중은 공중전화를 발견하자 미친 듯이 뛰어갔다.

"어쩐지 내가 출옥하는데 찾아오지도 않더라니. 이 나쁜 인간, 도대체 무슨 수작을 꾸민 거야."

아무리 전화를 걸어도 마창룡은 받지 않았다.

이허중은 시각이 너무 늦어 일단 말죽거리 집으로 돌아가기로 했다. 믿음이 깨진 만큼 이번에는 어떡하든 끝까지 알아보기로 작정했다.

집으로 돌아가자면 한강을 건너야 하는데, 버스는 운행이 중지되었다. 내려서 걷다 보니 웬일인지 한강 다리에 무장 군인들이 늘어서 있었다. 차량 통행이 전면 금지되어 이허중은 아내와 함께 한강 다리를 걸어서 건너야 했다.

"설마 전쟁 난 건 아니겠지?"

6·25전쟁은 생각만 해도 끔찍하다. 군인들이 모여 있는 것만 봐도 가슴이 뛴다. 겁이 난다.

4·19혁명이 일어난 뒤 나라 안팎은 매일 소란스러웠다. 조용할 날이 없다.

무슨 일이 터졌는지는 몰라도 이번에는 군인들까지 나선 모양이다. 이허중은 집에 가서야 라디오를 듣고 쿠데타가 일어났다는 걸 알 수 있었다. 군인들이 점령한 방송국에서는 혁명공약을 몇 번이고 되풀이 방송하고 있었다.

친애하는 애국 동포 여러분!
은인자중하던 군부는 드디어 오늘 아침 미명을 기해 일제히 행동을 개시하여 국가의 행정, 입법, 사법의 3권을 완전히 장악하고 이어 군사혁명위원회를 조직하였습니다. (……)

군사 혁명위원회는

첫째, 반공을 국시의 제일의로 삼고……

둘째, 유엔 헌장을 준수하고 국제 협약을 충실히 이행할 것이며……

셋째, 이 나라 사회의 모든 부패와 구악을 일소하고……

넷째, 절망과 기아선상에서 허덕이는 민생고를 시급히 해결하고……

다섯째, 공산주의와 대결할 수 있는 실력의 배양에 전력을 집중할 것……

여섯째, 우리의 과업이 성취되면 참신하고도 양심적인 정치인들에게 언제
든지 정권을 이양하고 우리들 본연의 임무에 복귀할 준비를……

대한민국 만세! 궐기군 만세!

　이승만 대통령을 하야시킨 대학생들의 혁명이 일어난 지 불과 1년
이 조금 지나 이번에는 군인들이 세상을 뒤집었다. 4·19를 겪은 시민
들은 쿠데타 소식에도 관망만 하면서 지켜볼 따름이었다. 특히 일본군
출신 육군 소장이 주도한다는 소문이 돌면서 장면 정권에 탄압받던 친
일파들은 큰 기대를 걸고, 장면 정권에 종사하던 사람들은 자취를 감
추거나 변신 준비를 하고 있었다. 실제로 이승만 대통령은 친일 경찰
과 친일 관료, 친일 법조인을 불러들여 정권을 유지했고, 군은 일본군
과 만주군[8]을 내세워 북한과 대결시켰다. 북한군은 주로 독립운동을
하던 공산계열 출신들이 장악하고 있기 때문에 일부러 그렇게 경쟁시

---

8) 만주군은 일본 괴뢰국 군인으로 결국 일본군이지만 패가 갈렸다.

컸다. 그러던 중 정권이 독립 세력으로 넘어가면서 그간 창궐하던 친일 세력을 찍어 누르자 그 반박으로 친일 군인들이 뛰쳐나온 것이다.

이허중은 쿠데타고 혁명이고 관심이 없었다. 어떻게든 마창룡을 찾아내 돈 300만 원을 되찾고 싶은 생각뿐이었다. 정치는 정치일 뿐 그와는 상관없는 일이라고 여겼다. 하지만 전쟁이나 반란, 천재지변, 대홍수, 역병은 누구도 피할 수가 없다. 이러한 사실을 이허중은 아직 체득하지 못하고 있었다.

이튿날은 계엄군이 서울 시내에 쫙 깔려 거리마다 통제하는 바람에 마창룡이 사는 집으로 찾아갈 수가 없었다. 어디를 가나 혁명군들이 진을 치고 있어서 집 밖으로 마음대로 나다닐 수도 없었다. 통행증 없이는 강북으로 건너가는 일도 쉽지 않았다.

며칠이 지나자 겨우 길이 뚫려 이허중은 북창동에 있던 마창룡의 집을 찾아갔다.

아무리 초인종을 눌러도 인기척이 없었다.

그때였다.

"누굴 찾으세요!"

여태 보이지 않던 사복 경찰 두 명이 갑자기 모습을 드러냈다. 대문을 마구 두드리고 있던 이허중을 발견하고 다가온 것이다.

"이 집 주인을…… 찾고 있습니다."

"마창룡 씨요?"

"예."

"성함이?"

"이허중이라고 합니다."

"아, 이중섭 작품을 훔친 그 이허중?"

"말은 바로 합시다. 훔친 게 아니고 샀다니까요."

"일단 서까지 가십시다. 마창룡 씨 소지품에서 이허중 씨 명의로 된 통장이 발견되었거든요."

"내 통장요? 그렇다고 제가 왜 서까지 갑니까? 여기서 물어보세요."

"아직 뭘 모르시는군? 우린 며칠 전부터 여기 잠복 중이었어. 당신이 나타나기를 눈 빠지게 기다린 거지. 지금 혁명군이 당신 같은 깡패 잔 당을 일제 소탕 중이라는 걸 모르시나? 혁명공약 3장, 이 나라 사회의 모든 구악을 일소하고 퇴폐한 국민도의와 민족정기를 바로잡기 위하여 청신한 기풍을 진작시킨다. 이게 무슨 말이냐 하면, 우리 박정희 장 군께서 너희 같은 깡패새끼들을 죄다 소탕해버리겠다 이 말씀이야. 자 유당 때 놀던 이정재, 임화수 일당이 다 잡혀 들어갔어. 마창룡도 칼 맞 아 죽어가는 걸 겨우 우리 손으로 구해다 치료도 하고, 목숨 살려 지금 은 구치소에 집어넣었단 말이야. 당신, 마창룡 부하라면서?"

이승만이 하야한 뒤에도 건재하던 임화수, 이정재 같은 깡패들이 진 짜로 잡혀간 것이다. 장면 정권에서는 친일파라고 잡아가더니 이번에 는 깡패라고 잡아갔단다. 친일파 세상이 다시 왔다고 착각했던 임화수

등은 쿠데타를 지지한답시고 떠들면서 마음 놓고 있다가 덜컥 잡혀간 것이다.

"전 그간 형무소에 있다가 며칠 전에 출소했습니다. 쿠데타로 움직이지 못하다가 오늘에야 처음 외출한 거구요. 그런데 마창룡 씨가 칼에 맞다니요?"

"깡패새끼들 칼 맞는 거야 다반사지 뭘 따져. 원수진 놈이 어디 한둘이겠어? 이리 쑤시고 저리 쑤신 걸 보면 원한이 깊은 모양이더군."

"저는 마창룡 씨하고 아무 관련이 없습니다. 제 그림을 갖다 팔아준 사람일 뿐이라니까요?"

"그거야 조사해보면 다 나오는 거고."

이윽고 경찰차가 사이렌을 울리며 나타났다.

이허중은 이 갑작스런 상황에 어떻게 대처해야 할지 엄두가 나지 않았다. 그의 손에 냅다 수갑이 채워지고, 경찰은 우악스런 손으로 그의 머리를 찍어 눌러 경찰차 뒷자리에 태웠다. 사복경찰들은 재빨리 뒷좌석으로 올라타더니 좌우에서 그의 팔을 나눠 비틀었다.

경찰서에 가자마자 그는 모진 신문을 받았다. 평소 같으면 고분고분 말로 하던 경찰도 막상 군인들이 쿠데타를 일으킨 뒤라서 혁명군과 보조를 맞추는 건지 알아서 시끄럽고 그악스럽게 굴었다. 경찰서마다 무장 혁명군이 배치되어 있기도 하지만, 유치장마다 깡패니 생활사범이니 해서 가득 들어 차 빈틈이 없을 정도였다. 얼마 전까지 친일파로 가득 차 있던 유치장은 이제 깡패로 넘쳐났다.

경찰은 '이허중이 마창룡에게 원한을 갖고 죽이려 했을 것이다. 이허중이도 깡패 조직의 일원이니 혁명군 시책에 따라 잡아넣자'는 심산인 듯했다. 그러자니 이허중을 무턱대고 임화수 조직원으로 지목하고, 그들이 만든 조직범죄 시나리오에 억지로 끼워 넣으려 했다.

하지만 이허중의 억울함은 곧 밝혀졌다.

앞서 잡혀 들어온 달맞이꽃 출신 웨이터들이 대질을 통해 이허중은 깡패 조직원이 아닌 춘화 작가라고 이구동성 해명해준 덕분이다. 춘화를 그렸다는 게 목숨을 구하는 단서가 될 줄은 상상한 적도 없다. 허탈하기 짝이 없다.

그때는 마침 수감 중이던 마창룡도 자신을 칼로 찌른 사람은 이허중이 아니라 낯선 인물, 일본말을 쓰는 것으로 보아 야쿠자 같다고 진술하기도 했다.

거기에다가 또 이중섭의 친아들 이태성[9]의 대리인이라는 사람이 경찰서로 찾아왔다.

"나, 이중섭 화백의 둘째아들 이태성 대리인 야마모토야."

"저를 무슨 일로?"

"당신, 알고 보니 아주 나쁜 놈입디다?"

그러고는 이허중의 귀에 대고 끔찍한 말을 흘렸다.

---

9) 원래는 이중섭의 셋째아들이나, 첫아들이 태어난 해인 1946년에 사망하는 바람에 둘째아들로 통한다.

"나 사실 야쿠자야. 너, 야쿠자가 얼마나 무서운지 들어봤지?"

이허중은 순간 깜짝 놀랐다.

"죄, 죄송합니다만 전 마창룡 씨가 하, 하는 일을 잘 모릅니다. 구하라는 그림만 구했을 뿐입니다."

야쿠자가 뭔지는 마창룡으로부터 익히 들어 아는 이허중은 은근히 겁을 먹었다. 감옥에서 6개월 보내고 보니 있을 만한 곳이 아니라는 것을 처절하게 깨달았다. 단지 몸이 구속되는 정도가 아니다. 인간 이하의 대접은 물론 지옥의 한 귀퉁이라도 경험하지 않으면 시간이 가지 않는다. 그러자니 나오는 말마다 횡설수설이다. 감옥에는 다시 안 가겠다는 몸부림이다.

야마모토는 좌우를 둘러보고는 목소리를 낮춰 이허중을 협박했다.

"새끼깡패가 거짓말을 다 하네. 구했을 뿐만이 아니라가 아니라 그렸을 뿐이라고 해야지, 짜샤! 너 가짜 화가 이중섭이잖아!"

"그, 그건……."

말문이 딱 막힌다. 알고 묻는 듯하니 할 말이 궁하다.

차라리 입을 다무느니만 못하다.

"마창룡 그 새끼, 우리 야쿠자한테 제대로 걸린 거야. 우리도 너희가 팔아먹은 작품이 위작이라는 걸 다 알았다구. 그래서 오사카 총책 야마시다 상이 꼭지가 돌아버렸어. 덕분에 우리 같은 재일교포 야쿠자들만 죽어나잖아. 우리도 칼 맞기 싫어서 발바닥이 부르트도록 진품을 찾아다니는 중이야. 무슨 말인지 알지?"

"죄송합니다만 저는 일이 어떻게 돌아가는지 전혀 모르겠습니다. 전 마창룡 씨가 시키는 대로 그림을 그려준 것뿐입니다. 진품은 마창룡 씨가 다 갖고 있을 테니 구치소에 가 면회를 해서 물어보세요. 마 사장이 진품을 팔았는지 가짜를 팔았는지 저는 정말 모릅니다. 감옥에 있다 나온 지 며칠 안 된다니까요."

"뭘 몰라도 한참 모르는군. 마창룡 그 자식, 모가지 날아갈 놈이야. 진품이든 가짜든 그놈은 아무것도 가질 수가 없다구."

"모가지라니요?"

"깡패새끼들 다 사형선고된 거 몰라? 이정재, 임화수 사형! 보나마나 마창룡도 사형될 거란 말이야. 이 마당에 누가 사형수를 면회시켜줘? 그 새긴 차라리 야쿠자 칼에 죽었어야 고통이 덜했을 거야. 하필 목에 밧줄을 매 죽으려고 칼 맞고 되살아났냐. 대롱대롱 매달려 발버둥치다 똥 싸며 죽어야 제맛이야?"

"마 사장이 무슨 죄를 지었다고 사형이랍니까?"

"깡패새끼들은 다 쓸어버린단 말이야. 일본 군인이 일으킨 쿠데타인데 아무렴 친일파 쓸어버리겠냐? 사일군지 뭔지로 기가 잔뜩 죽었던 친일파 경찰, 친일파 검찰이 아주 신이 났다더라. 무식한 조선놈들, 친일파 군인들이 깡패 잡아준다니까 좋아 죽지."

"도무지 무슨 말씀이신지……"

이허중은 진짜로 야마모토가 무슨 말을 하는 건지 알지 못했다. 정치든 사회든 그가 알 바 아니다. 그는 자신이 오로지 그림밖에 알지 못

163

하는 화가에 지나지 않는다고 믿고 있었다.

"들어봐! 우리 두목 야마시다는 마창룡더러 이중섭 그림을 사다 달라, 그래서 일본에서 사람 대신 죽여주며 모은 피 같은 돈을 다 내놨어. 그런데 마창룡 이놈은 진품을 사다가 너한테 줘서 가짜를 만들고, 그래서 우리한테 가짜를 갖다 주고, 진품은 놈이 몰래 빼돌렸다 이 말이야. 진품이 어디로 갔는지 묘연하더라 말이야. 죄다 가짜를 그려 보내다니, 그놈이 간덩이가 부었던 거지. 너도 다 알고 있었지?"

"저, 전 하나도 모르는 일입니다……."

"뭐, 사실 이허중 씨가 사과할 일은 아니지. 마창룡이 칼 맞아 죽어가는 걸 경찰이 들이닥쳐 병원으로 호송한 뒤 그놈 집 지하실에서 진품 80점을 찾아냈소. 다행히도 놈하고 우리 야쿠자가 계약서를 꾸민 게 있어 고스란히 되찾기는 했지. 하지만 문제가 생겼어. 난 사실 이태성 씨 편이거든. 쉿, 야쿠자보다는 이쪽이 더 이익이라 내가 변절한 거야. 우린 같은 민족이니까."

야마모토의 태도가 돌변했다. 갑자기 말이 사근사근 부드러워졌다.

"이태성 씨가 누군데요? 난 몰라요. 아무것도 몰라요. 전 오직 이중섭 선생님만 압니다."

"아, 그렇지. 넌 모르겠구나. 이중섭 화백의 둘째아드님이야."

존재를 알기야 알지만 얼굴을 모른다는 말이다.

"그런 분이 왜 이 일에 끼어들어요?"

"마창룡은 이태성 씨하고 야쿠자한테 이중 계약을 해놓고는 양쪽에

다 위작을 팔아치운 거지. 다행히 우린 진품을 찾았지만 야쿠자 놈들이 볼 때는 이 진품도 자기네들 거라고 우기지 않겠느냐구?"

"……."

"야쿠자 놈들이 핏발이 서서 이렇게 돌아다니는데, 우린들 무슨 수로 이 작품을 일본으로 들여가겠어? 아드님께서는, 국내에서 전시회나 갖고 어디 미술관에 기증하든지 어떻게 해봐야겠다고 말씀하시거든. 에이, 나쁜 놈. 한국이나 일본이나 깡패새끼들은 믿을 수가 없어."

이허중은 가만히 사건의 기승전결을 따라가 보았다.

석연치 않은 게 한둘이 아니다. 야쿠자 소두목 야마시다는 뭐고, 중간에 서 있다는 야마모토는 누구며, 이태성은 또 누구란 말인가. 뭔가 얽히고설킨 게 틀림없다.

가만가만, 이태성이 만일 이중섭의 아들이라면 그는 겨우 열세 살 아닌가. 그런 소년이 아버지 작품을 사들일 리가…… 없다. 큰아들 태현이라고 해도 고작 열다섯 살 소년이다. 이건 어째 이상하다. 물론 이중섭의 부인이 아들 명의로 나설 수는 있으리라.

그래도 이허중은 의심을 꼭 붙잡고 정신을 차렸다. 아직은 상대를 더 의심해야 한다. 의심을 풀지 않고 기다리다 보면 그가 먼저 실마리를 내놓을 것이다.

"그럼 절 검찰에 고발한 사람이 혹시 누군지 아십니까?"

"이 사람 아직도 똥인지 된장인지 모르는구먼. 누구긴 누구겠어, 사기꾼 마창룡이지. 당신 아직도 놈의 실체를 모르는 거야? 그놈은 결과적으로 당신도 속이고 이태성 씨도 속이고 야쿠자도 속인 사기꾼이야. 이중섭 진품은 제 놈이 다 차지하고 나서 야쿠자는 물론 아드님인 이 태성 씨에게도 가짜를 주려 했다니깐. 다 놈이 진품을 빼돌리려고 꾸민 짓이야."

"그런데 마 사장이 왜 날 고발하지요?"

"이런 이런."

그는 혀를 끌끌 차면서 불쌍하다는 듯이 이허중의 얼굴을 빤히 들여다보았다.

"그림이 너무 많아지면 곤란하잖아? 네가 없어져야 그림 값이 안정될 거 아니야? 네가 마 사장과 의논하지도 않고 가짜를 자꾸 그려대면 언젠간 들통나고, 들통 안 나도 작품 수가 너무 많아지면 값이 저절로 떨어지는 거야. 이중섭 그림이 왜 비싼지 알아? 마흔한 살로 요절해줬기 때문이지. 그림 값은 말이야, 작가가 죽어야 올라가는 거라구. 희소가치가 생기니까. 지금 살아 있어봐야 쉰 살도 안 돼. 그러면 값없는 거지. 먹고살기도 힘든데 왜 살아 있는 작가 작품을 사냐구. 돈 되는 줄 알면 마구 그려 댈 텐데. 그런데 이중섭은 지금 못 그리잖아? 죽었으니까 끝이잖아? 그런데 이중섭이나 다름없는 자네가 있으면 어떻게 되겠어? 장사 망하는 거지. 위작이 진품 장사를 망치거든."

이허중은 머리를 쥐어뜯고 싶었다. 아내가 의심하던 그대로 아닌가.

어린 시절 전쟁터를 피해 숨어 다니다 부모를 잃은 이래 고아원을 전전했다. 가족의 따뜻한 사랑이 뭔지 모르고 살다가 아내를 만나고,

아들을 낳았지만 여전히 고단하던 중 마창룡을 만났다. 그가 평생의 귀인인 줄 알고 만나 겨우 숨을 쉬어오던 그는 "그럼 그렇지. 내 인생이란……." 하고 낙담했다.

도로 자신의 위치로 돌아온 듯 마음은 도리어 편하다. 이 자리가 바로 그의 자리인 것만 같다. 낮은 자리, 더러운 자리, 가난한 자리, 멸시받는 자리. 한 번도 그 자리가 바뀌지 않는다.

"그나저나 이중섭 선생님의 아드님은 어쩌다가 마 사장하고 거래를 하셨지요?"

떠보는 말이다. 그는 이허중이 이중섭에 대해 자세히 아는 바가 없으리라고 믿을 것이다.

기왕지사 복잡하게 꼬여버린 일, 그는 진실이라도 알고 싶었다. 이중섭의 아들을 사칭하는 이태성이 누군지는 모르지만, 하여튼 그의 진짜 신분이 무엇이든 그쪽의 줄거리를 알아야 한다.

막상 마창룡이 배신했다는 말을 들으니 그제야 이 모든 사건이 객관화되는 듯했다. 체념이 용기를 부른 듯하다.

그는 주저 없이 대답해주었다.

"마창룡이 한번은 이중섭 선생의 부인을 찾아갔어. 서로 얼굴을 아는 사이였지. 그러면서 요즘 한국에서 이중섭 그림을 수집하여 일본으로 들여오는데, 혹시라도 그림 갖고 있으면 제값 쳐줄 테니 팔라고 하더래. 도리어 그쪽에서 남편의 유작을 사려 한다니까 자기가 이미 몇십 점을 수집했으니 원한다면 마저 사다 주겠다고 하더란 말이지. 그

167

러면서 돈을 요구하더래. 그래 300만 엔을 준 거야."

300만 엔? 300만 원이 아니고 엔?

그렇다면 이중섭 유가족은 6·25전쟁 때의 가난은 다 떨치고 경제적으로 일어섰다는 의미다. 이중섭이 사망할 때까지도 형편이 안 좋아 고생했다는 걸 아는데, 그 몇 년 사이에 300만 엔을 척 내줄 만큼 형편이 폈다니 반갑기는 반갑지만, 영 믿어지질 않는다.

모를 일이다. 참으로 모를 일이다. 마창룽이 진품을 구하기 위해 이중섭의 일본인 아내와 자식들까지 찾아갔단 말인가.

게다가 300만 엔? 너무 놀라 심장이 터질 지경이다.

이허중은 물론 이태성과 야쿠자도 마창룽에게 속은 셈인가?

이태성 대리인인 야마모토의 증언까지 있자 이허중은 모든 혐의를 벗고 경찰서에서 풀려날 수 있었다. 하지만 희망이 완전히 사라진 듯했다. 이중섭 그림을 그려가면서 가정을 꾸리고 인생을 살아내려던 소박한 꿈은 산산이 깨진 것이다.

경찰서에서 풀려난 지 얼마 안 되어 야마모토가 또 만나자고 연락을 해왔다. 달리 할 일도 없어 만사 귀찮은 몸을 일으켰다.

시내에 있는 그의 사무실까지 찾아가자 그는 뜻밖에도 돈 30만 원을 내밀었다.

"무슨 돈이지요?"

"이태성 씨 쪽에서 주는 돈이야. 이제부터라도 위작을 그리지 말라는 뜻이지. 아버님 명예를 더럽히지 말라는 따뜻한 경고야. 경우에 따라 이 따뜻함이 불길로 바뀔지도 모르지. 무슨 말인지 아시겠소?"

"예, 마창룡 사장이 없으니 이중섭 그림을 그려봐야 전 판로도 없는데요, 뭐. 그래도 그림은 계속 그려야지요."

"이중섭풍의 그림은 더 그리지 말란 말이오. 당신 그림 가지고 어떤 놈이 또 장난칠지 모르잖소? 마창룡 같은 사기꾼이 어디 한둘이오?"

"솔직히, 가짜 이중섭 노릇을 너무 오래 해서 화풍을 바꾸기가 쉽지는 않아요. 하지만 저만의 작품을 그려 나가겠습니다."

"이제부터는 가짜 화가 이중섭으로 살지 말고 이허중, 당신 본명으로 사시오. 알겠소? 지렁이 한 마리를 그려도 자기 이름으로 그려야지 화가가 왜 자존심도 없소?"

찔리긴 찔린다. 끝이 안 좋기는 하지만 이중섭에 대한 한없는 존경심으로 시작한 일이다. 그런 자부심은 버릴 수 없다.

"그래야지요. 저도 이제 이중섭이 아니라 이허중으로 살아야 하고말고요. 이허중, 내 이름인지 나도 모르는 이 이름, 필시 고아원 원장이 자기 성 따라 아무렇게나 지었겠지요. 하여튼 약속은 지키지요. 당분간 아예 그림을 그리지 말아야지요."

이허중은 야마모토가 건넨 돈 30만 원을 들고 망연자실했다. 물론 더 그려서는 안 된다는 걸 알지만 막상 이중섭 화풍을 그만두려니 가슴이 텅 비는 듯 허전하다. 뭔가 끝나버리는 듯한 절망감에 심장이 서늘하도록 내려앉는다. 이중섭 그림을 더 이상 그려서는 안 된다는 결심이 왜 이리 힘든 건지, 이허중은 자신의 그런 마음이 너무나 불편했다. 그림이 뭔지, 인생이 뭔지 가늠할 수가 없다. 가짜 그림, 가짜 인생에도 미련이 남다니, 이허중은 허탈한 마음으로 마음 한가운데 숨어 있는 이중섭의 잔상을 털어내 버리기로 결심했다.

10.
위작 전시회

이허중은 집에 돌아온 뒤로 화실에만 틀어박혀 지냈다. 마당조차 잘 나가보지 않았다. 그렇다고 그림을 그리지도 않았다. 그의 머릿속에는 이허중이 없다. 온통 이중섭뿐이다. 그 상태로는 붓을 잡을 수 없다.

그는 자기 안의 이중섭을 깨끗이 털어내기로 했다. 물론 뜻대로 되지는 않는다. 붓만 잡지 않을 뿐 이중섭에 관한 생각은 언제나 그의 머릿속으로 스며들었다. 이중섭 외에는 들어설 자리가 없다.

그는 이중섭처럼 여전히 담배를 피워대고 소주병을 입에 달고 살았다. 야마모토가 돈까지 주면서 이중섭풍을 버리라고 충고했지만, 그래서 그림이야 끊을 수 있지만 이중섭의 정신까지 놓고 싶지는 않았다.

아내가 건강을 걱정해 먹기라도 잘하라며 좋은 반찬을 만들어주곤 했지만, 그는 밥상을 거들떠보지 않았다. 심지어 안주가 있어도 제쳐두고 굳이 막소금을 손가락으로 집어 안주 삼아 먹었다. 그때마다 이렇게 중얼거렸다.

"이중섭 선생님은 이렇게 맛난 밥을 먹으면서 그림을 그리지 않았어. 반은 굶고, 반은 얻어먹고, 밥보다 술을 더 많이 드셨어. 안주 대신 소금을 드셨지. 돌아가실 때는 정신도 온전하지 않았지만 결국 간염에 영양실조로 돌아가셨어. 영혼을 갈아대신 거지. 영혼이 부서질 때까지 몰아친 거야. 그러면서도 선생님은 걸작을 남기셨다구. 사람들은 피와 눈물과 고통으로 그린 작품을 좋아하거든. 이 사람들은 심지어 알량한 그림 값까지 떼먹었지. 이중섭 선생님의 친구들이란 대체로 벼룩이나 빈대 같은 사람들이었지."

이허중은 이래저래 축 처진 기분과 사회 분위기 탓에 밖에는 일절 나가지 않았다. 갈 곳도 없고, 할 일도 없는 무료한 나날이었다.

너무 지쳐 아무것도 할 수 없을 때에는 모처럼 붓을 들고 이중섭 그림이 아닌 자신의 그림을 그렸다. 물론 그것이 이중섭풍인지 이허중풍인지 그 자신도 알 수 없다. 벗어난 건지 더 들어간 건지 이허중은 손 가는 대로 붓 가는 대로 그렸다. 하지만 어떤 그림에도 'ㅈㅜㅇㅅㅓ ㅂ'이라는 가짜 사인은 써넣지 않았다. 또박또박 'ㅎㅓㅈㅜㅇ'이라고 적어 넣었다. 누구에게 보일 생각은 없다. 그저 영혼을 갈아대고 싶을 뿐이다. 화실에서 썩을 그림이라도 그렇게 적고 싶었다.

173

찬바람이 불기 시작하면서 쿠데타군이 사회 기강을 바로잡는다는 핑계로 그동안 전쟁하듯이 총칼을 앞세워 잡아들인 깡패들 중에서 악질만 추려 사형시킬 거라는 소문이 돌았다. 그 깡패 속에 자칫하면 이허중도 포함될 뻔했다.

그렇잖아도 총칼을 쳐든 군인들이 곳곳에서 지키는데, 서울 거리는 찬물을 끼얹은 듯 조용하기만 했다. 깡패만이 아니라 경찰이나 군에게 대들기만 해도 '구악일소' 차원에서 잡혀가는 세상이다.

그러는 사이 장면 시절에 잡힌 악질 친일파들은 남김없이 방면되고, 대신 그 자리를 깡패들이 채워나갔다. 깡패에 초점이 모이자 국민들은 친일파가 도로 살아난다는 사실조차 알지 못했다.

이허중은 마창룡의 얼굴을 보기가 싫었지만 마침 그를 면회 갔던 사람이 소식을 갖고 왔다. 마창룡이 이허중을 꼭 보고 싶어 한다는 것이다. 그는 자신을 속인 마창룡의 얼굴 따위는 다시는 보고 싶지 않았다. 하지만 가야만 했다. 가야만 할 것 같았다. 말죽거리에서 서대문형무소까지 버스를 네 번이나 갈아타고 가는데, 도대체 왜 그를 만나러 가는 건지 이허중 자신도 의아했다.

12월 엄동이다. 버스는 눈길을 느릿느릿 달렸다.

형무소 지붕이나 마당이나 하얀 눈이 쌓여 있어 더욱 을씨년스럽게 보였다.

이허중은 마창룡 면회를 신청했다. 전국적으로 난리법석을 피운 깡패 소탕도 끝나고 조직책들에게 사형 등 중형을 내리면서 면회도 가능해졌다.

기결수를 뜻하는 푸른색 수의를 입고, 엄중한 감시를 받으며 나타난 마창룡은 이허중을 보자마자 고개를 푹 수그렸다. 초췌하고 무기력해 보이는 그의 얼굴을 바라보자니 이허중도 마음이 아프다.

"미안하이."

그가 먼저 사과한다.

이제 와서 사과가 무슨 소용인가.

이미 다 잊었다. 과거가 돼버렸다.

"언제 나옵니까?"

"모르겠어. 소문만 흉흉하구."

기왕 그를 만났으니 더 자세한 진실을 알고 싶었다. 속은 건 속은 거고 자세한 내막이라도 알아야 속이 시원해질 것 같다. 이제 그는 이중섭이 아니라 이허중이다. 꿈에서, 환상에서 깨어나는 중이다.

"마 사장님, 결국 처음부터 다 사기였어요? 그림 값 올리려고 꾸민 짓이었나요? 저는 진심으로 이중섭 선생님의 혼을 찾으려 애썼는데……."

"사기? 하하하."

마창룡은 그러고도 웃음이 나오는지 한바탕 호방하게 웃었다.

"인생이라는 게 본디 사기 아닌가? 예수고 부처고 예외가 없어. 어떤 놈이 짜놓은 각본이길래 내 인생은 이다지도 재수 없을까? 신이 내게 사기를 친 건지, 내가 신을 사기 친 건지 도무지 모르겠어. 난 내 세상이 천년만년 가는 줄 알았어. 쥐뿔도 모르는 대학생 놈들이 설치고, 친일 군인, 정치군인들이 날뛸 줄 누가 알았느냐구. 불가항력, 운명은 불가항력이야. 아, 진짜 독립운동을 하든 친일을 하든 한쪽을 똑 부러지게 했어야 하는데 이건 뭐 깡패새끼로 몰려 더럽게 엮였으니 쪽팔려서 어디 말할 수도 없잖아."

이허중은 누가 누굴 나무라는지 모르겠다는 생각이 들었지만 굳이 따지지 않았다. 그의 말대로 오직 한길로 친일한 사람들은 비록 하루이틀 궂은 날이 있기는 하나 창창한 날이 이어지고, 독립운동한 사람들도 눈치껏 행세하면 웬만한 자리는 꿰찰 수 있지만 그 중간에 걸터앉은 사람들은 이리 채이고 저리 채여 아무것도 못한다는 푸념이다.

"전 비록 가짜 화가 이중섭 노릇을 하기는 했지만 제 인생은 진실이었습니다. 정말 이중섭 선생님의 미술 세계에 깊이 빠져보고 싶었습니다. 진짜 이중섭이 되고 싶었습니다. 요절하신 선생님을 이어 나머지 생을 살아보고 싶었습니다."

"쓸데없는 소리. 그것도 사기야. 인생이 사기인데 예술이 어째 사기가 아니란 말인가. 빌어먹을, 나도 나한테는 진실했어. 사기꾼도 제 가족한테는 진실한 법이야. 좋아, 이제 와서 또 거짓말하면 뭘 하겠나? 하지만 자넬 그때 검찰에 고발한 사람은 알고 보니 이태성 씨 사주를 받은 야마모토였어. 두 사람이 내게 쳐들어와 진품을 안 넘겨주면 나까지 사기죄로 고발한다고 펄펄 뛰더라구. 그래서 이 작가가 그린 위작 수십 점을 진품이라고 주니까 그제야 슬며시 발을 뺐어. 그래서 그때부터 내가 나선 거야. 기왕지사 그렇게 된 거 머리를 제대로 쓴 거지. 널 6개월로 감형시킨 건 순전히 내 공이란 말이야."

이건 또 무슨 변명인가.

"예? 이태성 씨 측은 진품을 구해달라고 마 사장께 돈을 주었다는데요? 그것도 300만 엔이나 되는 거액을?"

"300만 엔?"

"예, 그렇게 말하던데요?"

마창룡은 허탈하게 웃었다. 그럴 줄 알았다는 표정이다.

"일본놈들이라고 그렇게 큰돈이 펑펑 솟는 줄 알아? 하하하! 소가 웃을 소리!"

"무슨 말씀이세요? 그럼 그 말도 거짓말인가요?"

"야마모토는 내가 이 화백을 시켜 위작을 그리고 있고, 그걸 야쿠자에게 판다는 걸 알았어. 젠장, 작품 중에 하나가 반전이 된 게 있더라구. 내가 자네에게 갖다 준 자료에 이중섭 작품이 인쇄 실수로 거꾸로 실렸던 거야. 이 작가는 그것도 모르고 그대로 모사했고. 그런 걸 야마모토가 알아내고 날 협박하더라구. 위작을 그린다는 걸 비밀로 할 테니 진품만은 넘겨라, 야쿠자가 알면 네 목숨은 오뉴월 파리 목숨이다, 그렇다고 공짜로 달라는 게 아니다, 그러면서 준 돈이 겨우 30만 엔이야. 그게 너 주려고 만들었던 통장이고."

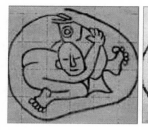

– 이중섭, 〈물고기와 노는 아이〉, 1953
왼쪽이 진품, 가운데가 도록에 반전되어 실린 작품, 오른쪽이 도록을 보고 그린
위작이다.

그러고 보니 이허중은 진품을 구하지 못한 경우, 책에 인쇄된 작품
을 그대로 따라 그린 적이 있다. 그런데 그중 하나가 뒤집혀 있었다면
이허중도 그대로 그렸을 수 있는 것이다. 이 허점을 야마모토가 알고
깊숙이 찌르고 들어온 모양이다.

"그럼 지하실에 숨겨두었던 진품은 왜 야마모토 씨에게 빼앗겼지
요? 계약서가 있었다고 하던데요?"

마창룡은 혀를 끌끌 찼다.

"계약서는 무슨! 야쿠자라면서 험상궂게 생겨먹은 놈들을 데리고
와서 내놓으라는데 내가 무슨 수로 안 내놓고 배겨? 옥신각신하다가
내가 놈들 칼에 찔리고, 마침 지나가던 경찰이 내 비명을 듣고 들이닥
쳐 목숨이라도 살린 거야. 아, 경찰 놈들은 강도 사건은 조사하지도 않
고 내가 임화수 부하라는 사실만 캐내가지고는 그거 하나만 물고 늘어

지는 거야. 나중에 알아보니 지하실에 숨겨둔 작품들은 야마모토가 다 찾아갔더라구. 하긴 협박을 받았어도 어차피 내가 서명하기는 했으니까."

"저한테는 이중섭 선생님 유가족들에게 진품을 기증하실 거라고 했잖아요? 왜 진작 이태성 씨한테 주지 결국 뺏겼어요?"

"참, 사람두. 얼굴 한 번 보지 못한 이태성 씨에게 그걸 왜 넘겨? 돈이 얼만데?"

"이태성 씨를 몰라요?"

"난 본 적도 없어. 일제 때 땅바닥 기어 다니던 거야 얼핏 보았지만 이제 와서 어떻게 얼굴을 알아봐? 대리인인 야마모토만 안다구. 야마모토가 이태성 씨하고 야쿠자 양쪽에 줄을 댔거든. 내 입장에서야 4·19혁명으로 우리 조직 돈줄이 다 끊겼는데 무슨 줄이든 일단 잡고 봐야 했지. 그런데 쿠데타까지 터지는 바람에 우린 두 번 죽은 거지."

"그런데요, 이태성 씨 직접 본 적 없어요?"

"없지. 야마모토만 봤으니까."

"이태성이 만일 이중섭 선생님 아드님이라면 올해 열세 살이잖아요?"

"그래? 나야 애들 나이는 모르지. 관심도 없으니깐."

"그런 어린 소년이 어떻게 아버지 작품을 사 모으겠냐구요? 아드님을 사칭하는 다른 사람이겠지요?"

"야쿠자 놈들은 내가 이중섭이나 부인 남덕 씨를 모르는 줄 알 테니

179

까 그런 거짓말이라도 하는 거겠지. 하여튼 이중섭 아들은 아니야. 왜 사칭하는지는 모르겠지만. 남덕 씨가 그만한 돈을 줘가며 이중섭 그림을 모을 리도 없고. 다 야쿠자 거짓말이겠지."

"그래요? 그럼 야쿠자 내 조선인들 짓인가요?"

"어쩌면 그럴지도 모르지. 태성이라면 흔한 이름이니까."

알면 알수록 더 아리송해지는 듯했다.

이때 간수[10] 한 명이 두 사람을 향해 다가왔다. 그는 마창룡이 아니라 이허중을 바라보면서 다가왔다.

"혹시 이 사람 보호자입니까?"

이허중이 대답을 못하는 사이 마창룡이 그렇다고 말하라는 눈짓을 주었다. 이허중은 석방 절차를 밟는 것으로 알아들었다.

"그렇습니다만……."

"그럼 여기 기다려줘요. 마창룡, 이쪽으로 잠깐만."

간수는 이허중의 시야에서 멀리 벗어나지는 않고 책상이 있는 곳으로 가더니 서류를 내밀었다.

"형무소에서 나가면 정직하게 살 거지?"

"그러믄요, 그래야지요."

"여기 지장 찍어."

마창룡은 간수가 시키는 대로 오른손 엄지손가락에 인주를 듬뿍 묻

---

10) 교도관을 이르는 옛말.

혀 지장을 찍었다.

"됐나요?"

"그래, 아주 잘 됐어. 마창룡, 너 한글 모르지?"

"예, 나가면 꼭 글공부할게요. 일제 때 장사하느라고 일본에서만 살아가지고 한글을 배울 새가 없었어요. 가나야 간단히 읽고 쓰지요."

"하긴 사기 치고 깡패질하는데 무슨 글이 필요했겠어."

간수는 코웃음을 치더니 서류를 들고 이허중에게 다가왔다.

"여기, 이거 읽어보슈, 아무 말 말고."

간수가 보여준 문서에는 '사형집행명령'이라는 제목으로 '법무부 12-452'라고 적혀 있었다. 타자체가 아니라 문서 전체가 손으로 쓴 것이다. 법무부 담당국장, 그다음에 김영천 차관, 고원증 장관이라는 이름이 차례로 서명되어 있었다.

단기 4294년 12월 21일 혁명검 제298, 299, 300, 301, 302호로 혁명검찰부 검찰부장이 구신한 상기 사형수는 판결대로 사형집행을 명령함.

단기 4294년 12월 21일 법무부장관 고원증

거기 사형 대상자 명단에 임화수 이름이 보였다. 그리고 이어지는 다음 장에 이정재와 함께 마창룡의 이름이 있다. 집행일 29일이라고 똑똑히 적혀 있다.

이허중은 눈을 꾹 감았다가 떴다. 머릿속이 아뜩해진다.

마지막 장에는 장기기증서약서와 재산헌납서가 첨부되어 있고, 마창룡은 거기에 지장을 찍은 것이다.

"오, 이런."

마창룡의 시간이 며칠 남지 않았다.

"어허, 조용히 면회나 하고 가시오. 우린 여기서 지켜볼 거니까 괜한 소란 일으키지 말아요. 이거 다 혁명군들이 시키는 일이라 우리도 마음대로 못해요. 깡패들을 잡아 죽여서 민심을 다독이려는 거겠지. 그래야 친일 군인들이 쿠데타를 일으켰다는 걸 숨길 수 있을 테니깐."

이윽고 간수가 손짓을 하자 마창룡이 히죽거리며 다가왔다.

"마 사장, 한글 아직 몰라요?"

"왜정 때 무슨 한글 배울 시간이 있었나? 일본에서 주로 활동했으니 가나나 조금 읽는 정도지. 한글 몰라도 일본에서는 아무 지장 없거든."

"사장님도……."

이허중은 마창룡의 얼굴을 마지막으로 본다고 생각하니 뭔가 가슴속의 말을 다 꺼내 들려주고 싶었다. 하지만 간수가 바짝 붙어 있으니 말을 할 수가 없다.

지금 이 자리가 그를 보는 마지막 자리일 텐데 이대로 있다가 헤어지기는 어쩐지 섭섭하다. 그는 뭘 할까, 무슨 말을 할까 고민했다.

"잠깐만요. 제가 선물 하나 할게요."

이허중은 가방에서 종이 한 장을 꺼내들더니 펜으로 그림을 그리기 시작했다. 중앙에 파란 페인트를 칠한 멋진 양옥집 한 채하고, 책이 가득 쌓여 있는 서재 한 칸을 그려 넣었다. 마당에는 붉은 모란꽃을 푸짐하게 그려 넣었다. 저승 가는 길에 어둡지 말라고 청사초롱도 문설주에 달아주었다. 목마르지 말라고 우물도 파주고, 그리고 푸짐하게 차린 밥상을 마루에 올려놓았다. 꼬리가 길다란 삽사리 한 마리도 토방 아래에 그려 넣어 동무 삼으라고 해주었다.

이허중은 그림을 다 그려 유리 구멍 사이로 밀어 넣었다.

"고마워. 나가면 집을 이렇게 꾸미고 살아야지……."

이윽고 간수가 다가오더니 면회가 끝났다면서 마창룡을 데리고 나갔다.

"이 작가, 눈길 조심해서 가. 눈이 많이 내렸더라구."

"그럼요."

이허중은 마창룡의 뒷모습을 물끄러미 바라보았다. 그는 젊은 시절을 남의 나라 일본 땅에서 일본말을 하며 허비하고, 한국에 돌아와서는 깡패 임화수 밑에서 잔심부름이나 하면서, 자기가 무슨 짓을 저지르는지도 모르고 살다가 허무하게 죽게 된 것이다.

이허중이 면회를 한 바로 그날 임화수가 처형되었다는 라디오 뉴스가 흘러나왔다.

그리고 29일, 1961년이 가기 이틀 전, 이정재에 이어 마창룡의 사형이 집행되었다는 뉴스가 흘러나왔다. 쿠데타군은 자신들을 친일 군인으로 보는 국민의 시선을 돌리고, 그러면서 동요하는 일부 국민들, 그리고 4·19혁명이 좌절되었다고 불만을 가진 대학생들을 겁주기 위해 정치 깡패들을 일제히 사형시켜버린 것이다.

미리 알고는 있었지만 막상 뉴스를 듣고 보니 큰 충격으로 다가왔다. 마창룡이 세상에 남아 있다면 무슨 꾀라도 내줄 텐데, 그럴 사람이 없어졌다는 사실에 허탈감이 더 크게 밀려왔다.

이허중은 화실에 칩거한 채 며칠 동안 아무것도 하지 않았다. 그러다가 그리던 그림도 다 걷어치우고, 화실을 깨끗이 정리했다.

그의 아내에게는 이제 이중섭의 그림이든 자신의 그림이든 더 이상 그리지 않겠다고 선언했다. 어차피 그려봐야 더 이상 팔아줄 사람이 없으니 그릴 필요도 없다. 가짜 화가 이중섭이란 소문이 날 만큼 났으니 진짜 이허중의 그림을 그린들 인정해줄 사람이 있을 리도 없다.

다시 시작하든 여기서 끝내든, 어쨌든 화실은 그가 편안히 머물 공간은 되지 못한다.

다른 직업을 가져야 한다. 새 인생을 시작하려면 붓을 잡아서는 안 된다.

쿠데타의 열기가 가라앉은 지 몇 달 안 되어 대형 화랑인 시카고 갤러리에서 이중섭 유작전이 열린다는 소식이 들려왔다. 미발표 유작 80

점을 비롯해 총 200점이나 되는 큰 전시회라고 신문에 났다.

무료하게 나날을 보내던 이허중은 이중섭의 미발표 유작이라는 보도를 보고 바람이라도 쐴 겸 전시장에 나가보았다. 4·19가 일어나기 전에도 부산 로타리 다방에서 개인 소장 중이던 이중섭 작품을 전시한 적이 있다. 그때는 마창룡과 이허중이 소식을 듣고 직접 전시회에 다녀온 적이 있다. 마창룡은 소장자들과 협상을 벌여 몇 점을 사들이고, 이허중은 스케치를 해서 머릿속에 담아와 직접 그림을 그렸다.

지금은 이허중이 위작을 그리지 않기로 결심한 만큼 목적이 다르기는 하다. 그냥 이중섭의 미발표 유작을 감상하고 싶을 뿐이다. 이중섭이 무슨 생각을 하면서 그렸는지 그림을 보면서 대화를 나누고 싶었다. 위작용으로 보겠다는 것도 아니고, 오로지 그가 마음속으로 닮고 싶고, 무한히 존경하는 이중섭의 체취를 맡고 싶을 뿐이다.

시카고 갤러리는 관람객으로 붐볐다. 이허중은 사람들 틈에 끼어 이중섭의 작품을 감상하기 시작했다.

"응?"

이상하다.

그는 그림을 몇 점 둘러보다가 힘없이 고개를 떨구었다. 눈에는 눈물이 그렁그렁 맺혔다.

마침 전시회장에 와 있던 신문기자들이 그가 이중섭 작품만을 골라 훔친 혐의로 기소되었던 이허중이라는 걸 알아보고 얼른 달려와 사진을 찍어댔다. 이날 석간에 실린 기사 제목은 '도둑의 눈물, 가짜 화가 이중섭'이었다.

그런 건 아무래도 상관없다. 이허중은 기자들이 플래시를 터뜨리는 데도 쉼 없이 눈물을 흘렸다. 참회의 눈물이라고들 수군거렸다.

하지만 그런 게 아니다. 이허중이 전시회 작품집을 보니 유명한 교수, 평론가들의 감정기와 평론이 가득 실려 있었다. 진품이며, 예술적으로 극히 뛰어나다는 찬사 일색이다.

- 빈센트 반 고흐를 뛰어넘는 세기의 걸작
- 일제와 6·25전쟁이 빚어낸 슬픔의 미학
- 처절한 삶, 불꽃같은 죽음이 빚은 천재 화가의 영혼
- 질곡의 현대사 속에서 피어난 천재 작가 이중섭
- 잃어버린 전설과 제의(祭義)의 장려한 화적(畵籍)

극찬을 끝도 없이 써댄 교수와 평론가 중 몇몇은 전에 이허중이 작품을 출품할 때마다 졸작이라고 돌아다보지도 않던 사람들이다. 졸작은커녕 심사조차 할 수 없는 쓰레기라고 악담을 하던 사람들이다. 이중섭 언저리에서 술이나 얻어먹고, 농담이나 나누던 사람들이다.

이허중은 작품해설집을 한 권 사들고 돌아오는 버스 안에서도 혼자 울고, 화실에 앉아서도 하염없이 울었다. 아내가 보는 데서도 울고, 아

들이 쳐다보는데도 울었다.

그의 아내가 보다 못해 몇 번이나 위로했지만 그는 울음을 그치지 못했다.

방에 돌아와서도 이허중은 얼굴을 바로 들지 못했다. 밥도 먹지 않고 있다가 지칠 대로 지친 다음에야 아내를 향해 겨우 말문을 열었다.

"당신은 왜 나를 만나 이 고생을 할까?"

"정신병원에서 나온 날 골목에 쓰러져 있었잖아? 그냥 지나갔어야 하는데, 괜히 눈이 마주쳐가지고는……."

"헤에, 그러니까 당신이 천사지. 그런데 천사야."

"왜? 나 천사하기 싫어. 돈이나 많이 벌어다 줘."

"이중섭 그림 많이 그려서 돈 좀 벌어줬잖아."

"우리가 아직 한창 젊은데 더 벌어둬야지."

"그래, 좋아 좋아. 그런데 여보, 난 어떡하지?"

그는 이중섭 작품해설집을 탁자에 내려놓았다. 그러면서 손가락으로 이중섭의 작품을 가리켰다.

그의 아내는 이허중의 심기가 왜 틀어졌는지 이해하지 못했다.

"왜 그래, 여보. 이중섭 선생님 작품이 전시되고 있으면 반가운 일이지. 당신, 정신 차리고 이제 제대로 된 그림 그리면 되잖아. 그만 밥 먹자. 돈 떨어지기 전에 다른 직업 구하든지."

이허중은 아내의 두 눈을 뚫어지도록 바라보았다.

"여보, 나 당신에게 고백할 게 있어."

"뭘?"

"여기 이 책을 봐. 교수란 사람들이 걸작 중의 걸작이라고 찬탄하는 이 그림들…….."

"잘 그렸네. 역시 이중섭 선생님이시네."

"사실 이중섭 선생님은 알지도 못하는 그림들이야."

"무슨 말이래? 진품이라고 난다 긴다 하는 평론가들이 감정한 건데?"

"사실 이 그림들, 다 내가 그린 거야. 모사를 한 게 아니라 처음부터 내가 생각해서 내 손으로 그린 거라구. 처음부터 원작은 없는 순수한 내 작품들이라구."

"뭐? 당신이 그렸다구? 근데 왜 이중섭 선생님 사인이 있어? 에이, 왜 그래? 하다못해 위작이겠지."

"내가 전부터 내 그림을 좀 그려두었는데, 어느 날 마 사장이 내 작품을 뒤적거리며 살펴보더니 그것도 내다 팔자는 거야. 내 작품이 무슨 수로 팔리느냐고 고개를 저으니, 마 사장은 내 사인 지우고 거기에 이중섭 사인만 넣으면 얼마든지 팔아줄 수 있다는 거야."

"뭐? 당신 그림에 이중섭 선생님 사인을 해서?"

이번에는 그의 아내도 제대로 놀랐다. 모사하는 단계를 넘어 있지도 않은 작품을 가짜로 그려 팔았다는 것 아닌가.

이허중은 머리를 긁적이며 얼굴을 숙였다. 아내에게조차 부끄러운 일이다.

"돈을 주더라고, 위작 값으로 똑같이. 그래서 그냥 내 작품에 이중섭 선생님 사인을 해버린 거야."

그의 아내는 그리 크게 화를 내지 않았다. 도리어 이허중이 부끄러워하자 어깨를 토닥이며 위로해주었다.

"같은 그림이라도 당신 사인을 넣으면 싸구려가 될 그림들인데 이중섭 선생님 사인으로 바꿨다고 명품이니 걸작이니 인정받잖아. 잘됐네, 불쌍한 그림들한테 아주 잘됐어. 화실 구석에서 먼지나 뒤집어쓸 뻔했는데 화려한 조명 아래 뭇사람들의 찬사를 들으니."

이허중은 고개를 절레절레 흔들었다.

"난 그냥 야쿠자에게 팔 작품이려니 생각하고 아무 생각도 없이 그린 건데, 그게 이중섭 선생님 아드님이란 분 손에 들어갔나 봐. 아드님을 속여서는 안 되는데. 뭔가 이상해. 이 작품들은 마창룡 씨가 야쿠자에게 팔겠다고 가져간 것들인데 왜 이번 전시회에 나왔느냔 말이야. 이해가 안 돼. 내가 그린 게 거기 다 있더란 말이야. 마 사장이 이태성 씨에게 속여서 판 거라구. 사실 이태성이 진짜 누군지도 모르겠고."

전시회에 출품된 유작들은 이중섭이 그린 적도 없는 순수한 이허중의 그림이다. 다만 마창룡의 요구로 그의 사인을 덧칠해 보이지 않게 해버리고 'ㅈㅜㅇㅅㅓㅂ'이라는 가짜 사인을 했을 뿐이다. 그렇다는 걸 마창룡도 알았지만 야쿠자에게 파는 건 아무 문제가 없다고 해서 건네준 작품들이다.

그렇건만 평론을 보니 걸작이라고 찬탄한 작품이 바로 순수한 이허중의 작품이었다.

"야마모토인가 그 사람들, 마 사장이 지하실에 숨겨두었던 진품만 가져갔다더니?"

"그러게 이상하지. 도대체 야쿠자들에게 판 작품이 뭔지 모르겠어. 내가 상상해서 그린 내 그림이 죄다 이번 전시회에 나왔으니까. 미발표 유작이라는 이름으로."

이허중은 뭐가 뭔지 알 수 없어 정말 미칠 것만 같았다. 마창룡과 함께 야쿠자를 속여 돈이나 조금 벌어보자는 것뿐, 그의 그림은 어디까지나 이중섭의 그림 세계를 끝까지 파고들어보자는 치기가 그려낸 작품일 뿐이었다. 그런데 야쿠자에게 들어간 작품은 몇 점인지 알 수가 없고, 이허중이 순수하게 그린 작품은 대부분 이번 전시회에 나와 있다. 무슨 까닭인지 도대체 모를 일이다.

이허중은 이 상황을 이해할 수도 없었다. 또한 이중섭의 작품이 아닌 자신의 작품을 전시하는 것도 차마 두고 볼 수 없었다. 야쿠자에게나 가야 할 작품이 국내 대형 화랑에서 버젓이 전시되다니, 그가 원했던 상황도 아니고, 예상했던 상황도 아니다. 다른 사람은 다 속여도 이중섭을 직접 속여서는 안 된다. 이중섭의 그림을 모사한 작가일망정 이중섭이 그린 적도 없는 그의 작품이 이중섭의 유작인 양 전시되는 건 도저히 참을 수 없다. 그는 다른 건 몰라도 이 사태는 바로잡아야 한다고 믿었다.

11.
폭로

　이허중이 그간 이중섭의 미술 세계를 들여다보기 위해 애쓴 노력은 이제 다 물거품이 되었다. 자신이 창작한 그림들이 이중섭의 작품으로 둔갑하여 버젓이 전시장에 걸리다니, 그것도 이중섭의 친아들을 자처하는 사람이 인정했다고 하고, 전문가들이 면밀하게 감정한 작품이라고들 하다니, 생각할수록 머릿속이 지끈거린다.

　이허중은 아내를 데리고 지하실로 내려가 그간 오래도록 밀봉했던 비밀방을 열었다. 털모자를 눌러쓴 아들 담도 아내의 손에 이끌려 함께 들어갔다. 형무소에 들어갈 때부터 굳게 닫혀 있던 방이라 먼지가 가득 쌓여 있다.

"여기 방이 있었어? 난 여태 몰랐네."

이허중의 아내는 신기하다는 듯이 조금씩 드러나는 비밀방을 들여다보았다.

먼지가 풀썩거리며 허공으로 퍼졌다. 창이 없으니 먼지가 나갈 곳도 없다.

"여보, 이게 다 무슨 그림이야?"

두터운 한지로 잘 포장해둔 액자들이 켜켜이 놓여 있었다. 이허중은 대답 대신 한지를 벗기고 작품을 드러냈다.

모두 이중섭 작품들이다. 얼핏 보아도 100점 가까이 되어 보인다.

"이 많은 걸 어떻게 하려고 또 그렸어? 이젠 팔아줄 사람도 없는데?"

"팔 거…… 아니야."

그때 아들 담이 앞으로 걸어가더니 앞쪽에 놓여 있는 액자로 다가가 손을 내밀어 만져보았다.

"엄마, 이거 내 거야."

"우리 담이, 무슨 말이야? 이건 아빠가 그린 그림이야. 하긴 네가 아들이니 다 네 거지. 이 집도 네 집이고, 아무렴. 네 말이 맞아."

그의 아내는 얼른 말을 둘러대며 아들 담의 손을 잡아끌었다.

이허중은 고개를 갸웃거렸다. 그러다가 그림을 집어들어 아들에게 제대로 보여주었다.

"담이야, 이 그림 좋아?"

이중섭 부부와 두 아들이 파란 끈으로 엮여 있는 〈가족〉이다.

"불쌍해, 아이들이 불쌍해."

"이건?"

〈노을 앞에서 울부짖는 소〉다.

"좋아, 소 좋아. 나는 소가 좋아."

아들 담은 이허중이 보여주는 대로 느낌을 말했다.

그러다가 재미가 없어졌는지 엄마 손을 잡으며 돌아섰다.

"나, 썰매 타고 싶어."

이허중은 물끄러미 아들 담의 뒷모습을 바라보았다. 말할 수 없는 감정이 북받쳤다.

아들 담은 손을 들어 엄마 등을 짚었다. 업히고 싶다는 신호다.

"응응, 우리 아기. 엄마 등에 업혀."

아들 담은 수시로 엄마 등을 탐했다. 잘 때에도 엄마 품이 아니면 쉬 잠들지 못한다. 아직도 엄마 젖을 물어야 잠이 들고, 더러 오줌까지 싼다. 엄마만 있으면 아빠는 거들떠보지도 않는다.

아들을 업은 그의 아내는 뭔가 짚이는 게 있는지 나가려다 말고 남편 이허중을 흘깃 뒤돌아보았다.

그는 가만히 고개를 끄덕였다. 그러면서 또 눈물을 흘렸다.

"사실 마창룡이 위작을 그려내라고 진품을 구해 올 때마다 나는 위작을 그린 다음에는 진품을 이곳에 가져와 숨겨두었어. 그러면서 그가 가져온 액자에다 내 위작을 넣어 진품이라고 하여 돌려주었지. 결국 위작만 준 셈이지."

"마 사장이 몰라? 그 장사꾼이?"

"까마득히 모르더라구. 하긴 내가 워낙 정성을 들여 그렸으니 마 사장도 모른 거지. 마 사장이야 팔리기만 하면 되니까 그런 거 따질 필요도 없었겠지."

이허중은 위작을 다 그린 다음 마창룽에게 위작과 함께 진품을 돌려주곤 했는데, 그 진품이 사실은 가짜였다는 것이다.

이허중은 마창룽에게 속을지 모른다는 한 가닥 걱정과 함께, 한편으로 이중섭을 공부하면 할수록 그의 진품을 소장하고 싶다는 욕심을 가졌다. 그러다 위작을 이중으로 그려 진품이라면서 마창룽에게 돌려주었던 것이다. 이중섭에 대한 큰 존경심이 그런 과감한 용기를 일으켜주었다.

아마도 그때 진품으로 위장한 작품 상당수가 야마모토를 통해 이중섭의 아들이란 사람에게 들어간 모양이다. 하여튼 처음부터 위작으로 그린 이허중의 창작품은 어떻게 된 경로인지는 모르겠지만 이번 전시회에 거의 다 걸려 있었다.

"마 사장은 왜 내 그림을 팔지 않고 소장하고 있었을까? 아무리 이중섭 선생님의 사인을 도용했어도 내가 그린 창작 그림은 아무런 값어치가 없는 건데 말이야."

"어차피 하나밖에 없는 거니까 유작이라고 속여서 팔 생각이었겠지. 누구도 감정이 어려울 테니까. 그림 풍은 같잖아. 나도 속았으니 마 사장도 속은 거지."

"그런가?"

그래도 이허중의 작품이 모조리 이중섭 작품으로 둔갑하는 것은 쉬운 일이 아니다.

누구 짓일까 곰곰이 생각해보아도 감이 잡히질 않는다. 이허중이 창작한 작품들은 하나같이 유족들이 그간 오래도록 소장하고 있던 작품이라고 표시되어 있었다. 하긴 이허중이 그린 뒤에는 마창룡이나 보았을까 누구도 보지 못한 작품이니 그렇게 설명해도 의심할 사람은 없을 것이다. 위작을 그리기가 좋은 것은, 원작은 작가와 소장자 두 사람만 알 뿐 나머지는 존재조차 잘 모른다는 사실이다. 더구나 이중섭은 한때 일본에 다녀온 적이 있다. 거기 머물면서 가족을 위해 그림을 그려줬을 수도 있고, 그림을 가져갔을 수도 있다고 사람들은 믿을 것이다.

이허중은 아내와 아들을 내보낸 뒤 비밀방에 주저앉아 머리를 쥐어뜯었다.

"이중섭 선생님, 죄송합니다. 선생님은 살아서도 불행하시고, 돌아가셔도 불행하시네요. 하지만 제가 선생님의 혼이 담긴 작품만은 이렇게 잘 모셔두었습니다. 절대 누구도 선생님 작품 갖고 장난치지 못하도록 여기 이렇게 신위처럼 모셨습니다. 일찍 돌아가셔서 미처 못 그리신 그림, 제가 마저 그렸는데 그만 선생님 이름을 달고 전시가 되고 있습니다. 제발 용서해주세요, 선생님."

이중섭의 진짜 그림을 앞에 놓고 훌쩍거리던 이허중은 울다 말다를 거듭하다가 불현듯 화실을 뛰쳐나갔다. 외출하기에는 너무 늦은 시각이다.

"여보, 이 밤에 어딜 가는데?"

"할 일이 있어. 꼭 해야만 해."

"그러다 또 병원 간다, 제발 그러지 마. 병원에서 흥분하지 좀 말라잖아! 더구나 요즘에 잘못 돌아다니면 깡패로 몰려 군인들이 잡아간다구!"

이허중은 뒤도 돌아다보지 않고 달려 나갔다. 그는 가로등도 없는 어둠 속으로 뛰어들었다.

그가 찾아간 곳은 이중섭 전시회가 열리고 있는 시카고 갤러리였다. 늦은 저녁이라 전시장 문은 닫히고, 플래카드와 포스터만 걸려 있다.

'이중섭 미발표 유작 전시회'

이허중은 붉은 매직을 들어 '유' 자를 '위' 자로 고쳐 써넣었다. 결국 '이중섭 미발표 위작 전시회'가 되었다.

이허중이 플래카드와 포스터마다 붉은 매직으로 '위작'이라고 써넣고 돌아온 이튿날 언론이 들끓었다.

이허중은 화랑으로 전화를 걸어 거기 나와 있던 이태성이란 사람을 찾았다.

전화 목소리를 들어보니 뭔가 이상하다.

"이태성…… 씨입니까?"

"그렇습니다. 무슨 일이십니까?"

"이중섭 선생님의 아드님이 맞습니까?"

"예, 그렇다고요."

'이 목소리는……?'

이상하다. 그럴 수가 없다. 나이를 아무리 계산해도 목소리하고는 맞지 않는다.

이허중은 그가 야마모토라는 걸 금세 알아차릴 수 있었다.

"정말로 이중섭 선생님의 아드님이신 이태성 씨이십니까?

"그렇다고 말했잖습니까? 대체 누구십니까?"

들을수록 확실한 야마모토다. 이태성을 사칭하는 것이 틀림없다.

"저 이허중인데요."

"아, 이허중 씨? 우리 아버지 전문 위작 화가?"

"야마모토 씨, 그러지 마시고 이태성 씨가 거기 계시다고 들었는데 좀 바꿔주십시오. 장난 그만 치시고요."

"허 참, 나한테 얘기해요. 무슨 일이지? 내가 대리인이거든. 대리인 노릇 하려면 확실히 해야지. 안 그래?"

이허중은 야마모토가 이태성 대신 전화를 가로챈 것이라고 생각했다. 하는 수 없다. 야마모토에게 말하면 이태성 씨에게도 전해질 것이라고 믿었다.

"그럼 그러지요. 이번 전시회에 나온 유족 소장 작품 말입니다. 저번에 주신 30만 원 갖고는 제가 입을 꽉 다물지 못하겠습니다. 정 그렇게 하길 원하신다면 300만 원을 더 주시지요. 마창룡 사장이 제게 주기로 한 300만 원을 야마모토 씨가 대신 주십시오. 그래봐야…… 그림 값에 비하면 얼마 안 될 텐데요?"

이허중은 야먀모토가 준 돈 30만 원이 바로 이 유작 전시회 때 입을 다물라는 협박금이라는 걸 이제야 깨달았다.

곧 수화기가 부서질 듯 큰 소리가 울렸다.

"이 도둑놈의 새끼가 누굴 협박해! 너 경찰에 고발할 거야!"

야마모토는 버럭 화를 냈다. 하기야 30만 원으로는 안 되고, 300만 원을 내놓으면 모른 척해주겠다고 하는 거니 화가 나지 않을 수 없다. 이허중은 화를 더 돋우는 말을 퍼부었다.

"야마모토 씨, 지금 전시 중인 그림이 제가 그린 위작이라는 걸 아시잖습니까. 비록 이중섭 선생님 사인을 하긴 했지만 그건 선생님이 그린 작품이 아니라 저 혼자 그린 겁니다. 이중섭 선생님은 까마득히 모르시는 이허중 작품이라고요!"

"이거 미친놈 아니야! 어째 우리 아버지 작품이 네 거야! 춘화나 그리던 양아치 새끼가 감히 우리 아버지를 모욕해! 야, 미친놈아! 네가 그렸으면 네 사인을 하지 왜 우리 아버지 사인을 해! 정신이 500년은 나간 놈이로군."

"뭐라고요? 우리 아버지? 야마모토 씨, 왜 자꾸 이태성 씨를 사칭하십니까? 댁까지 우리 선생님을 모욕하지 마십시오."

"이 자식아, 내가 야마모토고, 내가 이태성이다, 왜!"

"뭐요? 야마모토가 이태성?"

"그렇다, 이 자식아!"

"당신이야말로 왜 이태성 씨로 위장하지요? 이중섭 선생님의 아드 님은 고작 열세 살에 불과할 텐데요?"

"아, 이 자식 정말! 야 이놈아, 내가 그냥 이태성이라고! 이태성이는 무조건 이중섭 아들이어야 하냐?"

"뭐라고요?"

결국 야마모토는 이태성이란 가명도 쓰면서 장난질을 해온 것이다. 야쿠자인지는 모르지만 사기꾼임에는 틀림없다.

"오, 이런. 가만히 보니 마창룡 씨 배후 인물이 바로 당신이었군요? 임화수도 속았으니 내가 속은 건 당연하고. 그렇다면 야쿠자는 있지도 않은 허깨비였군요?"

그동안 이태성의 대리인이라면서 마창룡과 이허중을 만나온 야마모 토가 실은 이태성이란 가명까지 사용한 것이다. 마창룡도 이허중도 감 쪽같이 속았다. 어쩌면 그가 진짜 야쿠자인 야마시다까지 속였는지도 모른다.

"이 미친놈아, 말이 되는 소리를 해야지! 대한민국 최고의 감정가들 이 다 이중섭 작품이 맞다는데, 네깟 놈이 무슨 재주로 이런 명품을 그 려? 그리고, 내가 언제 우리 아버지가 이중섭이라고 하든? 난 그런 말

안 했어. 무식한 조센징들이 알아서 긴 거지. 난 그냥 재일교포야."

"어쨌거나 거기 전시된 작품은 다 가짜요. 내가 그린 가짜란 말입니다. 당장 전시를 취소하세요!"

"야, 이허중이! 이중섭 그림이 아무나 막 그려도 되는 수준인 줄 알아? 고흐, 피카소, 샤갈이 울고 가는 명작이라구. 대학도 졸업하지 못한 놈이! 짜식아, 이중섭은 일본에서도 미국에서도 유명한 화가란 말이야. 너 따위가 모사할 수 있는 수준이 아니야!"

기가 찼지만 이허중은 심호흡을 몇 번 한 뒤 최후통첩을 날렸다.

"여러 말 하지 않겠습니다. 전시회를 취소하지 않으면 비밀을 언론에 폭로하겠습니다. 일본에 계신 이남덕 여사에게도 이 사실을 알리겠습니다. 다시 연락 안 합니다."

"마음대로 해, 이 사기꾼아! 건방진 새끼들! 내가 마창룡 이놈더러 어린놈을 조심하라고 그렇게 일렀거늘. 내가 남의 그림을 모사나 하는 가짜 화가새끼한테서 협박을 다 받네."

"세상에 폭로한다니까요. 제발 내 말 좀 들으십시오. 난 이중섭 화백을 온몸으로 존경하는 유일한 제자입니다."

"흥! 제자 좋아한다!"

콧방귀를 날리는 소음이 귓전을 때렸다.

"네깟 놈 말을 누가 곧이들어! 정신병자라고 손가락질이나 하겠지."

야마모토는 화가 나는지 전화기를 탕 하고 내려놓았다. 이허중은 수화기에서 들려오는 소음에 잔뜩 얼굴을 찡그렸다.

그의 말대로 세상이 이허중의 말을 믿어주지는 않을 것이다. 이허중은 설사 그렇더라도 진실을 피해갈 수는 없다고 믿었다. 결과는 오직 자신의 의지에 달려 있을 뿐 세상이 미친 건 아니다.

화가 치민 이허중은 이번에는 중앙신문사 미술 담당 기자에게 전화를 걸었다.

"김 기자십니까? 특종이 있어요. 이중섭 미발표 유작 전시회 말입니다. 그거 다 가짭니다. 유작이 아니라 위작입니다."

기자는 대번에 호기심 어린 목소리로 물어왔다. 기삿거리가 된다는 뜻이다.

"예? 그걸 어떻게 아시지요?"

"일단 저를 만나시지요."

이허중이 이중섭 그림 전문 위조 작가라고 신분을 밝히자마자 기자는 당장 나오겠다고 화답했다.

이허중은 곧 신문사 부근 커피숍에서 미술 담당 기자를 만났다. 그는 벌써 이틀째 잠도 안 자고 먹지도 않아 눈이 퀭하고 목소리는 카랑카랑 갈라졌다. 누가 봐도 결기가 느껴진다.

"아, 왜 이중섭 작품이 가짜라는 거지요?"

"그야 제가 그린 그림이니까요. 전시 작품은 이중섭 선생님은 알지도 못하는 것들입니다. 제가 그린 제 작품이라구요. 양심을 속일 수 없어 말씀드리는 겁니다."

"뭐라고요? 이미 유명한 화가와 교수, 화단을 움직이는 쟁쟁한 평론 가들이 이중섭 선생님이 실제 그린 진품이라고 감정한 것으로 알고 있는데요? 더구나 이중섭 선생님 아드님이 가져오신 진품이라던데?"

"4·19혁명 겪고 5·16쿠데타 겪느라고 그림에는 별 관심이 없을 줄 압니다. 하지만 이중섭 선생님 가족은 부인과 두 아드님인데, 큰아드님이 불과 열다섯 살입니다. 지금 둘째아드님 이태성이라고 주장하는 사람은 가짜입니다. 야마모토라는 재일교포 야쿠자 말단입니다."

"그래요? 좋아요. 당신 작품이라고 쳐요. 그러면 직접 사인을 하시지 왜 이중섭 선생님 사인을 하셨어요. 모작도 아닌데? 제가 봐도 작품마다 이중섭 선생님 필적이 분명하던걸요?"

그래서 답답한 것이다. 답답해 미칠 지경이다.

이허중은 욱 치미는 조증을 꾹 누르며 심호흡을 몇 번 하고 나서 대답했다.

"제 전죄가 있으니까 진심으로 들리지 않겠지만, 난 이중섭 선생님의 작품을 보호하고 싶어요. 선생님이 인생을 통째로 바치고 대신 얻은 그분의 미술 세계를 제 손으로 지키고 싶습니다. 위작으로 더럽혀지는 걸 원하지 않습니다. 제가 선생님 작품을 모사하여 위작을 그렸든, 혹은 제가 혼자 그린 작품이라도 어쨌든 그건 위작입니다. 이중섭 작품이 아닌 이허중의 작품이라고요."

"가짜 화가 이중섭이라고 알려진 분이, 실제로 이중섭 위작을 그려 팔아먹으신 분이 그렇게 말씀하시면…… 아, 이거 정말 더 헷갈립니다. 그래, 전시 작품들이 위작이라는 증거라도 있습니까?"

기자는 믿지 못하겠다는 자세로 버텼다. 자칫하면 일어설 기세다.

"있습니다. 전시 작품 한 점을 떼어다가 엑스레이로 찍어보십시오. 이중섭 선생님의 서명이 있는 부분 바로 아래쪽에서 제 이름 이허중이 나타날 겁니다. 그런 작품은 모두 제가 그린 겁니다."

"어떻게 하신 거지요?"

기자는 그제야 약간 관심을 보였다.

"원래는 제 사인을 해두었던 작품들이고요. 마창룡의 회유를 받은 뒤에는 일부러 그랬어요. 맨 먼저 백지에 하얀 잉크를 바르고, 마르기를 기다렸다가 제 서명을 합니다. 그러고 나서 그림 색깔에 따라 진한 잉크로 제 서명을 덮어쓰지요. 그 위에 'ㅈㅜㅇㅅㅓㅂ'이라고 쓰면 아무도 모르니까요."

"설마."

이제는 믿는 눈치다.

이허중은 그제야 안도의 한숨을 내쉬었다.

"사실입니다."

"왜 그런 표지를 남겨뒀지요? 언젠가는 들킬 텐데요?"

"마창룡이라는 화상이 주문해서 그리긴 했지만, 혹시라도 진품으로 유통되면 이중섭 선생님께 크게 누를 끼칠 수도 있다는 불안감이 있었습니다. 그래서 고민 끝에 그런 꾀를 낸 거지요. 언제든 제가 막을 수 있으니까요."

"너무 황당한 사건이라 잘 믿기질 않습니다."

"물론 믿기지 않을 겁니다. 확인이 필요할 테니까요. 확인이 되거든 다시 만나시지요."

중앙신문사 김종휘 기자는 이허중에게는 심드렁하게 대했지만, 막상 특종을 잡을지도 모른다는 기대감으로 급히 부장에게 전화를 걸어 취재 허락을 청했다. 곧 취재 명령이 떨어졌다.

김 기자는 시카고 갤러리로 가서 전시를 주관하는 화랑 대표를 만났다. 어떡하든 한 점이라도 떼어다가 엑스레이 검사를 해봐야 한다. 결과가 이허중 주장대로 나온다면, 이건 특종이다.

"우리 신문에 양면 컬러로 이번 전시회를 소개하기로 했습니다. 다른 건 화랑에서 주시는 필름으로 해도 되는데, 메인 작품 석 점은 전면에 크게 나가기 때문에 저희가 화보용으로 새로 찍었으면 합니다. 관람 시간이 끝난 뒤 대표작 석 점을 스튜디오로 옮겨주실 수 있겠습니까?"

가장 유력한 중앙신문사에서 전시회를 작품 사진과 함께 컬러 화보로 실어준다는 것은 대단한 특혜다. 물론 이중섭 작품 전시회를 다루지 않는 신문이 없지만, 쿠데타로 뒤숭숭한 시기에 이처럼 전면 컬러 화보로 다룬 예는 없다.

"그래요? 그럼 작품은 저희가 옮겨드리지요. 워낙 비싼 그림들이라서 보험이 걸려 있거든요."

"그러셔야지요."

김종휘 기자는 이미 방사선과가 있는 건물의 스튜디오를 물색해 그곳으로 작품을 갖다달라고 부탁했다. 이제 증거만 잡으면 된다.

늦은 시각, 스튜디오에 그림이 도착하자 김종휘 기자는 사진기자들에게 촬영을 맡겼다. 그러고는 화랑에서 작품을 가지고 온 직원들을 데리고 가까운 다방으로 들어갔다.

"스튜디오 촬영이라는 게 조명이 좀 복잡해서 시간이 다소 걸립니다. 이곳에서 인삼차라도 한잔하시면서 기다리시지요."

화랑 직원들이야 신문사 명성을 보고 따를 수밖에 없다.

그 사이 사진 촬영이 끝난 작품들은 그의 지시를 받은 후배 기자들이 위층의 방사선과로 옮겨 일일이 엑스레이 촬영을 했다.

촬영이 끝난 뒤 작품은 화랑 직원들에게 인계하여 도로 화랑으로 가져가 전시하게 하고, 기자들은 스튜디오에서 찍은 필름만 가지고 신문사로 돌아갔다.

김종휘는 후배 기자들까지 본사로 보낸 뒤 방사선과로 올라갔다. 병원 직원들은 퇴근해서 없고 그의 후배만 있었다.

"필름 나왔어?"

"어, 선배님. 지금 막 나왔어요. 그런데 그림을 왜 엑스레이로 찍어달라는 겁니까? 고려시대 작품이라도 돼요?"

방사선과 기사는 김종휘 기자의 고향 후배다. 이런 일에는 늘 믿을 만한 사람이 필요하다.

　"이거 이중섭 작품이잖아. 귀한 작품이야."

　"이중섭이 누군데요?"

　"진짜 몰라?"

　"박정희도 겨우 아는데 이중섭을 어떻게 알아요?"

　"넌 대학씩이나 나온 놈이 어떻게 이중섭도 모르냐? 그러고도 20세기 대한민국 현대사를 사노라고 말할 수 있는 거냐?"

　"화가 이름 몰라도 사는 데 아무 지장 없네요, 선배. 소설가, 화가, 음악가 알아 도움 되는 게 하나도 없답니다. 술 사주시는 기자 선배는 필요하구요, 하하하."

　방사선과 기사는 그렇게 이죽거리며 형광램프 위에 필름을 걸었다. 거기 또렷한 흑백 필름으로 이중섭 그림이 하나하나 나타났다. 김종휘의 눈은 서명 부분으로 달려갔다.

　"다른 필름도 올려봐."

　세 작품 모두 필름을 비쳐보았다.

　"세상에, 이를 어쩐다?"

　"왜요, 선배?"

　"넌 이것도 안 보이지?"

　김 기자가 서명 부분을 손가락으로 가리켰다. 그러도록 방사선과 기사는 고개를 갸웃거렸다.

"그림이야 뭐 화가가 멋대로 그리는 거니깐."

"이중섭이 누군지도 모르는 네가 그림 서명이 뭔질 알겠니, 낙관이 뭔질 알겠니? 여기 사인이 겹쳤잖아?"

"두 번 했나요? 갈비뼈라면 내가 금이 갔는지 부러졌는지 금세 아는데, 헤헤."

"어쨌든 고마워. 됐어."

김종휘 기자는 엑스레이 필름을 가방에 넣고 건물 밖으로 나왔다. 전화 연락을 할 수 없어 이허중더러 근처 찻집에서 기다리라고 해놓았다. 그는 뒤따르는 사람이 없나 뒤를 돌아보면서 약속 장소로 달려갔다. 이허중이 그때까지 기다리고 있었다. 이즈음의 다방이란 두세 시간쯤 기다리는 건 예사다.

이허중도 기다리고 있다가 김 기자가 나타나자 자리에서 벌떡 일어나 맞이했다.

"조사는 하셨습니까?"

"이 작가 주장대로 이허중이라고 적힌 서명을 찾아냈습니다. 확인됐습니다."

"그렇지요? 제 말이 맞지요?"

이허중은 자신의 주장이 확인되었다는 말에 몹시 기뻐했다.

"죽은 마창룡 씨가 돈을 너무 쉽게 쓰는 게 불안해 저 나름대로 안전장치를 마련한다고 한 게 이 짓이었습니다. 혹시라도 제 작품이 진품으로 인정되어서는 안 되잖습니까. 야쿠자 놈들 속여먹는 재미로 만족

해야지 이중섭 선생님의 예술 세계까지 훼손할 수는 없습니다. 그래서 저 나름대로 고육지책을 짜낸 겁니다."

이허중은 여전히 이중섭 선생님을 욕되게 할 수 없다는 말을 되풀이했다. 하지만 김 기자로서는 귀담아들을 가치가 없는 말일 뿐이다. 기자는 이허중의 말을 변명, 그렇게 딱지를 붙이고도 다른 말을 꺼냈다.

김 기자는 사건이 여간 아니라는 걸 직감했다. 가짜 이중섭 그림이라니, 내일 자 신문에 대서특필되고도 남을 일이다.

"이거 보통 큰 사건이 아닙니다. 또 쿠데타가 일어나지 않는 한 아마도 이 기사가 내일 신문 특종으로 나갈 겁니다. 감당하시겠습니까? 가짜 화가 이중섭 이슈로 엄청나게 시끄러워질 텐데요?"

"그럼요. 이중섭 선생님은 제 스승이십니다. 제가 비록 선생님의 작품 세계를 이해하기 위해 온갖 고난을 자처하고 작품마다 일일이 모사해보았지만, 그 모든 것은 선생님에 대한 무한한 존경심에서 비롯된 것입니다. 나중에는 위작을 팔아 돈을 얻어 쓰는 재미에 살짝 빠지기도 했지만, 결국 저는 위작을 만들어 판 돈으로 이중섭 선생님의 진짜 작품들을 모을 수 있었던 겁니다."

"진품을 모았다구요?"

"물론 진품은 마창룡 씨가 주로 모았지요. 일본에 가면 수백만 원에 팔리는 작품이 국내에서는 불과 몇 만 원도 안 하니까요. 지금 보니까, 그게 다 이태성을 사칭한 야마모토 씨에게 가기는 했지만 말입니다. 하여튼 마창룡 씨가 수소문해서 사들인 진품은 무조건 제게 오게 돼

있었습니다. 그래야 진품을 보고 위작을 그리니까요. 정해진 수량의
위작이 완성되면 저는 위작과 함께 진품도 반납해야 했습니다."

"아, 그때 진품이라고 하면서 사실은 위작을 하나 더 그려줬다, 이런
말씀이군요?"

김 기자는 실마리를 풀어냈다는 듯이 고개를 끄덕였다.

이해해주는 사람이 생기니 이허중도 힘이 나는 듯했다.

"그렇습니다. 그렇게 해서 모인 작품이 100여 점이 됩니다."

"그렇게나 많이요?"

김 기자는 이 또한 특종이라고 생각하고는 수첩을 꺼내들었다.

"의심스러우시면 직접 보여드리지요. 언제든 제 화실로 오십시오."

"이허중 씨 말씀이 사실이라면 이거이거 특종도 보통 특종이 아닙니
다. 세상이 진짜로 발칵 뒤집힙니다."

"전 이중섭 선생님의 혼이 담긴 작품을 세상에 제대로 알리고 싶습
니다. 이렇게 된 마당에 제가 소장하고 있는 진품들은 국가에 기증하
겠습니다. 신문사에 내드릴 테니 알아서 처분해주십시오."

그렇게 말하고 나니 속이 다 시원하다. 이허중은 기왕지사 진실이
밝혀지는 마당에 아까울 게 하나도 없다고 믿었다. 자신이 그린 작품
들이 진품으로 인정받을 정도면 이중섭의 영혼을 닮는 데 성공한 것이
고, 이중섭이 말하던 대로 영혼을 갈아 그림을 그리라던 마지막 가르
침을 충실히 이어받은 셈이라고 여겼다.

"이허중 씨, 제가 자료 좀 보면서 보강 취재를 더 한 다음에 화실로

찾아가지요. 그때 진품 좀 보여주십시오. 사진을 찍어야 기사가 나갈 수 있으니까요."

"예, 진실을 밝히는 일인데 얼마든지 기다리지요."

이허중은 신이 나서 자리에서 일어났다. 그의 얼굴이며 눈이 붉게 이글거렸다. 이중섭이 크게 웃는 얼굴이 하늘 가득 나타났다.

12.
배신

이튿날.

기사는 나오지 않았다.

이허중은 아침 일찍부터 신문을 사러 말죽거리 큰 가게로 나갔지만 아무리 뒤져도 이중섭 기사는 보이지 않았다. 2판부터 10판까지 기다렸다가 살폈지만 역시 실리지 않았다. 혹시나 해서 다른 신문을 살폈지만 역시 보이지 않았다. 이허중은 무슨 문제가 생긴 것이라고 직감했다. 이유 없는 결과란 없다.

며칠이 지난 뒤였다.

우울한 나날이었다. 진실이 통하지 않는 세상, 그것은 마치 이중섭이 그림을 그리고 싶지만 그릴 수 있는 환경은 결코 주지 않던 세상과 같았다. 너무나 커서 감히 원망할 수도 없는 세상, 운명이려니 무릎 꿇지 않고는 타협 불가능한 절벽, 그래서 그는 또 소금에 소주를 마셨다.

세상은 이중섭에게서 아버지를 빼앗아가기 시작하면서 이윽고 형을 빼앗아가고, 어머니를 빼앗고, 결국 아내와 자식까지 빼앗아갔다. 게다가 그림마저 헐값에 빼앗아갔다. 그런 와중에서 자존심이며 인간의 존엄성 따위는 생각할 겨를조차 없었다.

세상은 그마저도 부족했는지 겨우 마흔한 살에 불과한 이중섭의 목숨마저 거두었다. 여기까지만 봐도 서글프기 그지없는 고난의 인생인데, 세상은 그의 마지막 자존심마저 이허중의 작품으로 훼손하려 드는 것이다. 그가 남긴 마지막 자존심 '이중섭'이라는 이름마저 밟으려는 것이다.

물론 이허중 자신도 부모를 잃고, 형제도 없이 홀로 이 세상에 내던져졌다. 겨우 아내를 만나 아들 하나를 두었지만 그의 세상이라고 만만하거나 호락호락한 것은 아니었다. 뜻밖에도 형무소에서 6월형을 다 살아보았다. 형무소는 이중섭도 경험해보지 않은 더럽고 굴욕스런 경험이다.

이허중이 답답한 마음에 홀로 소주 한 병을 다 마신 다음 잠시 눈을 붙이고 있을 때였다. 경찰 사이렌 소리가 울리더니 집 앞에서 멈췄다.

"응?

도무지 짐작이 가지 않는 상황이다. 근처에는 집도 몇 채 없으니 이 사이렌의 정체는 바로 이허중을 노리는 것이다.

뭘까. 눈을 비비며 일어섰다.

짐작 가는 바가 없다.

이윽고 아내를 앞세운 경찰 몇 명이 그의 화실로 들이닥쳤다.

"이허중 씨, 위작을 그렸다면서요?"

"위작이라니요?"

"신고가 들어왔습니다. 가짜 그림을 그려 몰래 숨겨놓고 판다면서요?"

"예?"

상황이 나쁘다. 어차피 국가에 기증하기로 결심한 이상 머뭇거릴 이유가 없다.

"전 이중섭 선생님의 진품만 소장하고 있습니다. 여긴 위작이 한 점도 없습니다. 위작은 다 마창룽 씨가 가져가서 여긴 단 한 점도 남아 있지 않습니다."

"웃기시네. 한번 사기꾼은 영원한 사기꾼이더라! 형무소 제1법칙이야. 대낮에 술까지 처먹고 취해 늘어진 꼴이란."

경찰들은 이미 자세한 제보를 받은 듯했다. 그들은 지하실을 뒤져 비밀 창고를 찾아내더니 마침내 이중섭의 그림을 죄다 마당으로 끌어냈다. 그들은 압수라고 말했다.

"함부로 다루지 말아요! 이건 이중섭 선생님 진품들이란 말입니다!"

경찰들은 콧방귀도 뀌지 않았다. 그러면서 보란 듯이 작품을 발로 걷어차기도 했다.

그때 엄마 손을 잡고 나와 있던 아들 담이 이허중에게 중얼거렸다.

"저거 아빠 그림이야."

"그럴 리가 없어. 여보, 담이 데리고 안으로 들어가. 험한 꼴 보이지 말고."

그의 부인은 두말없이 아들을 데리고 안으로 들어갔다. 이허중이 이미 형무소를 다녀온 경험이 있다 보니 그의 아내도 전처럼 크게 놀라지는 않았다. 이허중도 그렇다. 마창룡이 죽은 뒤로는, 죽기도 하는데 뭘 놀라랴 싶다.

생각해보니, 이허중은 이 상황을 도저히 막을 도리가 없다.

이중섭의 진품이 뭉개지다니, 그의 눈에는 이중섭이 함부로 다뤄지는 듯한 모욕감이 들었지만 발만 구를 뿐이다.

"안 돼! 이중섭 선생님을 발로 차면 안 돼!"

"가짜인데 뭐가 안 돼! 똥을 싸도 상관없지."

악을 썼지만 도리가 없다.

생각해보았다.

도대체 누가 이 짓을 꾸몄을까?

김종휘 기자가 이태성이나 화랑 사장하고 짜고 이런 짓을 벌이는 것일까? 어쨌든 김 기자가 아니라면 경찰이 이 사실을 알 리가 없다.

경찰에 체포된 이허중은 전과 기록 때문에 곧바로 검찰에 송치되었다. 경찰이 보기에 혐의가 너무나 명백하다.

이허중은 지난 사건 때 마창룡이 보내주었던 변호사를 찾아 사건을 맡겼다. 그때는 마창룡이 돈을 댔지만 이번에는 이허중이 내야 한다.

"변호사님, 이번에 압수된 작품들은 다 진품입니다. 제발 저는 어떻게 돼도 좋으니 작품만은 살려주십시오."

변호사는 가소롭다는 듯이 비웃음을 물었다. 뭔가 손을 탄 듯하다.

"이허중 씨, 압수된 그림 따위가 중요한 게 아닙니다. 그까짓 거야 어찌 됐든 당신 신병 처리가 더 복잡하다구요. 요즘 시국이 대체 어떤 시국인지 알고나 있습니까. 보통 사람도 여차하면 국토건설대로 들어가 중노동을 합니다."

"저야 진품만 소장하고 있었는데 그게 무슨 죄가 됩니까?"

"김종휘 기자를 잘 아시지요?"

"예, 제가 그 기자에게 전시회 작품이 다 가짜라고 제보했거든요. 엑스레이 찍으라는 것도 알려주고요."

"그래요? 사실 당신을 경찰에 신고한 사람은 화랑 사장인데, 김 기자가 그쪽을 편드는 진술을 했답니다. 일이 단단히 꼬였다구요."

"예? 김 기자가 그럴 리가요?"

변호사는 혀를 차다가 포기한 듯이, 아니 그가 검찰이나 경찰인 듯이 몰아쳤다.

"당신, 이중섭 선생 제자를 자처한다고 들었는데 어떻게 아는 사이 였지요? 정말 제자 맞긴 맞아요?"

이허중은 머리를 긁적였다.

구체적으로 말한 적도 없고, 어떻게 보면 가짜 화가 이중섭으로 살아오는 동안 굳은 믿음이 각질처럼 변해 이렇게 되었을 뿐이다.

"예……, 그게 딱히 뭐라 말씀드릴 수가 없습니다."

"아니지요! 이중섭 선생님을 뵙기는 뵈었겠지요. 정신병원에서요!"

"예?"

변호사는 마치 검사처럼 그를 닦달했다. 변호사의 신문을 받는 의뢰 인이라니.

"이허중 씨, 최근에도 몇 년에 한 번씩 병원에 입원했다면서요? 입원 기록은 이미 경찰에서 확보했더군요. 부인도 증언을 했고요. 조울병, 맞습니까?"

"……."

"양극성장애 말입니다. 그러지 마세요. 사실대로 말씀하셔야 형량 을 줄이지 덮어놓고 아니라고 우기기만 하면 되는 줄 아십니까? 변호 사는 진실에 근거해 법률적 변호를 해드리는 거지 거짓말로 죄를 덮어 주지는 못합니다. 불가능합니다. 솔직히 얘기한 뒤에 선처를 호소하는 게 좋습니다."

이허중은 고개를 푹 수그렸다. 평생 말하고 싶지 않은 비밀 주머니가 제대로 터졌다. 양극성장애, 흔히 조울병이라고 하는 게 그를 괴롭혀온 그 징그러운 병의 명칭이다. 이 병 때문에 그는 대학도 중퇴하고 군에도 가지 못했다. 아내는, 처음에는 모르다가 동거를 시작한 뒤에 그 사실을 알고 화를 냈지만 지금까지 참아주고 있다.

한편, 화랑 사장과 야마모토를 인터뷰하러 나선 김종휘 기자는 전시장에 들어설 때만 해도 의기양양했다.

그가 인터뷰를 시작하기 무섭게 화랑 사장이 면박을 주었다.

"김 기자, 그래 가지고 어디 중앙신문 기자라고 하겠어요?"

"예? 무슨 말씀이십니까?"

웬만해서는 화랑 사장이나 화가들이 이런 식으로 기자를 대하지는 못한다. 이건 뭔가 있다는 뜻이다. 김종휘 기자도 순간 뭔지 모를 불안감을 느꼈다. 그 서늘함을 그는 체질적으로 안다. 4·19와 5·16을 겪으면서 선배 기자들이 여러 번 당한 그 서늘함, 진실이 거짓으로 뒤바뀌고, 거짓이 진실로 뒤바뀌는 걸 여러 번 보았다.

"오늘 우리 작품을 엑스레이로 찍었다면서요?"

"그렇습니다만, 그걸 어떻게?"

"우리 화랑이 뭐 소꿉놀이하는 덴 줄 아십니까? 우린 날짜만 되면 월급 받아 먹고사는 사람이 아니라 이 두 손으로 직접 돈을 벌어 그 돈으로 쌀 사 먹고 김치 사 먹는 사업가란 말입니다. 늘 안테나 세우고 눈치 보며 살아야 하는 진짜 사업가라고요."

"그래서요?"

"단도직입하지요. 엑스레이는 왜 찍었습니까?"

입장이 바뀌었다. 도리어 그들이 묻는다.

원래 기자가 사납게 묻고 화랑 대표가 전전긍긍해야 할 상황이다. 그런데 이게 뒤집혔다. 뭔가 제대로 꼬였다는 의미다.

"사실은 그것 때문에 두 분을 뵈러 온 거 아닙니까."

김종휘 기자는 기왕 들킨 것, 시시비비를 가려보기로 했다.

이 정도면 차라리 노골적으로 취재하는 게 낫다. 눈으로 보았으니 자신감도 있고, 부장의 든든한 지지도 있다.

"먼저 야마모토 씨 신분은 어떻게 됩니까? 혹시 이중섭 선생님의 아드님 이태성 씨입니까?"

야마모토는 고개를 저었다.

"저는 재일교포 이태성입니다. 우연히 이름이 같을 뿐 저는 이중섭 선생님을 알지 못합니다. 그저 일본에서 활약하는 화상일 뿐입니다. 이남덕 여사 측에서 미발표 유작을 갖고 계시다고 하길래 제가 주선하여 한국 전시회를 연 것뿐입니다. 뭐, 사람들이 제 한국식 이름을 보고 이중섭 선생님의 아드님으로 상상하는데, 굳이 해명할 것도 없어 그냥 두었더니 그런 오해가 좀 있었나 봅니다. 그런 줄 이남덕 여사도 잘 알고 있습니다. 웃고 마시더라고요."

김종휘 기자는 신분이야 어쨌든 좋고, 문제는 그림이라고 보고 바로 질문을 던졌다.

"엑스레이 사진을 보니 이중섭 선생님 사인 밑에 가짜 화가 이중섭이라는 이허중 씨 사인이 있던데, 대체 무슨 까닭인지 알고 싶습니다. 이허중 씨 주장대로 여기 전시 중인 작품들이 대부분 위작입니까?"

"하하하. 김 기자, 그러지 않아도 당신네 부장한테서 연락을 받았어요. 당신이 우리 그림을 엑스레이로 촬영하려 한다고 알려주길래 우리야 뭐 떳떳하니까 사실 위작으로 판명되어 보관 중이던 작품을 꺼내 당신에게 보내준 거요. 애송이 기자가 이허중 같은 사기꾼에게 얼마나 잘 놀아나나 지켜보자 이거였지요. 진품은 전시된 그대로 있어요. 저게 얼마짜리 그림인데 전시 중에 함부로 뗐다 붙였다 하겠소? 풋내기 기자가 떼 달라면 얼른 떼줄 줄 알았소? 그것도 정식 전시 중에? 우리가 뭐 망할 일 있습니까."

"예?"

김종휘 기자는 부장에게 배신감을 느꼈지만 어쩔 수 없는 일이다. 미술 담당 기자와 화랑은 그렇고 그런 관계라는 소문을 많이 들어보았지만, 부장이 그런 인물인 줄은 미처 알지 못했다. 그렇다면 전시 중인 작품이 진품인지 위작인지 알아볼 수가 없는 것이다.

그러나 그럴 필요도 없는 말을 야마모토가 들려주었다. 이 말을 듣기 전만 해도 김종휘 기자는 이허중을 더 믿고 있었다.

"김 기자, 이허중 그놈 말입니다. 제가 마창룡이란 사람을 통해 이중섭 작품을 일부 사들였는데, 그때 이허중이란 놈이 좀 도운 모양입니다. 도둑질로요. 그러니까 이허중은 도둑질해 모은 진품을 내게 거액에 판 셈이지요. 마창룡 그 사람이 미친 거지요. 고아원 출신에 손버릇 나쁜 애송이한테 그림 수집을 맡겼다니 말입니다."

"……."

"이허중이를 알아봤는데 중증 정신병자입니다. 뭐, 대학은 미대를 몇 달 다니긴 한 모양인데 헛소리를 너무 많이 해서 정신병원에 입원 했다가 우연히 이 화백을 며칠 마주친 모양입니다. 그러다가 이 화백 이 돌아가신 뒤에 작품이 유명해지니까 이놈이 이중섭 이름을 팔고, 작품을 흉내 낸 거지요. 그 정신병자에게 여러 사람 놀아났습니다. 한 둘이 아닙니다. 소식을 들은 이남덕 여사가 어찌나 화를 내시던지, 그 래서 명예회복 차원에서 이번 전시회가 추진된 겁니다."

김종휘 기자는 눈을 질끈 감았다.

"세상에."

아귀가…… 일단 맞는 얘기다. 이중섭의 부인인 일본인 이남덕 여사 가 나오니 확인이 불가하고, 그러니 기자가 우길 수 있는 상황이 아니 다. 반신하든 반의하든 검증이 안 된다.

야마모토는 어디서 구했는지 이허중의 진료기록서를 탁자에 펼쳐보 였다.

"보세요, 리튬을 하루 두 알씩 먹었잖아요? 발작이 심해서 독방에 갇 힌 적도 여러 번 있구요. 대부분 발목에 밴드를 한 상태로 잠을 재웠군 요. 귀신을 보았다, 누가 자꾸만 속삭인다, 이런 호소를 많이 했답니다. 여기 보세요, 구체적으로 이중섭 선생님이 자신을 가르쳐주신다고 진

221

술돼 있잖아요? 이중섭 같은 대화가가 왜 이런 놈을 제자로 삼습니까? 정신병원에서 무슨 그림을 가르쳐줄 수나 있습니까?"

김종휘 기자는 그들이 보여준 문서의 양식에 주목했다. 공식 진료서가 맞는 듯하다.

열이 오른 김 기자는 화랑 사장에게 찬물을 달라고 하여 단숨에 마셔버렸다. 이허중에 대한 신뢰는 와르르 무너졌다.

그때 신문사에서 담당 부장의 전화가 걸려왔다. 화랑 사장이 귀띔한 모양이다.

"김 기자, 나 부장이야. 어때? 특종을 잡으려다 놓친 소감이?"

"솔직히 뭐가 뭔지 모르겠습니다."

"모르긴 뭘 몰라? 진료기록서는 우리 신문사에서 직접 확인한 거야. 특종이라는 게 늘 그런 함정을 갖고 있어. 진작에 알았지만 이런 일을 직접 경험해보라고 내버려둔 거야. 그런 줄 알고 그분들에게 사과하고 어서 신문사로 들어와. 안 그래도 기삿거리 널려 있어. 쿠데타 터진 나라에서 그림 따위에 관심 가질 여력이 없어."

전화를 끊자마자 김종휘 기자는 가지고 있던 엑스레이 필름을 쓰레기통에 집어던졌다.

"죄송합니다. 하마터면 오보를 낼 뻔했군요. 진실을 말씀해주시지 않았더라면 전 이허중 씨 화실에 있는 위작들을 진품으로 알고 대서특필할 뻔했습니다. 물론 부장님이 제가 실수하도록 용납하지 않으셨겠지만요."

"그렇겠지요. 그런데 이허중이 화실에 이중섭 위작이 아직도 남아 있다니, 그게 무슨 말입니까? 이 작자가 감옥에 다녀오고서도 정신을 못 차리고 위작으로 또 장난질을 치고 있었군요. 내 이놈을."

야마모토는 자리에서 벌떡 일어나면서 전화기로 뛰어갔다.

결국 이렇게 된 것이다.

화가 난 야마모토는 화랑 사장 명의로 경찰에 이 사실을 고발했고, 고발인 진술을 들은 다음 경찰이 출동해 이허중을 체포한 것이란다.

"이허중 씨, 경찰도 당신이 정신병원에 입원했던 기록을 확인했습니다. 주치의 소견서도 받아두었더라구요."

변호사는 빼도 박도 못하는 상황임을 또 한 번 강조했다.

이허중은 입술을 꽉 물었다가 큰 결심을 한 듯 입을 열었다.

"사실대로 말씀드리면…… 제게 조울병이 있긴 있습니다. 평소에는 괜찮은데 이상하게 겨울철이나 봄만 되면 불쑥 증세가 일어납니다. 그래서 그 계절을 피해서 여름이나 가을에 그림을 그리긴 하지만, 일상 생활을 하지 못할 정도로 심각한 건 아닙니다. 저 스스로 조절이 가능하다구요. 퇴원해서 몇 년간 잘 살아왔다구요. 아직 재발이 된 적이 없어요."

"일단 위작 사건이니 뭐 대단한 건 아니고, 진실이나 들어봅시다. 이중섭은 언제 어디서 어떻게 만났어요?"

223

변호사가 또다시 경찰이나 검찰처럼 이허중을 신문하기 시작했다.

아까부터 변호사의 태도가 몹시 불쾌하지만 일단 진실을 말해줘야 한다고 생각했다.

13.
정신병원에서 만난 스승

　이허중은 해마다 겨울철만 되면 심한 우울증과 조증으로 고생했다. 조증이 일어나면 갑자기 기분이 들떠 여기저기 쏘다니기도 하고, 갑자기 그림을 그리기 시작해 하루에 몇 십 점씩 그려내기도 했다.

　이따금 헛소리도 했다. 무당들이 하듯이 '아는 소리'도 저절로 터져 나왔다. 친한 친구를 만나면 "너 집에 전화해봐. 아버지가 낙상하셨어." 하고 말해 주변 사람들을 깜짝 놀라게 하기도 했다. 이런 그를 보고 신병(神病)에 걸린 거라며 굿을 해보라는 사람도 있었다.

　결국 1956년 2월 초, 그가 스물한 살 되던 해에 기어이 청량리뇌병원에 입원했다. 처음 보름간은 독방에 갇혀 있었는데 어찌나 약이 독하던지 거의 혼수상태로 지냈다. 그래서 기억조차 없다.

그러다가 겨우 의식을 차려 일반 병실에 들어갔는데, 마침 이 병원에 입원 중이던 화가 이중섭을 만났다. 이중섭은 마흔한 살이고, 이허중은 서라벌예술학교 미술과 1학년에 다니다 중퇴한 터였다.

이허중은 이중섭과 한방을 쓰게 되었는데, 이때 이중섭은 항상 창밖만 내다보면서 누구하고도 말을 나누지 않았다. 그는 이전에 대구에서 극심한 정신분열 증세를 호소하다 서울로 올라왔고, 서울에서도 수도육군병원과 성베드로병원에서 치료를 받다가, 이번에는 청량리뇌병원으로 옮겨온 것이다. 얼굴이 누렇게 떴고, 몸은 굉장히 야윈 상태였다.

처자식이 일본에 가 있기 때문에 가족이 입원시킨 것도 아니고, 그의 동태를 살피던 친구들이 강제 입원시킨 것이다.

이중섭은 이때 정신적으로 어떤 발작 증세도 보이지 않았는데, 이허중은 보름 만에 독방을 면했지만 조증이 한창이라 혼자서는 몸을 가누기도 힘들었다. 그는 갑자기 소리를 지르면서 이상한 소리가 들린다고 호소하고, 남자 간호사가 다가가면 악마라고 소리치며 달아나기도 했다. 자다가도 몽유병 환자처럼 벌떡 일어나 병동을 돌아다니기 때문에 간호사들은 그의 발을 침대 모서리에 묶어놓기도 했다. 그 나이에 오줌을 싸기도 했다. 무섭다고 소리칠 때는 엄마나 아버지를 부르지 않고 원장님이라고 하였다. 그걸 보고 이중섭이 이허중을 측은하게 여겼던 듯하다.

이 무렵 이허중은 신기가 발동했는지, 병동 문이 열리기도 전에 누가 면회 왔는지 척척 알아맞혔다. 간호사들이 이런 얘기를 하면 의사는 환자의 귀가 워낙 예민해서 작은 발소리도 구분해낸 것이라고 했다. 그러면서도 종이만 생기면 마구 그림을 그려댔는데, 그걸 물끄러미 바라보던 이중섭이 며칠 만에야 이허중에게 말을 걸기 시작했다.

이중섭이 맨 먼저 관심을 보인 것은 이허중이 들을 수 있도록 노래한 곡을 스스로 불러준 것이었다.

소나무야 소나무야 변함이 없는 그 빛
비오고 바람 불어도 그 기상 변치 않으니
소나무야 소나무야 내가 너를 사랑한다

이중섭은 이때 정신적으로 안정이 될 무렵이었는데 이 노래를 자주 부르면서 병원을 나갈 궁리를 하고 있었다.

이허중은 입원한 지 보름여 만에 겨우 정신을 차렸다. 가까스로 의식을 회복한 것은 설날이었다. 이날은 설이라고 꿩고기가 들어간 떡국이 나왔다. 이중섭도 옛날 평양이나 원산에서 먹은 설날 떡국이 생각나는지 이허중에게 다정하게 굴어주었다.

"아저씨, 제가 아저씨 좋아하는 소나무를 그려볼까요?"
"그려보련? 아직 봄이 오지 않아 솔이 검은빛일걸?"

"입춘이 지났으니까 초록물이 한창 올라오겠지요?"

이허중은 소나무를 척척 그려냈다. 김정희의 〈세한도〉처럼 깡마른 소나무다.

"녀석, 내 마음을 읽었구나. 난 아무것도 믿을 수 없고 오직 소나무만 믿는다. 내 어머니도, 형도, 아내도, 자식도, 친구도 다 떠나갔어. 오직 소나무만이 변함없다."

이중섭은 아버지, 어머니, 형, 큰아들을 차례로 잃었다. 늘 우울증에 시달렸다는 아버지는 얼굴을 본 적이 없다. 흥남 철수 때 두고 온 어머니의 생사는 모른다. 이중섭은 근본을 잃은 충격으로 힘들어했다. 또 아버지나 다름없던 형은 해방 뒤 원산에서 크게 사업을 하다가 김일성 정권이 선 뒤 부르주아라고 잡혀간 뒤 생사 불명이 되었다. 그의 재정 후원자가 사라진 것이다. 총살형을 당했다는 소문이 유력하다는 정도만 알 뿐 시신을 수습한 적이 없다.

아내와 두 아들은 비록 살아 있다지만 지금은 일본에 가 있다. 가고 싶어도 갈 수 없는 처지다. 그들 또한 오고 싶어도 올 수 없는 처지다. 그쪽 형편도 이쪽 형편도 상대를 돌볼 처지가 못 된다. 가족이라고는 하나 각자 자기 자신을 돌봐야 하는데 이중섭은 자기 자신마저 돌보지 못했다. 그러고도 그는 친구들을 잃었다. 친구들은 대개 가난하고, 이중섭 같은 피난민들이라 생활이 넉넉하지 못하다. 이중섭이 그림을 팔라치면 우우 달려들어 나눠먹고 사라지는 그런 존재들이다. 친하디친한 구상마저 폐결핵을 심하게 앓아 이중섭은커녕 자기 자신의 몸을 돌보기도 벅찬 처지다. 부산이나 진주, 통영에 마음이 통하는 화가 친구들이 있지만 이중섭이 상경한 뒤로는 천리 먼 사이가 되었다. 결국 아무도 없다.

소학교[11]에 다닐 때까지 어머니 젖을 물었던 그다. 이소(離騷)[12]를 하지 못한 새처럼 이 나이까지 살아왔다. 세상은 그가 태어나기 전부터 끝없이 뱉어냈다. 세상에 어울리지 못하는 사람, 부적격자, 부적응자, 무능력자, 환자였다. 그런 이중섭이 세상에서 처음으로 자기와 비슷한 존재를 목격했다. 이허중이다.

이중섭은 아직도 정신이 오락가락하는 이허중이 독방에 갇히거나 침대에 묶여 있을 때는 대신 약을 타다 먹이기도 하고, 이허중이 밴드에 묶인 발목이 아파 고통스러워하면 간호사를 찾아가 느슨하게 풀어달라고 사정하기도 했다. 빨리 안 해주면 큰 소리를 지르기도 했다.

급조증이 가라앉아 한숨 돌리게 되자 이허중은 자신을 돌봐주는 이중섭이 서양화가라는 말을 듣고는 바짝 붙어 다니며 그림 얘기를 걸기 시작했다.

이 무렵 이중섭은 정신분열 증세를 거의 보이지 않았다. 다만 그동안 너무 오래 정신병원을 전전하다 보니 지치고 쇠약해져 있었다. 간

---

11) 초등학교의 전 용어.
12) 새의 새끼가 자라 둥지에서 떠나는 일.

염과 영양실조가 심한 상황이었다. 먹을거리가 있으면 먹고, 없으면 말다 보니 위장이고 내장이고 남아날 리가 없다. 게다가 먹을 수 있는 상황에서도 고생하고 있을 처자식 생각에 벌 받는다는 의미로 자진하여 굶기도 했다. 그런 그가 이허중만은 돌봐주고 싶은 생각이 들었다. 조카 영진이가 있어 흥남 철수 때부터 데리고 살았지만, 사실상 조카가 삼촌인 이중섭을 돌보는 것일 뿐 이중섭이 조카를 올바로 돌본 적이 없다. 그 모든 것을 속죄하는 것인 양, 대신하는 양 그는 이허중을 알뜰살뜰 보살폈다.

그는 어린아이처럼 구는 이허중에게 그의 미술 세계를 웅변조로 털어놓았다. 어디서도 그는 이렇게 자상하게 그림을 가르친 적이 없다. 6·25전쟁이 터지면서부터 마음 놓고 예술을 말할 기회조차 없었다. 작품 하나 그리는 것보다 밥 한 끼를 구하는 일이 절실한 때였다. 붓을 잡던 손으로 벽돌을 나르고, 삽을 잡아야 했다. 그림을 그리던 그 손으로 땅바닥에 떨어진 시래기를 줍고, 미군이 던지는 군용식품이라도 받아야만 했다. 인상파며 모더니즘 같은 예술을 논하던 그 입으로 일자리를 묻고 일당을 더 달라고 요구해야만 했다.

전장에 던져진 그는 그 밥을 잘 구해오지 못하는 무능한 아버지요 남편이었다. 앞날이 유망한 화가라고는 그 자신도 인정하지 않았고, 그의 가족조차 의식하지 못했다. 전쟁 중인 국가조차 그를 쓸모없는 국민으로 여겼다. 이런 거듭된 좌절감이 이중섭을 한없이 추락시켜온 것이다. 그런 그가 지금 이허중을 위로한다.

"전 그림에 재능이 없나 봐요. 있는 그대로 묘사는 잘하는데, 교수님들이 형편없다고 야단쳐요. 왜 미술과에 들어왔느냐고도 해요. 그런 그림을 그릴 거면 사진작가가 되라고 모욕해요. 우리 교수들은 저보다도 더 못 그리거든요."

"카메라 있으면 팔아서 술이나 사먹지."

"그러게 말입니다."

"그래도 그 교수님들 말씀은 일리 있는 지적이다. 그림은 손으로 그리는 게 아니라 이 머리로 그리는 거란다. 데생, 물감, 이런 거보다 머리로 먼저 그림을 그리는 게 중요하다. 머리로 그리는 데는 연필도 붓도 비싼 물감도 필요 없거든. 난 소를 그리기 위해 한 달 내내 들판에 나가 황소 낮짝하고 엉덩이를 뚫어져라 살핀 적도 있다. 야, 허중아. 너, 붉은 노을을 등지고 서서 들판을 향해 포효하는 황소를 본 적이 있니? 아, 나는 보았지. 천둥처럼 하늘을 두드리는 그 울음을 들었지. 근데 나중에 보니 내가 그 황소더라구. 내가 황소야, 허허."

"전 고아원에서 자라 황소를 본 적이 별로 없어요. 어린 시절이라고는 좋은 기억도 없고 나쁜 기억도 없어요. 엄마도 모르고 아빠도 모르고 형이나 동생도 모르지요."

"인마, 너 아플 때 엄마 대신 원장 부르는 거 보고 내가 알아봤다. 난 지금도 잠꼬대를 할라치면 우리 엄마 불러."

"에이, 설마요."

"난 중학 다닐 때도 젖 먹었어, 인마. 아무리 힘들어도 '엄마!' 이렇게 울부짖고 나면 속이 좀 풀리거든. 지금도 그래."

이허중은 입을 떡 벌리며 놀랐다. 젖 먹는 게 뭔지도 모르는 이허중도 중학 때까지 젖 먹는 게 드문 일이라는 것쯤은 안다.

"결혼하고는요?"

"그때는 마누라 젖도 먹고 엄마 젖도 먹었지, 크하하하. 내가 그래서 인간이 덜되었어. 아직도 나는 자라는 중이지. 친구들이 그러더라. 내 그림은 소학교 어린애라도 그리는 수준이래. 맞아, 난 어린애야. 엄마가 계시면 지금도 젖 달라고 할 것 같아. 아니, 엄마 품에서 자고 싶어. 그러니 어린애지. 얼굴만 늙었을 뿐 난 아직 어린애야. 야, 너만 알아. 말하면 안 돼."

"뭘요?"

"나 오줌도 싼다."

"헤헤, 저도 싸는걸요?"

"와, 우린 오줌싸개 동지네? 그렇지?"

이중섭과 이허중은 마주 보며 웃었다. 하도 크게 웃자 간호사들이 돌아다보았다. 이중섭이 검지를 입술에 갖다 대었다.

"쉬, 저놈들 심술이 나면 너 독방에 가둘지 모른다. 그만 웃어, 히히."

"선생님, 전 몽유병도 있어요. 자다가 벌떡 일어나 여기저기 돌아다닌대요. 마치 잠 깬 사람처럼요. 전 아무 기억도 없는데, 나중에 보면 나는 꿈을 꾸었는데 사람들은 내가 진짜로 그랬대요."

"넌 아주 나를 쏙 빼닮았구나. 병증이 말이야."

"근데 선생님은 왜 황소를 좋아해요?"

"난 내 고향 평원에서도, 그다음 고향 원산에서도 황소를 보고 그림도 그려봤다. 피난 내려와서도 그랬지. 어딜 가든 어려서 본 그 황소가 자꾸 생각이 나는 거야. 어쩌면 내가 식민지 백성이라는 걸 안 뒤로 황소가 내 눈으로 들어온 것 같아. 평생 죽어라 일만 하다가 가죽까지 벗겨져 죽는 황소, 힘은 넘치는데, 기상은 하늘을 찌르는데 코를 뚫고 멍에를 진 그 무거운 운명이 바로 나 같다는 생각이 드는 거야. 운명에 끌려가는 황소, 남김없이 다 빼앗기고도 목숨까지 내놓아야 하는 황소, 나는 정말 황소를 보면 미칠 것만 같아."

"엄마보다 황소가 더 좋아요?"

"더 좋은 게 아니라 더 생각이 많이 난다 이 말이지. 부산에서 피난살이하면서 지긋지긋하게 고생할 때 북녘에 두고 온 어머니와 형수도 물론 생각났지만 어려서 본 그 황소가 더 크게 생각이 나는 거야. 하늘이 온통 황소 얼굴이야. 부산항에서 하역하다가 끊어질 듯한 허리를 펴고 하늘을 올려다보면 거기서 황소가 붉은 울음을 토해. 그래서 난 황소를 많이 그렸어. 그런데 누가 그러더라. 이중섭이 미쳐서 그린 그림이라고. 난 그냥 그리운 가족을 만나고 싶어도 만나지 못하는 그 간절한 마음을 그렇게 표현한 것뿐인데 나더러 미쳤단다. 북녘을 가고 싶어도 영영 못 가는 내 신세, 내 어린 시절 추억을 그렸는데……, 하하하. 내가 미쳤다구? 식민지 백성으로 태어난 건 그나마도 행복이었지.

해방된 이 조국에서 가족이 뿔뿔이 흩어지고 찢어지는 이 아픔, 그런 아픔이 얼마나 아픈지 누가 알겠느냐고. 부르주아! 반동분자! 반공! 빨갱이! 에이, 미친놈들!"

　- 이중섭, 〈노을 앞에서 울부짖는 소〉, 1954

"미친 게 어때서요? 빈센트 반 고흐도 미쳤다잖아요? 고흐 그림을 보면요, 제가 막 들뜰 때 제 눈에 보이는 세상하고 똑같아요. 제 눈에도 하늘이며 별, 구름, 나무가 그렇게 보이거든요. 별이 빙빙 돌고 구름이 이리저리 날아다녀요."

이중섭은 눈을 동그랗게 뜨고 이허중을 바라보았다.

"늘 그러디?"

"아뇨. 많이 아플 때만요."

235

"허중아, 그림으로 성공하려면 말이야. 일단 세상 모든 걸 색깔로 바라보는 눈을 가져야 한다. 개구리 울음소리, 소쩍새 울음소리, 천둥소리, 자동차 소음, 이런 걸 색깔로 볼 수 있어야 한다. 물론 아무나 안 된다. 어려서는 나도 잘 몰랐는데, 나중에 보니 하늘이 허락한 사람들만 특별히 그런 능력을 갖더구나. 언제부턴가 나는…… 소리를 색깔로 보고, 색깔을 소리로 듣는다."

"저, 그거 돼요. 소리가 색깔로 보이고, 색깔이 소리로 들려요. 아무 때나 그런 게 아니라 나도 모르게 어느 날 갑자기 그렇게 돼요. 왜 그런지는 몰라요."

이중섭은 이허중의 눈을 똑바로 쳐다보더니 빙그레 웃으면서 머리를 만져주었다. 둘만의 비밀이다.

"불쌍한 녀석, 제정신으로도 볼 수 있어야지. 노루 휘파람 소리는 가늘고 긴 연두색 선이고, 소쩍새 울음소리는 푸른 눈물이 방울처럼 뚝뚝 떨어지는 것 같고, 어머니 한숨은 붉은 핏방울이 튀는 것 같단다. 이 세상 무엇이든 색깔이 있고 형체가 있다. 뭐, 나도 6·25전쟁을 겪으면서, 처자식을 떠나보내면서 겨우 터득한 거니까. 처자식 보고 싶어 악을 쓰니까, 처자식을 보여주진 못하니까 하늘이 대신 헛것을 보여주더라고. 하늘은 뭐 하나 공짜로 가르쳐주는 법이 없다니깐. 유대인들은 돈을 빌려준 대가로 피를 뽑아간다는데 신은 뭘 조금이라도 가르쳐주면 그 대가로 영혼을 뽑아가는 것 같아. 하늘은…… 내 영혼을 많이 뽑아가 버렸어."

"선생님, 혹시 터득한 게 아니라 선생님도 저 같은 병에 걸린 거 아니에요?"

이중섭은 고개를 절레절레 저었다. 그는 자신이 미쳤다는 걸 인정하지 않는다.

"아니다, 허중아. 내가 왜 미쳐? 난 정신 똑바르다. 하나도 안 미쳤어. 나 금방 퇴원할 거야. 그림 그릴 게 아주 많아. 그거 다 그리기 전에는 쉴 수도 없어. 내 머릿속에 꽉 차 있는 이 그림을 다 뽑아내야만 머리가 맑아질 것 같다. 그림이 와글와글해. 이거 다 꺼내면 난 큰 부자가 될 거다. 그림 팔아서 돈 많이 벌면 일본에 있는 내 새끼들한테 보내야지. 암."

하지만 이중섭의 상황은 그의 말과는 달리 그리 좋지 않았다.

그는 대구 시절 심각한 정신질환 증세를 보였다. 그토록 그리워하던 아내 남덕을 죽이겠다고 소리치거나, 손등을 피가 나도록 긁어대면서 아내 남덕을 죽이는 중이라고 말하는 등 도저히 이해할 수 없는 말과 행동을 보여주었다. 그걸 보고는 친구들이 나서서 정신과 치료를 받게 했던 것이다.

그런 뒤에야 그에게 가족력이 있다는 사실도 알려졌다. 이중섭의 아버지가 바로 그랬다. 평안남도 평원군 조운면 송천리가 이중섭의 고향인데, 그의 아버지 이희주는 이중섭이 태어나기 전에 벌써 세상을 떠나버렸다. 할아버지는 700석[13)정도의 재산을 이뤄놓았지만 아버지 이희주는 밭일도 안 하고, 사람도 만나지 않고 오로지 사랑방에 스스로 갇혀 우울한 나날을 보냈다고 한다. 그러다 우울증이 심해 요절한 것이다. 약이 없을 때라 어떤 처방도 받지 못한 채 비참하게 고생만 하다가 죽었다. 그것도 사람이 약해빠졌다, 겁이 많다, 게으르다, 계집애 소견머리다, 책임감이 없다, 모진 소리란 소리는 다 듣다가 시들시들 죽었다.

이중섭의 형은 반듯하게 자라 나중에 제법 큰 사업가로 성공했는데, 그래서 이중섭이 일본에 유학 가 있는 동안 넉넉하게 용돈을 보내주곤 했다. 형은 언제나 어디서나 이중섭이 믿고 비빌 수 있는 언덕이었다.

하지만 해방이 되면서 이중섭보다 열두 살이 많던 그의 형 중석은 부르주아로 낙인이 찍히면서 의문사를 당하고 말았다. 즉결 처형되었을 거라는 소문이 돌았다. 이중섭마저 공산당이 시킨 스탈린 그림을 수염 없이 그렸다가 된통 혼났다. 그런 상황에서 전쟁이 벌어진 뒤 이중섭은 어차피 북한에서 살기는 어려운 처지라 어머니와 형수만 남겨놓은 채 큰조카와 처자식을 데리고 흥남부두를 통해 부산으로 피난 왔던 것이다.

그 뒤 간난신고가 겹치면서 그의 내면에 씨앗처럼 뿌려져 있던 우울증이 기어이 싹트고, 처자식마저 일본으로 떠나가 가정이 무너지자 온몸으로 쏟아지는 스트레스를 극복하지 못하여 이 지경이 된 것이다.

---

13) 곡식 700가마 정도를 생산하는 정도의 농경지를 가진 부자.

숨어 있던 우울증 덩어리를 그동안은 어머니가 잡아주고, 형이 눌러주고, 아내와 자식들이 밟아주었지만 가족이 완전히 해체된 뒤로는 쑥 튀어나와 도리어 이중섭을 잡아먹을 기세로 날뛰었다.

"선생님은 증세가 어떤데요? 전 마구 힘이 솟구치고, 어디로든 달려가고 싶어요. 하루 종일 뛰어도 지치질 않아요. 목청이 찢어져라 소리를 지르고 싶고, 물건을 보면 발로 차서 부수고 싶을 때도 있어요. 저도 잘못된 감정이라는 걸 알지만 조절이 잘 안 돼요."

"그래, 나도 그런 적이…… 있다. 6·25 때 피난 내려와 고생하면서부터 세상이 이상하게 느껴지기 시작했다. 전쟁 나던 해 겨울에 아버지나 다름없던 형이 공산당에 잡혀가 죽고, 칠순 노모를 집에 두고 내 처자식과 조카만 데리고 월남했거든. 그때 가난이란 얼굴이 흉측한 도깨비처럼 나를 덮쳤어. 범일동 판자촌, 참으로 끔찍했지. 더 끔찍한 건 아내와 자식들이 거지처럼 살아가는 모습이었어. 내가 먹을거리를 갖다 줘야 하는 가장인데, 저녁이 다 되어도 내 손에 잡힌 거라곤 피난 도시 부산의 무거운 공기뿐이었어. 그런 날은 집 앞 골목길에서 머뭇거렸어. 내가 사랑하는 아내와 자식들이 제비새끼처럼 배고픈 입을 벌리고 있을 텐데 난 아무것도 물어다 줄 수가 없는 거야. 그때의 그 무력감, 그 지경에도 엄마 생각이 나더라구. 엄마에게 이 짐을 떠넘기고 싶었어. 그래, 난 영원한 어린애에 불과했어. 오줌싸개 이중섭, 젖먹이 이중섭, 이게 내 본질이야."

이중섭의 눈에 눈물이 핑그르르 돌았다.

"그때 병이 나신 거네요?"

"아니라고 하더라, 의사는. 아버지가 정신분열증이 심했다더라구. 우울증도 심했고……. 그게 내 안에 숨어 있다가 6·25전쟁을 겪으면서 터져버린 거래. 정신병이라는 게 가족력이라는 거야. 의사야 네 책임 아니다, 힘내라, 그런 뜻이겠지만 난 체념의 경지를 넘어선 상황이었 거든. 허중아, 너도 부모님이 그런 병을 앓았니?"

"저야 모르지요. 부모님을 피난 중에 다 잃었거든요. 고향이 어딘지 도 몰라요. 기억이 안 나요."

"난 아마도 어머니 때문에 병이 도진 게 아닌가 싶어. 아버지 없이 자라면서 열 살이 넘도록 어머니 품에서만 잤거든. 어머니 젖가슴을 만지지 않고는 잠을 이루지 못했어. 넌 어머니가 뭔지, 어떤 존재인지 잘 모르겠구나? 그냥 다 해주고, 뭐든지 주고, 언제나 기댈 수 있고, 그 냥 나의 모든 것, 그게 엄마였어. 내게는 부처나 예수보다 더 위대한 믿 음의 대상이었지."

"전 어머니가 뭔지 사실 몰라요. 가족이 원래 없었으니까요. 그러니 상상도 안 가지요. 유일한 가족은 원장님인데, 무섭기만 했지요."

"그래, 피난 온 뒤로도 나는 어릴 적 버릇 때문에 아내의 젖가슴을 만지지 못하면 잠을 이루지 못했어. 잘 때에도 아내에게 다리라도 걸 쳐야, 손끝이라도 닿아야 잠을 잤어. 그러다 처자식들이 일본으로 돌 아간 뒤로는 정말이지 잠을 이루지 못하고 뜬눈으로 밤을 새운 적이 여러 번 있었어. 북에 두고 온 어머니 생각, 일본으로 떠난 아내 생각, 정말 미칠 것 같더라. 큰조카 하나가 유일한 피붙이라서 종종 만나는데 그 아이도 먹고살아야 하니 늘 나를 보살필 순 없고, 나도 그 아이를 보살필 처지가 못 되고, 그럴 때마다 좌절을 느꼈지. 조카도 불쌍하고 나도 불쌍하고, 다 불쌍해. 6·25전쟁 중에 불쌍하지 않은 사람이 어디 있어. 너도 불쌍하고."

이중섭은 그렇게 말을 하면서도 이허중을 측은한 눈빛으로 바라보았다. 죽거나 행방불명된 부모형제, 그 생사 여부도 모르는 혈혈단신 이허중, 미안한 생각마저 들 정도로 측은하다.

그렇건만 이허중은 아직 조증이 남아 그런지 목소리가 씩씩하다.

"삼시세끼도 챙겨 먹기보다 건너뛰는 게 더 많았을 거고요? 저도 고아원에서 나온 뒤에 야학으로 학교 다니고, 노동하면서 대학 다닐 때 좀 부실하게 먹고, 잠 제대로 못 잤더니 조금씩 발병하더라구요. 사실 작년 가을에 대학을 그만두고 겨우내 노동을 하러 다녔는데, 힘도 들고 배도 곯고 하다가 까무러쳐버렸어요. 그 뒤로는 기억이 없어요. 이 병원도 어쩌면 제 여자친구가 데려다 줬을 거예요."

"에효, 불쌍한 녀석. 그래도 애인은 있구나?"

"애인이 아니고요. 제가 너무 불쌍하대요. 야학에서 만난 여자 친군데 제가 고아라니까, 집도 절도 없이 떠도니까 차마 저를 못 떠나는 거예요."

"정들면 애인이지 뭐 애인이 별거냐."

이중섭은 애인이라도 있다는 이허중이 기특하다는 듯이 씩 웃어주었다.

"허중아, 난 말이야. 몇 년 전부터 겨울이 되거나 비가 오거나 흐린 날이면 우울해지면서, 그러다가 갑작스럽게 기분이 들떠 아무 데나 그림을 그리고 싶어지더라. 처자식이 보고 싶다는 마음이 그런 식으로 벌떡 일어나 미친 사람마냥 그림으로 날뛰게 만든 거지. 뭘 보기만 하면 그게 그냥 그림으로 보이는 거야. 하루에 백 장을 그린 날도 있거든. 전시회도 성공했는데 그림 값을 받지 못해 또 망했지만, 허허."

"저도 그럴 때가 있었어요. 낙서 수준이지만요……."

"낙서냐 그림이냐, 그건 혼이 들어갔느냐 나갔느냐 차이지. 너야 아직 어리니 모르겠지만, 혼이라는 건 아주 중요하다. 나가든 들어오든 혼이 있어야 말이 되는 거야."

"전쟁 통에 부산 같은 데서 그림 그리기가 쉽지 않았을 텐데요? 범일동 판자촌 같은 데는 사람 살기에 끔찍하다던데요? 제정신 가진 사람이 살 수 없을 만큼요."

"아무렴, 겁이 나지. 살아낼 수 있을까 싶을 만큼 끔찍하지. 어머니도 없고 형도 없는 세상에 나 홀로 뚝 떨어진 기분이었어. 내 뒤에 아무도 없는 거야. 무섭더라. 내가 마지막이야. 내 뒤에 누구도 없다는 그 절망감, 난 아직 어린애인데 어머니도 형도 없는 거야."

"솔직히 무슨 말인지 저는 잘 알아듣지 못하겠어요. 선생님, 미안해요. 공감을 해드리지 못해서요."

이중섭은 이허중이 하는 말을 듣더니 또 씨익 웃고 말았다. 그러고 보니 해서는 안 될 말이다.

"미안하구나. 너도 여자친구가 있기는 있다니 언젠가는 가족이 생길 거고, 그러면 조금 이해가 갈 거다. 하여튼 말이다. 아내와 아들 두 녀석을 떨어뜨려놓고 식량을 구하러 다니던 날, 빈손으로 그 언덕배기를 걸어 올라가려면 하도 힘이 들어서 인간성도 자존심도 그 무엇도 다 무거워 아무 데나 내던져놓고 지친 발을 한 걸음, 두 걸음, 그렇게 기다시피 올라가야만 했지. 세 살 아이가 걸음마를 배우듯이. 난 그제야 세상으로 나가는 걸음마를 떼고 있었던 거야. 난 그때까지도 엄마 품에서 벗어나지 못한 애기였어. 어리석은 놈."

"그림은 그릴 새가 없었겠네요?"

"엄마 앞에서 그리는 그림은 그림이 아니지. 유치원생이 그리는 그림일기 정도지. 그래도 그림은 그리고 싶었어. 피난 온 해 겨울에 하도 고생해서 그때는 그림 그릴 엄두를 아예 내지 못했지. 그래서 따뜻한 햇볕이 그리워 서귀포로 건너가 한동안 그림을 참 많이 그렸어. 그런데 처자식을 일본에 보낸 뒤 통영하고 진주를 떠돌아다닐 때는 정말 정신적으로 엄청나게 고생했어. 피난 온 직후에는 어머니와 형이 내 뒤에 없다는 상실감만으로도 미칠 것 같았는데, 막상 아내와 자식들이 사라지니까 하늘이 무너지는 것 같더라. 너, 하늘이 무너진다는 느낌이 뭔지 모르지?"

"하늘이 왜 무너져요?"

243

"짜식아, 그러니까 넌 아직 어린애야. 내가 두 번째 무너지니까, 하늘이 무너지니까 그제야 머릿속에 그림이 마구 날아다니기 시작하더라. 그리기만 하면 그림이 되는데 물감이 있나 종이가 있나, 게다가 먹을거리도 없지. 그림을 종이에 잡아놓기만 하면 걸작이 마구 쏟아질 것 같은데, 물감도 없고 종이도 없어 그걸 못하니까 더 미칠 것 같더라. 화가는 그림을 그려야 그 힘으로 사는데 그리지 못하니까 더 미치는 거야. 게다가 먹지도 못하니까 미친놈이 더 미쳐. 내가 오죽하면 장판지를 뜯어 그리고, 나뭇조각, 하얀 옷감, 군수물자용 자루, 책표지 뒷면 같은 데 마구 그림을 그렸겠니. 물감이 없으면 페인트로도 그렸다니까. 그런 내가 너무 정상이면 그게 비정상인 거지. 안 그러니, 허중아? 엄마 없는 세상에서 내가 어떻게 서 있었는지, 아내 없는 세상에서 내가 어떻게 서 있었는지 나도 잘 모르겠다. 결국은 이렇게 무너진 셈이지만 말이다."

이중섭의 눈이 촉촉하게 젖어들었다. 그는 어린 이허중에게서 동질감을 느끼는 듯했다. 누구와도 말을 하지 않고 버텨오다가 이허중을 발견한 뒤로 그는 겨우 말문을 트고, 하고 싶은 말을 마음껏 쏟아내었다. 친한 친구 앞에서도 못하던 말이 저 깊은 내면에서 마구 솟구치는 것 같았다.

그건 이허중도 마찬가지다. 고아원을 나와 미술과를 억지로 들어갔지만, 학비 마련도 어렵고 생활비 구하기도 어려워 나날이 고역이었다. 친구도 없고, 겨우 사귄 친구들도 전쟁고아라고 털어놓으면 조금씩 거리를 두기 시작했다. 그는 속말을 나눌 친구를 끝내 두지 못한 채 노동을 하러 돌아다니며 영혼이 부서지는 듯한 외로움을 겪었다. 그런 중에 애인인지 친구인지 나타난 여자친구가 한 가닥 위안이 되기는 했지만, 영혼을 맡겨보지도 못한 채 정신병원에 들어와 있다.

"저는요, 어떤 때는요, 세상이 너무 아름답게 보여요. 힘들지만 않으면 약을 안 먹었으면 좋겠어요. 약을 먹으면 기운이 빠지고, 손이 떨리고, 잠이 너무 쏟아져요. 바보가 돼요. 일도 못하고, 일을 해야 대학에 다시 들어갈 수 있는데……. 여자친구를 만나도 바보같이 실실거리기나 할 뿐 제대로 연애도 못해요."

이허중도 속말을 다 털어놓았다. 정신병원이나 형무소 같은 곳에서는 감출 게 아무것도 없다. 같은 환자끼리, 같은 죄수끼리 감출 것도 못할 말도 없다. 이중섭도 이허중도 정신병원이라는 특수 공간에서 즐길 수 있는 대화의 자유를 얻은 것이다. 주제에 제한이 없고 시간에 제한이 없으니 할 이야기는 무궁무진하다. 크게 발작하지 않는 한 제한된 공간 안에서만 주어지는 한계란 점은 있지만 어쨌든 대화는 스물네 시간 자유다. 풍기문란이니 이적분자니 하는 고소고발도 없다.

이중섭 역시 누구에게도 이처럼 신랄하게 마음 터놓고 이야기를 한 적이 없다. 친구들이란 늘 경쟁자이고, 먹이를 주면 안 물고 안 주면 무는 하이에나 같은 존재들이었다. 어쩌다 그림을 팔면 그림 값으로 받은 돈을 보고 몰려드는 징그러운 친구들, 술과 밥을 사주지 않으면 금세라도 달려들어 물어뜯을 것만 같은 존재들이었다. 화실에 들이닥쳐

245

서명조차 하지 않은 그림을 훔쳐가고, 전시 중인 그림도 보기 좋은 건 용케 알아 말로만 예약하고 기어이 그림 값을 떼먹는 그런 친구들이 대부분이었다. 그런데 이허중과 이중섭은 두 사람 사이에 백지장조차 끼어들 틈 없는 완벽한 공감을 나눌 수 있는 사이가 되었다.

공간이란 이토록 한 인생을 멋대로 좌우한다. 이중섭에게 주어진 일제 식민지란 공간, 침략국 일본 도쿄라는 공간, 분단된 나라의 북녘이란 공간, 전쟁이 터진 남한의 공간, 피난 수도 부산의 공간, 이 모든 것이 그 자체로 이중섭을 통제하거나 규정해버리지 않았던가.

"나도 대구에서 병원에 입원하면서부터는 아예 그림을 못 그렸다. 어떻게든 병원을 나가 그림을 그려야 하는데, 여긴 정신병원이라 마음대로 나가지도 못해. 저놈들 저거 형무소 간수처럼 어깨 세우고 서서 문 지키는 거 봐라. 아니, 지놈들이 왜 간수처럼 눈깔을 부릅뜨고 우릴 지키냐고. 우리가 전쟁포로야? 아니면 죄지은 죄수냐구? 내가 빨갱이야? 이북 출신이면 다 빨갱인가!"

"선생님, 고아원에서 자랄 때 사람은 누구나 죄인이라고 배웠어요. 겸손하라는 말씀인지, 기죽어 종처럼 살라는 말씀인지 원장님은 늘 그 말씀이셨어요. 전 그런 거 아무렇지도 않아요. 워낙 바닥에서 자랐으니 그런가 보다 그러고 말지요. 종은 아니고 종인 체, 그랬지요, 뭐."

"허중아, 체념하면 안 돼. 체념, 그거 아주 무서운 병이야. 난 체념을 해버렸지만 넌 그러면 안 돼."

"……."

"인간은 위대한 거야. 그 위대함을 놓치면 죽는 거야. 종이다 생각하는 순간 인간은 정말 종이 되는 거야. 종을 벗어나 자주독립하는 인간이 돼야 그림을 그릴 수 있지. 암만. 종이냐 인간이냐, 그 싸움을 나는 그림으로 한 거야. 난 사람이 되고 싶었거든. 운명에 끌려다니는 종은 싫어. 하늘이 우리 아버지를 잡아가고, 어머니와 생이별시키고, 처자식과 갈라놓아도 내가 인간이라는 이 위대한 본성은 결단코 빼앗기지 않을 거야. 지금은 하늘이 내 육신과 영혼을 찢어놓으려 하지만 난 결코 물러서지 않을 거야. 무슨 시련을 주든 난 견뎌낼 거야. 도리어 즐길 거야. 암, 그래야지."

이중섭의 눈이 번쩍거렸다. 가끔 조증에 이를 때 보이는 그 형형한 눈빛이다.

아직은 천진난만, 어린 티를 벗지 못했다.

"선생님, 저한테 그림 좀 가르쳐주세요. 어차피 고학하기도 어렵고, 병원 나가도 다시 대학 다니기는 틀렸거든요. 그까짓 거 안 다닌다고 뭐 어떻게 되는 것도 아니고요. 가르쳐주세요. 제가 열심히 배울게요."

이중섭은 이허중의 눈을 똑바로 들여다보면서 빙그레 웃었다.

"넌 아직 멀었어. 네 그림 보니까 기본이 안 돼 있어. 줄 긋는 것 하나만 한 달 내내 해봐. 실은 1년을 해도 모자라지. 그러고 나서 그림을 더 그릴지 말지 판단해라. 어쨌거나 네가 미친 짓을 하며 낙서한 그림을 보니 재능이 아주 없는 건 아니더구나. 미친놈치곤 제일이지. 너도 선생을 잘 만나야 그림에 눈을 뜰 텐데……. 선생이 좋아야 해. 누굴 만나느냐, 선생으로 누굴 만나느냐, 부모로 누굴 만나느냐, 친구로 누굴 만나느냐, 아내로 누굴 만나느냐, 자식으로 누굴 만나느냐……. 난 너무 좋은 인연을 만나 이 지경이 됐어. 내 그림이 미쳤잖아. 그런 데 비하면 넌 험한 인연을 많이 만난 듯하구나. 미친놈에겐 그런 인연이 제격이지만 말이다. 내 말 우습지?"

"제가 미친놈이면 선생님은요? 선생님은 그림이 미친 것 같은데요?"

"이놈이 그래도! 난 정신병이 다 나았고, 넌 아직 정신병자지. 진짜 정신병자가 돼서는 그림을 못 그려. 정신병을 깔고 앉아 뭉개버려야 해. 정신병을 뭉개고 짓이겨야 해. 지면 안 돼. 게다가 난 그림을 얼마나 많이 배웠는데? 오산학교 다닐 때 임용련 선생님, 백남순 선생님이 많이 가르쳐주셨어. 그이들은 파리에서도 공부한 훌륭한 분이셨어. 내 생애 최고의 행운이었지. 두 분을 만나 미술의 기초를 배울 수 있었으니. 가끔 이런 운명을 준 하늘이 미워 죽겠다가도 임용련 선생님과 백남순 선생님을 내게 보내주신 점에 대해서는 무릎 꿇고라도 감사를 드리지. 그러고도 난 부잣집 도련님으로 태어난 덕분에 일본으로 건너가 미술학교에 들어갔어. 세계적인 선생님들이 아주 많았지. 덕분에 상도 많이 받았어. 그거 자랑하는 게 아니고, 기초가 돼야 된다는 말을 하자는 거다."

이중섭은 오산고등보통학교에 다닐 때 부부 미술가인 임용련, 백남순 부부를 만나 그림의 기초를 익혔다. 임용련은 당시에는 매우 드문 시카고미술학교와 예일대학교를 졸업한 유능한 미술가였다. 어린 시절에 벌써 국제적인 미술 감각을 익힐 수 있었다는 건 그에게 커다란 행운이었다.

이허중 역시 이중섭을 잘 알지는 못하지만, 만난 곳도 시기도 적절치 않지만 그래도 큰 행운이라고 생각했다. 대학에 잠깐 다니는 동안 그는 이중섭이라는 큰 이름을 약간 들어보기는 했다.

"하지만 나를 화가로 기른 건, 진정한 화가로 기른 건 6·25전쟁이었다."

"저는 선생님과 정반대네요. 전쟁터에서 고아가 되어 여기까지 왔는데 지금 선생님 같이 훌륭한 화가를 만났잖아요."

"난 병원에서 나간다니까! 난 안 미쳤어."

"알았어요, 선생님. 계신 동안이라도 좀 가르쳐주세요. 전 선생님이 없었어요. 서라벌에 들어갔는데 정신도 오락가락하고, 고아이다 보니 학비를 벌어 대기도 어렵고, 이래저래 조금 다니다 그만뒀거든요."

"허중아, 선생이 있든 없든 재능이라는 게 있단다. 그런 게 있다면야 시련으로 굴려야지. 돌을 갈아야 옥이 되듯이, 그래야 그 재능이라는 게 톡 튀어나오거든. 난 어려서 재능이 있다는 말을 많이 들었지. 일본에서 공부할 때는 제법 큰 상도 탔어. 하지만 그런 재주를 가진 사람은 많고도 많더라. 진짜 나 아니면 그릴 수 없는 그런 큰 재능은 타고나는 게 아니라 시련 속에서 만들어지는 거야. 모래를 낮은 불로 구우면 유리가 돼. 조금 더 불이 세면 질그릇이 되지. 질그릇과 유리는 형제야. 또 더 온도를 높이면 도자기가 돼. 조금 더 뜨겁게 달구면 백자가 되고, 아주 높이 올리면 크리스털이 돼. 그제야 보석이 되는 거지. 사람도 그래. 얼마나 잘 굽느냐, 그건 재능이 아니야. 모래에 어떤 성분이 많으냐 그 함량의 문제이지. 정작 중요한 건 불질을 어떻게 하느냐에 따라 달라지는 거란 말이지. 선생님도 중요하지만 본질이 더 중요하지."

"전 재능이 있는지 어떤지 아직 몰라요."

"사람이면 누구나 그림을 그릴 수도 있고, 글을 쓸 수도 있고, 무슨 재주든 부리지 못할 게 없다. 난 6·25전쟁 이후에 불질을 많이 당했어. 갑자기 당하기도 하고, 알며 당하기도 하고, 모르고 당한 적도 있고, 나 스스로 불질을 하기도 했지. 아직 더 높은 온도로 불질을 당해야 하는데 이 허약한 몸으로는 감당이 안 되는군. 내 재주로는 여기까지야."

"선생님, 얼굴이 노란 걸 보니 건강부터 회복하셔야겠어요."

바깥세상이라면 이중섭이 이허중 같은 청년을 만나 이처럼 길게 이야기를 나눌 일이 없다. 아니, 만날 일도 없다. 하지만 지금은 이허중마저 하고 싶은 말을 마음껏 할 수 있다.

"그렇지. 건강해야 운명의 불질을 감당하지. 이제 허중이 네 이야기를 하자. 재능은 둘째치고 네 낙서화를 보면 큰 게 빠져 있다. 뭐냐면 혼이 빠져나오지 못했다고나 할까. 무슨 일을 하든 혼이 빠지지 않으면 못하는 거야. 혼이 저 깊은 곳에 숨어 눈깔만 두리번거린다니까. 혼이란…… 그렇게 평생 숨어 있지. 종질이나 하다 울면서 세상 떠나는 거야. 하지만 우리는, 화가는 혼을 나오도록 해야 한다. 알라딘의 램프를 문지르듯 잘 문지르면 그 깊은 곳에서도 가장 깊은 곳에 숨어 있던 혼이 지니처럼 불쑥 나타날 거야."

"혼이 나오다니요."

"그림은 머리로 그려야 한다고 했잖느냐. 그러면 머릿속 영혼을 갈아 물감으로 써야지. 그렇게 하는 게 혼을 빼서 그리는 거야. 네 마음속에 너라는 자아가 똬리를 틀어서는 안 돼. 그놈이 뱀 대가리처럼 머리를 쳐들어 자꾸 중얼거리면 그림이 안 돼. 그런 혼을 다 뽑아내 물감으로 갈아버려. 제 영혼을 갈아 물감으로 써야 그림이 되지, 화방에서 산 매캐한 화학 물감으로 무슨 정신세계를 그려? 미켈란젤로, 고흐, 고갱, 장승업 같은 이들이 그렇게 영혼을 뽑아 물감에 섞어 그림을 그렸지. 그리고 나 역시 6·25전쟁을 겪으면서 영혼을 갈아 그림을 그리는 법을 터득했지. 내가 전쟁 이후에 그린 그림들이 진짜배기야."

"일본에서도 상 많이 탔다면서요? 그때 그림은 뭐 그림 아닌가요?"

"그건 모범생 그림일 뿐이야. 백일장 나가 상 받는 글 같은 거지. 혼이 안 들어가는…… 국어, 수학, 물리, 화학, 기하, 사회, 체육, 영어, 한문 등 못하는 게 없는 팔방미인형 모범생은 사실은 아무것도 잘하지 못한다는 거지. 그런 식의 그렇고 그런 그림은 세상에 아주 흔해. 진짜 그림은 세상에 딱 나밖에 그릴 수 없는 것이 돼야 하는 거야. 아무나 그릴 수 있는 건 그림이 아니지."

"아, 예."

"너, 돈 벌어 내 작품을 사고 싶더라도 전쟁 전 작품은 사지 마라. 그런 그림은 나도 돈이 아까워 안 살 테니까. 해방 전에는, 내 어린 시절에는 너무 행복했어. 비록 아버지가 요절하시는 바람에 유복자로 자랐지만 부자 할아버지, 어머니, 부자 형 덕분에 겉으로는 너무나 행복에 겨웠지. 그렇게 너무 잘살아서 인생을 제대로 보지 못했어. 돈 걱정도 한 적이 없었거든. 엄마, 이 한마디면 뭐든 척척이고, 일본 유학할 때도 돈 잘 버는 형한테 편지 한 장 날리면 돈이 술술 들어왔으니 말이야. 오줌을 싸도 빨아주는 어머니가 있고, 술집에 외상을 그어놔도 갚아주는 형이 있고, 사고를 쳐도 선달처럼 놀아도 다 상관이 없었어. 난 인큐베이터나 요람 속 아기였어. 나만 그걸 몰랐지. 젖을 떼지 못한 어린애, 흥남부두를 떠나면서도 '엄마, 엄마!' 울어대던 나는 천생 어린애였어."

이허중은, 이중섭이 하는 말을 단어로만 들을 뿐 그 깊은 뜻을 이해하지는 못했다. 웃어줄 뿐이다. 그러고는 어린 대로 어린 질문을 한다.

"행복한 인생이…… 예술의 원수라도 됩니까? 그러기로 말하면 전 전쟁고아에다가 정신까지 온전치 못하니 딱 안성맞춤이네요?"

이중섭은 피식 웃으면서 이허중의 이마에 꿀밤을 놓았다.

"넌 그림 그리지 마라. 그깟 예술 안 해도 좋으니 행복할 수 있으면 그 행복이 훨씬 더 좋다. 암, 내 아내, 내 자식들하고 오순도순 재미나게 사는 게 더 좋지. 그림 다 불살라도 가족끼리 소풍 가고, 장날에 아이들 손잡고 장 보러 가는 재미가 꿀맛이지. 암, 암, 아내의 발가락을 간질이며 숨 헐떡거리며 노는 게 얼마나 좋은데. 아이들 손잡고 놀이 공원에 나가 다리가 아프도록 하루 종일 걸어도 그게 행복이지. 꿈같은 행복, 눈에 그리기만 해도 저절로 눈물이 나는 그런 행복. 난 그런 행복이 너무 당연한 줄 알고 마음 놓고 있다가 한꺼번에 다 잃었어."

이중섭은 창밖으로 먼 하늘을 올려다보면서 말했다. 아마도 일본에 가 있는 처자식을 생각하는 듯했다. 머릿속에 숨어 있는 옛 기억을 여기저기서 끄집어내 다시 들여다보는 것이다.

"그래도 그림을 그려야 한다는 열망 같은 건 있잖아요? 잊으려 해도, 그리지 않으려 해도 그리고 싶은 열망, 그게 불쑥불쑥 일어나잖아요? 본능처럼요."

"그러니까 미치는 거지. 그림에 미치면 영 생각이 달라지거든. 머리로는 다 알아. 전쟁 때는 별짓을 다해도 하루 한 끼조차 먹기 힘들었는데 말이야. 배가 고파 죽을 지경이고, 아내 얼굴이 쪼그라들어 차마 미안해 바라볼 수가 없고, 애들 배가 쭈그러져 미칠 것만 같은데, 그런 지경에 그림이 되더란 말이지. 아 젠장, 좆도 안 서는데 그림은 그리고 싶어지더란 말이지. 그 와중에 왜 종이만 보면 그림이 그려지냐구. 돈을 구하러 부두로 나가든 시장으로 나가든 해야 하는데, 종이만 보면 일을 내팽개치고 뭔가 끼적거리고 있거든. 아내는, 그런 나를 얼마나 한심하게 여겼을까. 하여튼 영혼은 배부르면 죽는가 봐. 영혼은 굶겨야 하나 봐. 찌그러진 아내 젖꼭지처럼 바짝 말라비틀어져야 비로소 뭔가 시작이 되는 거야."

이중섭은 일본에 유학할 때 반 고흐가 조울병을 앓았다는 사실을 알고 있었다. 그가 조증에 이를 때는 걸작을 그려냈지만 안정이 되면 창조적이지 못했다는 정신과 의사의 신문 기고문도 본 적이 있다. 천재 물리학자 아이작 뉴턴도 그랬고, 작곡가 슈만 역시 보통 때는 범상한 인물에 지나지 않았다고 한다. 하지만 그들이 일단 조증에 들어가면 누구도 상상할 수 없는 예술적 경지, 과학과 수학을 몇 단계 뛰어넘는 깊고 넓은 세계에 이를 수가 있었던 것이다.

하지만 이중섭은 일본에서 미술을 배울 때 자신에게 이런 병이 생기리라고는 상상하지도 못했다. 아주 먼 서양 나라, 멀고 먼 데 사는 백인들에게 일어나는 특이한 일이라고 여겼다.

그때는 부족함이라곤 하나도 없던 시절이었다. 조국 조선이 일본의 식민지라는 사실도 실감하지 못했다. 조국이라니, 조국은 오직 일본이었다. 멀리 가는 기차나 배를 탈 때 아무 생각 없이 '국적: 일본'이라고 적었다. 서울이든 도쿄든 마음대로 오가는 일본의 도시 중 하나일 뿐이었다. 서울은 일본국 경성이고, 도쿄는 일본국 동경이었다. 식민지 백성이라지만 일본의 제국주의자들은 조선의 부호와 지주들을 차별 없이 우대했다. 돈만 있으면 일본의 어느 대학이라도 마음껏 들어가 공부할 수 있었다. 그림만 좋으면 조선인이 그린 그림도 도쿄에서 버젓이 팔려 나갔다. 친일이야말로 학문이며 예술에 얼마나 좋았던가.

주머니가 넉넉하니 친구들에게 마음껏 술을 사주고, 물감이든 그림이든 지천으로 사들여서 그리고 싶은 만큼 그림을 그렸다. 그려도 좋고 안 그려도 좋고, 술 있으면 술 마시고, 애인 오면 애인 만나고, 친구가 부르면 붓을 걸쳐놓고 뛰어나가는, 그야말로 청풍명월의 풍류인생이었다. 배고픈 친구들에게 밥 사주고, 학비 못 내는 친구는 학비까지 내주고, 생각이 없었을 뿐 생각만 한다면 뭐든 그가 하지 못할 일이 없었다.

그러자니 절실한 것이라곤 아무것도 없었다. 일제에 저항할 생각은 아예 없었다. 인생이란 그냥 이렇게 사는 것인 줄로만 알았다. 그림이란 풍류인생의 꽃 같은 것, 무료함을 달래는 마약이나 오락이었다.

그러다가 해방이 되면서 자신의 돈줄이던 형 중석이 공산당에 잡혀가 고초를 당하고, 그런 중에 허무하게 죽으면서 형이 남긴 백화점과 몇 가지 사업도 물거품이 되고, 집안 역시 벼락 맞은 듯이 갑자기 몰락했다. 지주, 자본가, 북녘에서는 그렇게 딱지를 붙여 이중섭 가문을 아주 못쓰는 집안으로 만들어버렸다. 어머니가 물려받아 지어오던 700석 토지도 공산당에 몰수되어 겨우 연명이나 하는 수준으로 완전 몰락했다. 부르주아, 일본 유학 다녀오고, 일본 여자와 결혼한 악질 친일파로 찍혔다. 북녘에서는 도저히 버틸 수 없는 존재가 되고 말았다.

그런 중에 참혹한 전쟁을 겪으면서 얼굴도 모르는 아버지가 물려준 정신병에 눌리고 눌리다가, 버티고 버티다가 어쩔 수 없이 톡 터져버린 것이다.

그것도 지금 겨우 안정이 돼서 희미하게 생각이 나는 거지 부산, 서귀포, 통영, 진주, 대구, 칠곡을 떠돌아다니며 그림을 그릴 때는 조증에 빠져 희한한 행동을 많이 했다는 걸 제대로 자각하지 못했다. 친구들이 얘기를 해주면 자기 얘기가 아니라 남의 얘기만 같을 정도로 기억이 낯설었다.

"선생님, 저는 늘 그렇지는 않은데요, 이따금 머리가 맷돌 돌아가듯이 팽팽 돌아가면서 그림이 눈앞에 둥둥 떠다닐 때가 있어요. 산이 무지개처럼 보일 때도 있구요. 라디오에서 나오는 노랫소리가 갑자기 비틀어지고 물감처럼 흘러내리기도 해요. 라디오에서 나오는 노래에 제하얀 내의가 빨갛게 물들까 봐 얼른 피한 적도 있다니까요. 그럴 때 그림을 그리면 안 되나요?"

이중섭은 씩 웃었다. 그러고는 고개를 끄덕였다.

이런 얘기를, 이허중은 아직 누구한테도 해보지 못했다. 믿어줄 것 같지 않아서 원장이나 의사에게도 말한 적이 없다.

이중섭은 이허중의 손을 잡고 가만히 토닥거렸다.

사실 그런 증상은, 이중섭조차 혼자만 알고 몰래 숨겨온 거였는데 놀랍게도 젊은 친구가 말하고 있지 않은가.

이중섭이 처음에 그런 식으로 말하면 친구들은 그냥 두지 않고 병원에 가라고 윽박지르곤 했다. 그렇게 친하다는 시인 구상도 재미나게 얘기를 하다가도 종국에는 늘 병원에 가보라며 등을 떠밀곤 해서, 병증으로 오해할 만한 얘기는 입 밖에 잘 꺼내지도 않았다. 그런데 이허중도 그런 걸 겪었다니 깜짝 놀랄 일이다.

"허중아, 그런 건 특별한 재능이 아니라…… 병이라더라. 다른 사람들은 아무도 그렇게 보지 못하잖아? 언어, 문자, 그림, 음악 같은 건 다 같이 공감할 때 소통이 되는 거야. 너만 듣는 거, 너만 보는 거로는 소통할 수가 없다. 그건 예술도 아무것도 아니야. 의사들은 그런 걸 환시, 환청이라고 해."

"저도 뭐 자랑은 아니고요, 겁이 나요. 그럴 때면 저도 무서워요. 싫어요."

"그래, 그렇다면 다행이다. 허공에 그림이 많이 떠다닌다고 그게 다 진짜 그림은 아니거든. 그중에 한두 점만 진짜야. 나머지는 찢어버려. 어쩌면 한 점도 없을 수 있어. 의사 말대로 다 허깨비, 환시일지도 몰라. 귀신이 장난치는 것이지. 아무리 정신이 나가도 진짜 그림은 볼 줄 알아야 알짜배기 화가, 제 이름을 갖는 화가가 되는 거야. 미쳐도 미쳐선 안 돼. 진짜 미친놈들은 담쟁이넝쿨만 보고도 하, 예술이다, 이러면서 하루 종일 그것만 쳐다봐. 허중아, 자아를 버리되 절대 버려서는 안 돼. 미친병 고치거든 그때 그림을 제대로 배워라. 나처럼 정신이 멀쩡해야 해. 진짜 미치면 안 되고, 미쳐봐야 되는 거야. 미쳐보지 않은 사람은 아무리 설명해도 우리 말 못 알아먹어."

이중섭은 불이 붙은 눈빛으로 말했다. 이허중에게는 뭔가 제대로 말해주고 싶다. 여기서 아차 길을 잘못 들면 평생 폐인으로 살아갈지도 모른다. 이중섭은 지식과 상식 없이 별안간에 당한 일이라지만 나이 어린 이허중만은 잘 대비해서 미친병에 쓰러지지 않도록 하고 싶었다.

　이중섭은 대구에서 어렵게 살던 시절, 그러니까 바로 작년에 자신이 미치지 않았다는 걸 증명하기 위해 사람들에게 어떻게 설명할까 고민한 적이 있다. 말로는 안 되고, 뭔가 속 시원히 증명을 해야 했다. 그래서 친구들이 보는 자리에서 쓱쓱쓱 자화상을 그려냈다. 안 미쳤다고, 미치지 않은 자신의 얼굴을 그려낸 것이다.
　하지만 이 자화상에서조차 날로 깊어만 가는 그의 우울한 마음을 털어버리지 못했다.
　이 얼굴이 서른아홉 살이라니. 친구들은 마지못해 수긍하는 척했지만 그들은 이중섭을 도로 정신병원으로 보냈다.

－이중섭, 〈자화상〉, 1955

"선생님, 제가 고등학교 때 딱 한 번 전국대회에서 상을 받은 작품이 있는데, 사실 정신병원에 있을 때 그린 그림이었거든요. 진짜 웃긴데요, 맨 정신으로 그린 건 한 번도 상을 타본 적이 없어요."

이중섭은 그 말에 빙그레 웃었다.

"어쩌면 넌 타고난 화가일지도 모른다. 아니, 화가가 될 소질을 타고났다고나 할까. 다만 아무 때나 그리지 말고 느낌이 올 때, 전율이 올 때 그리는 거야. 우리 같은 사람들은 더 정신을 차려야 해. 정신 바짝 차려야 자기 자신을 잃지 않는 거야. 자아를 버리되 진짜는 버리지 않는 거, 이거 명심해라, 가짜를 버려야 진짜를 찾는 거다. 알았지?"

"선생님은 언제 그림 그리실 건데요?"

"지금 그려야 딱 좋은데, 눈앞에 매달린 그림이 수십 점이나 되는데, 이놈들이 물감도 안 주고 붓도 안 주잖니? 기껏 판때기에 못으로 그리거나 쓰레기통을 뒤져 은박지를 찾아 손톱으로 긁어야 하니 이래 가지고는 좋은 그림을 그릴 수 없어. 반 고흐는 테오란 동생이 물감 정도는 항상 대주었거든. 내게는 할아버지, 형이라는 엄청난 기둥이 있었지. 돈 나오는 요술방망이었지. 그게 전쟁 통에 다 무너져버렸어. 그래도 아직 물감을 대줄 사람이 하나 있기는 한데 일본에 있어. 내 마누라 말이야. 마누라지만 마누라가 아니야. 마누라가 아니지만 마누라야. 에이 참, 내가 무슨 소릴 하는지 나도 모르겠다. 우리 형이 살아 있으면 테오가 고흐에게 사다 준 물감보다 더 좋은 걸 많이 사다 줄 텐데."

"에이, 선생님도. 마누라도 형도 동생도 없는 전 어떡하라구 그러세요? 제가 진짜 이씨인지 아닌지도 제대로 모르는데…….”

이중섭은 이허중의 말에 그저 웃었다. 달리 할 말이 없다. 그러니 말을 돌려야 한다.

“어떻게 하든 난 병원을 빠져나갈 거다. 지금은 멀쩡하거든. 의사들도 내가 미치지 않았다고 말해줄 거야. 미칠 수 있는 때가 따로 있고, 그래서 그림 그릴 때가 따로 있는 법인데 의사 놈들은 그런 걸 몰라. 이번에 못 그리면 또 한참 쉬어야 해. 아마 1년은 그리지 못하게 될 거다. 약해 취해서 몽롱하게 지내야겠지. 진정제에 취해 축 늘어진 나 자신의 모습, 의사 놈들은 그 참담한 심정을 상상할 수 있을까. 마음은 죽고 싶은데 몸은 움직일 수 없는 그 끔찍한 두려움, 개 같은 기분을.”

이중섭은 한숨을 길게 내쉬었다. 모처럼 흥분하니 열이 난다. 그 정도 말해놓고도 쉬어야 한다.

이중섭이 지치니 이허중이 말할 차례다.

“그럼 저도 퇴원하면 선생님처럼 그림만 그리면 성공하겠네요? 전 정말 선생님을 닮고 싶어요. 마땅히 스승도 없으니 선생님을 스승으로 삼고 싶어요.”

이중섭은 고개를 흔들었다.

누군가의 스승이 되다니, 혼자 힘으로는 결코 서지 못하는 자신을 스승으로 삼다니, 불가한 일이다. 절대 불가하다.

“하지만 네 영혼은 아무리 갈아봤자 물감이 안 돼. 네가 먹는 약을 보니 아직은 양이 너무 많아. 너무 아플 때는 그림을 그리지 마라. 또 너무 멀쩡할 때도 그리지 마라. 널 보니 아직은 맹탕이야. 네 그림을 보면, 어린 시절 행복에 겨워서 인생이 뭔지 아무것도 모르는 철딱서니가 그림을 들고 이 사람 저 사람한테 내보이며 칭찬을 요구하던 게 생각나. 물론 그 시절 내 그림보다는 지금의 네 그림이 조금 더 나은 것 같아. 물감 걱정도 안 하고, 종이 걱정도 안 하면서 그린 내 그림에 무슨 혼이 들어갔겠니. 인생은 말이야, 견디는 거야. 죽을 때까지 견디는 거야. 그러다 죽으면 죽는 거야. 행복하게 살면 그건 하늘에 죄짓는 거야."

"헤헤, 그럼 저는 하늘에 죄를 짓지는 않은 셈이네요?"

"암, 하늘이 담금질하려고 사람을 만들어낸 거지 이 땅에 내려와 풍류나 즐기라고 소풍 보내준 건 아니거든. 그런데 담금질 피해서 돈 걱정 안 하고 처자식 끌어안고 행복하게 살면 그게 대체 불질이 일어나냐구. 인생이 뭔지 알기나 하게 되느냐구. 그저 처절하게 불질을 해야 단단한 석영, 아름다운 수정이 되는 거야. 내가 무슨 소릴 하는지 나도 모르겠다마는. 하여튼 말이다, 젊어서는 머리를 갈아 그림을 그린 게 아니라 머리 자체로 그림을 그렸거든. 그런 그림은 사람들을 한순간 속일 수는 있어도 오래 감동시킬 수는 없어. 그림은 이념이 아니야. 이론도 아니야. 그림은 그냥 그림이야. 영혼의 외침이라구. 내 그림이 백 년은 갈까? 혹시 천 년 갈 수 없을까? 이런 생각을 해야지."

"어떻게 천 년 가요? 60 살기도 빠듯한 인간이."

"내가 말이다, 불상을 모으는 취미가 있어. 작은 금불상 하나를 여름

겨울 늘 갖고 다니는데…….”

이중섭은 호주머니를 뒤져 큰 손가락만 한 금불상을 꺼내들었다.

“어, 부처님이네요?”

“진짜 부처님은 이런 형상을 짓지 말라셨는데 후세인들이 만든 거지. 그런데 부처님 가신 지 2500년이나 되었다는데 이 불상은 변함없이 세월을 이겨내고 있어. 천년이 돼도 변하지 않는 이치가 뭘까, 이 불상을 보며 찾아보는 거야. 경주에 가면 석굴암이나 남산에 석불이 있잖아? 그걸 하염없이 보게 돼. 천년의 힘이 뭐냐, 비바람에 깎이지 않고 더구나 사람들 기억에서 지워지지 않는 그 힘이 뭐냐, 나도 그걸 갖고 싶다, 이런 생각을 하지. 어떻게 2500년 끊이지 않고 이어지는지 그 힘을 느끼고 싶어서 이렇게 숨겨 갖고 다닌다.”

“언제부터 불상을 갖고 다니셨어요?”

“음, 부산 피난지에서. 가족들이 일본으로 떠난 뒤 의지할 데가 아무 곳도 없더라구. 제일 친한 구상이도 폐결핵으로 자꾸 수술하니까 의지하기 어렵고. 그때 그림 판 돈으로 이 불상을 샀어. 이마저 없으면 허전해 견딜 수가 없거든.”

이중섭은 불상을 손가락으로 매만지다가 도로 호주머니에 넣었다. 간호사들이 보면 빼앗아간다.

“선생님, 6·25전쟁 이후에 그린 그림은 좀 마음에 드세요?”

“암, 마음에 들지. 미친 듯이 그렸으니까. 아니 미쳐 그렸으니까. 아내가 보고 싶어 미칠 것 같고 자식들이 보고 싶어 미칠 것 같은데, 어떻게 내가 안 미치고 배기겠느냐. 나도 이제야 알게 된 거지만 진정한 화가가 되려면 상처를 많이 받아 할퀴고 부서지고 찢어지는 모진 경험, 몹쓸 경험을 많이 해야 돼. 온몸에 피딱지가 덕지덕지 져야 해. 그래야 영혼이 울긋불긋 희로애락으로 물들고 가라앉고 찢어지고 걸러지거든. 내 영혼을 봐라. 가만히 있어도 눈물이 흘러내리는 이 불쌍한 영혼을 봐라, 허중아."

이중섭은 그새 눈물을 뚝뚝 떨어뜨리며 이허중의 눈앞에 머리를 갖다 댔다. 진초록 눈물이다. 차갑다. 그의 눈물에서는 온기가 느껴지지 않는다.

"어떻게…… 영혼을 보지요?"

"이놈아, 내 눈을 보라니까. 거기 영혼이 창밖을 내다보듯이 삐죽 내다보는 게 안 보이냐? 내 영혼이 답답하다고 울부짖잖느냐. 눈물이 괜히 나겠느냐. 그놈이 울부짖으니까 나는 거지."

"선생님 눈빛은요, 너무 슬퍼요. 너무 힘들어 지친 영혼이 들어앉은 것 같아요."

이중섭은 고개를 끄덕였다.

"안 그럴 수 있겠니. 해방이 되면서 내 후원자이던 형님이 공산당 등쌀에 죽었지. 피난 온다고 어머니하고 생이별했지. 첫째아이를 먼저 하늘나라로 보냈지. 사랑하는 아내와 두 아들을 일본으로 보내놓고 만나지도 못하지. 이렇게 심신이 다 병들어 썩어가는데도 나를 찾는 이가 없잖니. 그런 내 영혼이 어찌 슬프지 않겠니. 의지가지없는 내 인생이 무슨 쓸모가 있겠니. 이중섭이는 아무 가치가 없는 쓰레기다, 저 화상이 왜 아직도 살고 있는 거냐, 사람들이 그렇게 비아냥거리는 것만 같다."

이중섭은 툭하면 어머니, 형, 큰아들, 처자식 얘기다. 이허중은 그렇게 늘어놓을 추억이라도 있으면 좋겠다는 생각을 했다. 하지만 최대한 예의를 지켜 대꾸를 달아주었다.

"고아 앞에서는 좀 부족한 얘기 같기도 하고, 더 짠한 것 같기도 하고, 잘 모르겠네요."

슬프지만 슬프지 않고, 기쁘지만 기쁘지 않은 감정이 뭔지는 이허중 자신만이 알 수 있다고 믿었다. 이중섭이 말하는 어머니, 형님, 아내, 자식, 그 모든 것이 이허중에게는 하나도 실감이 가지 않는 신기루나 산봉우리로 솟는 안개, 곧 산 넘어갈 흰 구름 같은 존재들이다.

"안다, 알아. 나 스스로 이런 인생을 선택하긴 싫지만 막상 살고 보니 화가의 길로서는 눈물 나게 좋구나. 만약 6·25전쟁이 일어나지 않았다면, 아니지, 공산당만 없었어도 아마 나는 너무 행복에 겨워 좋은 그림을 그려내지 못했을 것이다. 부유해서 모자람이 없고, 가족과 함께 행복하고, 남들 앞에 잘난 체하고 살았다면 내가 어떻게 영혼을 갈아 그림을 그릴 수 있었겠니? 그런 눈으로는 일본에 가 현대미술을 배웠어도 의미가 없는 거야. 체면도 가식도 공허한 이론도 용광로에 집어던져 죄다 녹여버려야 해. 내게는 6·25전쟁이 용광로였지. 형, 어머니, 아내, 자식들까지 다 녹아 없어졌으니. 내가 배운 미술 지식까지 다 녹아버렸어. 그러고 나서 새로 시작한 거야. 이제야 그림이 보이는데, 그런데 너무 지쳤어. 내 영혼이 눈알을 뚫고 막 나올 참인데 이젠 너무 지쳐서 빠져나오질 못해. 내 영혼이 괴사 중인가 봐.”

이중섭의 눈에 또 눈물이 그렁거렸다. 이허중이 보기에 그 눈이 바로 용광로 같다. 그 눈에 비친 것이라면 뭐든지 녹여버리는 용광로, 그래서 그걸 붓에 찍어 그림으로 그려내는 것 아닌가. 아무리 봐도 괴사할 영혼이 아니다.

이허중은 자신의 인생도 크게 다르지 않다는 걸 이중섭에게 말하고 싶었다.

“선생님, 전쟁고아 아시지요? 전 어머니 아버지가 제 눈앞에서 폭사하셨다구요. 다른 건 기억이 나지 않는데 폭탄이 터지던 기억은 생생해요. 형제들도 뿔뿔이 흩어져 살았는지 죽었는지 모르구요. 선생님, 저처럼 어렸을 때 저만큼 영혼의 상처를 받으셨나요? 이렇게나마 버티는 게 장하지 않나요? 대학에 다닐 자신도 없으면서 어영부영 며칠 다니다가 그마저도 다니질 못해 지금은 병원에 끌려왔잖아요. 남들이 들으면 기겁하는 정신병원에요. 찾아오는 문병객 하나 없는, 보호자도 없는 이런 정신병 환자 보셨나요?”

“애인이 있다더니?”

“애인이 아니라 절 불쌍히 여기는 여자친구라고 말씀드렸지요. 엄마가 뭔지는 모르지만, 책에서 읽은 엄마 같은 느낌이 드는 그런 여자지요. 그 여잘 만나 엄마가 뭔지, 어렴풋이나마 느낄 수 있었으니까요.”

"그래? 난 아직도 탯줄이 안 끊어진 어린애 같은데 넌 벌써 훌쩍 자랐구나. 전쟁 통에 너무 웃자란 거야. 어린 시절을 건너뛴 애늙은이 같구나. 너 참 안됐다."

이중섭은 이허중의 손을 가만히 잡더니 꼭 힘을 주었다. 그러고는 눈을 맞추고 씨익 웃어주었다.

"그래, 그걸 계산에서 빠뜨렸구나. 그래서 넌 가능성이 쬐금 있는 거다. 하지만 전쟁이 끝났으니 그런 혹독한 세상은 다시 오지 않을 것이다. 너는 아직 젊으니 곧 아내를 얻을 것이고, 자식도 낳을 것이다. 그러나 난 아내가 있지만 만날 수가 없고, 자식이 있지만 끌어안을 수가 없다. 어머니가 북녘 어디 살아 계실지도 모르지만, 내 생전에 뵐 길이 없다. 어떤 때는 내 아내 얼굴조차 희미하다. 어떠냐, 나보다는 네가 좀 낫잖니?"

금세라도 눈물이 뚝뚝 떨어질 듯한 표정이다.

"전 부모형제가 아예 없다니까요. 천지간에 저 혼자뿐이라고요. 그래서 선생님의 제자라도 되고 싶어요. 때도 장소도 좋지는 않지만 누군가를 아는 사람, 잘 아는 사람, 스승과 제자 같은 그런 관계를 저도 갖고 싶어요."

"그래, 때와 장소가 무슨 상관이냐. 나는 흔들리는 기차간에서도 손톱으로 은지화를 그리고, 파도가 부서지는 부산항 노역장에서 쉬는 시간마다 스케치를 했다. 쇠똥 냄새 나는 남의 집 외양간에 쪼그려 앉아 그림을 그리고, 때가 되어 먹지 못하고 굶주리는 순간에도 그림을 그렸다. 서귀포 같은 데서는 먹을 게 없어 게와 물고기를 잡아다 애들한 테 먹였다. 그러면서도 나는 그 게와 물고기를 그렸다. 누군가의 허기 때문에 죽어야만 하는 그 게와 물고기를 그리면서 나의 모순을 들여다 보고, 인생이 덧없음을, 부질없음을, 하늘의 잔인함을 두루 깨달았다. 네가 만일 내 제자가 되고 싶다면 상처투성이인 내 인생을 직접 느껴 봐야만 할 게다. 마치 네 인생인 것처럼. 경험이란 매우매우 소중하다. 말로 들어서도 안 되고 책으로 읽어서도 안 되는, 오직 몸으로 경험해 야만 알 수 있는 것들이 있다."

"하겠습니다, 선생님."

"그나저나 넌 정말 운이 없구나. 난 어떻게든 이 병원을 나갈 거거 든. 널 가르치기 위해 일부러 정신병원에 남아 있지는 않을 거란다. 나 갈 수만 있다면 1분 1초라도 빨리 나갈 거야. 난 널 가르치기 위해 이 곳에 더 머물 생각은 전혀 없어. 그러니 네게 찾아온 인연의 끈이나마 잘 잡아봐. 그게 내가 해줄 수 있는 말이야."

"계신 동안만이라도 가르쳐주세요."

이중섭은 또 웃었다. 처음 입원했을 때는 대화를 나누기도 어려울 만큼 정신이 없던 청년이 이제 가까스로 안정을 찾더니 자신을 스승으 로 섬기겠다고 나서는 것 아닌가. 하긴 그냥 병실을 서성거리면 무얼 하랴. 무슨 얘기라도 해서 이허중에게 들려준다면 약으로 삼든 독으로 삼든 그가 알아서 받아들일 것이다. 이중섭의 인생은 이중섭이 감당하 는 것이고, 이허중의 인생은 이허중이 감당해야만 한다.

"예술은 말이다, 가르쳐서 전할 수 있는 게 아니다. 화가 스스로 엎드려서 기어 다니며 더듬어가며 찾아내는 거야. 그림은 이미 천지간에 가득 널려 있는 거야. 태곳적부터 쭉 있어온 거야. 그걸 화가가 찾느냐 찾지 못하느냐, 그 하나 차이야. 예술도 결국 발견이야. 신이 숨겨놓은 무수한 명작을 화가가 들여다보고 남보다 더 빨리 훔쳐내는 거지. 도둑놈이 되려면 값나가는 물건인지 아닌지 정도는 볼 줄 아는 눈이 있어야 하고, 그걸 감쪽같이 훔쳐낼 손기술도 갖고 있어야 해. 화가가 수천 명, 수만 명이 되어도 그림은 딱 하나 나오는 거야. 지문처럼 딱 하나야."

"……."

"말했잖아. 너도 느껴봐. 나처럼 심장이 찢어지고 허파가 터지고 창자가 끊어지는 고통을 느껴보라구. 통증의 그 모순된 쾌감 같은 걸 느껴보란 말이야. 아픈 쾌감, 즐거운 고통, 슬픈 기쁨, 이런 게 실제 있다구. 푸른 아픔, 노란 웃음, 빨간 웃음, 이런 걸 볼 수 있어야 진실을 보는 눈이 생겨나고 기술이 손에 달라붙어. 그러면 그림이 네 눈앞으로 날아와 마구 떠다니게 돼. 이거 봐라, 지금 내 눈앞에 그림들이 나비처럼 날아다니고 있다. 이걸 빨리 잡아서 내 그림에 앉혀야 해. 난 여기서 나갈 거야. 어서 그림을 팔아서 일본 간 우리 식구들에게 보내야 돼. 아들이 자전거 사달라고 했는데 아직 못 사줬거든."

이중섭은 어쨌든 나갈 때까지는 그림을 가르쳐주겠다며 간호사들이 쓰다 버린 이면지에 이것저것 그려 보이고, 이허중이 그린 스케치를 고쳐주기도 했다.

　이중섭은 해가 떠서 저물 때까지 이허중에게 그림 그리는 법을 가르쳤다. 그는 어디서도, 누구에게도 이토록 진지하게 그림을 가르쳐본 적이 없다고 말했다.

　딱히 할 일이 없는 병원에서 이중섭은 하루 종일 이허중을 데리고 돌아다니며 떠들었다. 그런 날이면 이중섭은 그야말로 아무렇지도 않은 듯 멀쩡했다. 자신의 인생을 노래하듯 자신의 그림을 서사했다.

　간염이 심해 몸 상태가 아주 나쁠 때인데도 그랬다. 병원에서도 정신병 치료는 급하지 않으니 어서 나가 간염 치료부터 받으라고 퇴원을 서둘러주던 참이었다.

　이중섭에게는 안타까운 시간, 그 시간이 이허중에게는 스승으로부터 가르침을 받는 가장 귀한 시간이었다.

　모든 것이 가르침이고, 모든 것이 배움의 대상이었다. 밥을 먹고, 이를 닦고, 침대에 누워서도 스승과 제자의 가르침은 거침이 없었다.

　그러던 어느 날, 이중섭이 그가 그렇게 바라던 외박증을 받아들었다. 간염 치료를 위해 다른 병원으로 가는 것이다. 간염 치료가 끝나면 다시 돌아오는 조건이다.

　그는 지체 없이 외박, 아니 퇴원을 준비했다. 이허중을 위해 단 한 시간도 병원에 더 머물 마음이 없었다. 운명이 강제로 묶어준 사제의 시간이 그렇게 끝났다.

이중섭이 이허중에게 마지막으로 해준 말은 이러했다.

"영영 헤어질지 모르니 인사로 비결 하나 알려주마. 이건 아무한테도 말하지 않은 진짜 비결이니 귀담아들어라. 황소를 그리고 싶으면 너 스스로 황소가 돼야 한다. 황소의 머릿속으로 네 영혼을 밀어 넣는 거다. 너 자신이 그림이 되어야 한다. 나도 젊은 시절에는 그러질 못해서 황소를 그린다고 그린 게 스페인의 투우같이 그린 적도 있었지. 내 영혼이 들어가지 않으니까 그렇게밖에 그리지 못한 거야. 내가 황소가 되고, 황소가 내가 되니까 그제야 그림이 되더라."

"……."

"허중아, 바람이 되어라. 게가 되고 물고기가 되어라. 꽃이 되고 바위가 되어라. 새가 되어라. 그럼 너는 세상에 숨어 있는, 신이 숨겨놓은 걸작들을 찾아낼 수 있을 거다. 내가 찾지 못한 그림까지도 넌 찾게 될 거야. 화가는 숨은그림찾기 하는 재주꾼이야. 알았지?"

그가 다시 돌아오지 않으리라는 것쯤은 이허중도 느낄 수 있었다. 정신병원은 누구도 돌아오고 싶은 곳이 아니다. 그럼에도 매번 돌아오지만, 비록 정신질환자라 해도 그걸 바라는 사람은 아무도 없다. 더구나 이중섭은 간염이 너무 심한 상태란다.

어쨌거나 이허중은 비록 두어 달에 불과하지만 어디서도 배워보지 못한 그림 공부를 정신병원에서 제대로 배운 셈이다.

"선생님, 이중섭은 이허중이 되고, 이허중은 이중섭이 됩니다."

"허허, 네가 내 마음을 훔쳤구나. 이 이쁜 도둑놈."

이허중은 이중섭의 손을 굳게 잡았다가 말없이 놓아주었다. 그 손을 아무리 오래 잡고 있어도 그림이 되는 것은 아니다. 그가 이중섭을 배우는 길은 따로 있고, 이허중은 그 길을 가기로 결심했다.

이중섭은 그렇게 나서는 걸음이 언젠가는 아내 남덕에게 이르고, 두 아들에게 이를 것이라고 믿었다. 기어이 병을 고쳐 일본에 있는 처자식을 데려와 살겠노라고도 했다.

이날 외박을 나간 이중섭은 끝내 정신병원으로는 돌아오지 못했다. 간염 치료에 문제가 생긴 듯했다.

이허중도 나중에 간호사에게 이중섭의 병명을 물어본 적이 있다. 정신병이 다 나아서 외박 나간 게 아니라 간염이 심해져서 다른 병원으로 보냈다는 것을 알았다.

이허중은 이중섭을 만나면서부터 상태가 호전되기는 했으나 병원에 한 달간 더 있다가 퇴원했다.

그는 당장 먹고살기가 힘이 들어 일을 찾아다니기 바빴다. 애인도 아니고 친구도 아닌 지금의 아내를 만난 것도 이 무렵이다. 막상 이허중이 아프다니까 두 사람 사이는 더 가까워졌다. 이중섭이 그토록 못 잊어하던 어머니의 모성 본능을 이허중이 잘 자극한 모양이다.

초상화도 그리고 춘화도 그리기 시작한 게 이 무렵이다. 그러는 틈

271

틈이 이중섭이 어디 있는지 수소문했다. 하지만 이중섭을 찾았을 때는 모든 게 너무 늦어버렸다. 돌이킬 수 없는 상황이었다.

이중섭은 청량리뇌병원에서 외박을 나오자마자 간염 치료를 위해 적십자병원에 입원했다.

병이 너무 깊었다. 고칠 수 있는 상태가 아니었다. 굶은 것, 아픈 데도 참은 것, 정신질환, 이 모든 것이 한꺼번에 터져 나왔다. 급기야 면역력이 급격히 떨어지면서 이중섭은 간부전으로 기절을 거듭하다가 끝내 사망했다. 간접 사인은 간염이다.

겨우 소식을 들은 이허중은 급히 병원으로 달려갔다가 이중섭의 친구들이 망우리공동묘지로 시신을 가져가 장례를 치르는 중이라는 소식을 들었다.

이허중이 망우리에 갔을 때 이중섭의 친구, 지인, 화가들이 여러 명 모여 있었다. 광중에 막 유골함을 넣으려던 참이었다.

"선생님, 선생님!"

이허중은 광중으로 들어가 유골함을 가슴에 안았다. 눈물이 펑펑 쏟아졌다. 비록 정신병원에서 두어 달 배운 것밖에 없지만 그래도 이중섭은 이허중의 유일한 스승이다.

어린 이허중이 워낙 구슬프게 울자 이중섭의 친구들이 달려들어 위로했다. 그러면서 누구냐고 물었다.

이허중은 뭐라고 선뜻 대답을 하지 못했다.

"그냥…… 선생님을 좀 알아요."

이허중은 남들이 이중섭의 유골함을 향해 절을 할 때 거기 끼어서 넙죽 절을 올렸다. 이중섭에게 처음으로 절을 해본 것이다.

이허중은 내놓고 '이중섭이 내 스승이요.' 할 수는 없지만, 정말로 이중섭을 평생의 스승으로 받들고 싶었다.

이중섭의 유골함이 묻히고, 이중섭의 친구들이 삽을 잡아 흙을 떠 던지는 걸 보면서 그는 맹세했다. 이중섭이 그리지 못한 그림을 마저 그리겠다고.

그 뒤로도 이허중은 이따금 이중섭이 좋아했던 소주를 사 들고 가 망우리 그의 묘지에 부어주었다. 안주 대신 왕소금을 뿌려주었다. 어린 적송 한 그루를 묘지 옆에 표지 삼아 심은 것도 이 무렵이다.

이중섭의 묘에 갈 때마다 이허중은 대화를 나누듯이 이야기했다.

"선생님, 저만의 스승님, 선생님의 유일한 제자 이허중입니다. 선생님이 그려내려고 몸부림치시던 머릿속의 그 그림들, 간염 때문에 못 그린 그림들, 제가 다 꺼내드릴게요. 제가 미친 듯이 그려볼게요. 더 미쳐서 더 멋지게 그릴게요."

그렇게 다짐하고 이허중은 틈만 나면 이중섭의 추억이 어린 이곳을 오가며 미술 공부를 하곤 했다.

하지만 이허중과 이중섭이 그때 청량리뇌병원에서 만난 사이란 것이 사람들에게는 조소거리가 되고 만 것이다. 정신병원에서 정신병자로 만나 무슨 스승과 제자가 될 수 있느냐, 거기서 어떻게 그림을 가르치고 배울 수 있느냐, 그런 뜻이다.

설명할 수 없는 일이다. 이허중은 굳이 자세히 말하지 않기로 했다. 설명할수록 구차해지고 병증만 의심받는다. 설명하지 않는 것이 가장 좋은 설명이다.

14.
소각되는 작품들

　아니나 다를까, 경찰에 참고인으로 출석한 미술품 감정 전문가들은 이허중이 소장하고 있던 작품들은 하나같이 수준 낮은 위작이라고 감정했다. 선이 약하다느니 물감이 맞지 않다느니, 갖은 이유를 들었다.

　지금 화랑에 전시 중인 작품들을 진품이라고 감정한 바로 그들이다. 하긴 이허중이 정신병력이 있는 인물이라는 걸 안 사람들이 그의 그림을 그림으로만 봐줄 리가 만무하다.

　"이 선을 보세요. 이중섭의 선은 거칠고 힘찹니다. 평안도 출신다운 북방 기마민족의 굵은 선이 보입니다. 그런데 이 그림 속 선을 보면 어딘지 모르게 약하잖아요? 힘이 없어요. 누가 봐도 정신병자가 그린 것 같잖아요? 이런 위작은 미대 신입생들도 얼마든지 그릴 수 있습니다."

"그럼요, 중학생도 이보단 낫게 그릴 수 있습니다."

기가 막히다. 이중섭이라면 뭐라고 설명이 가능하겠지만, 이허중으로서는 설명이 불가능하다. 해명을 해도 그들이 듣지 않을 것이기 때문에 더더욱 할 말이 없다. 엑스레이 얘기는 꺼낼 때마다 비웃음을 살 뿐 누구 하나 귀를 기울이지 않는다.

이 세상에는 불가항력으로 무너지는 진실이 너무나 많다. 역사 속에는 거짓이 진실을 죽인 사례가 수두룩하다. 그림이라고 예외가 될 수 없다. 특히 그림은 화가와 소장자 외에는 아무도 알 수 없기 때문에 미발표 유작 등 갖은 명분으로 위작을 그려낼 수 있고, 종종 사건으로 터지곤 한다. 동서고금을 통틀어 밝혀지지 않은 위작 사건이 헤아릴 수 없이 많다.

에릭 헵번이라는 위작 작가는 무려 1000점이나 되는 위작을 그려 유통시켰다. 그의 위작이 유명 미술관에 얼마나 걸려 있는지 알 수가 없다고 한다.

한스 반 메이허런 역시 나치 치하에서 위작을 그려 미술품 약탈에 혈안이 되어 있던 나치 돌격대장 헤르만 괴링에게 팔아치웠다고 한다.

미술품 가격이 천정부지로 솟는 중국에서도 위작 논란은 그치지 않는다.

어쨌든 이허중은 혐의가 입증되면서 신병이 검찰로 넘어갔고, 재범으로 확인되자 곧 재판에 회부되었다. 선고가 내려지는 데는 시간이 그리 오래 걸리지 않았다.

결국 위작을 소각하라는 법원 결정이 내려졌다. 이허중으로서는 최악의 사태를 맞은 것이다.

그는 뜻밖의 판결에 깜짝 놀랐다. 이중섭의 진품을 소각하라는 건 절대로 받아들일 수 없었다. 처절한 최후진술이 법정을 울렸다.

"판사님, 제발 이 작품들만은 소각하지 말아주십시오. 이중섭 선생님께서 직접 그린 진품입니다. 제발이지 불에 태우면 안 됩니다. 차라리 저를 사형시키십시오. 그 대신 그림만은 살려주십시오. 그림을 태우는 건 이중섭 선생님을 다시 죽이는 겁니다."

소용없었다.

판사는 이허중이 말을 끝내기도 전에 비웃음을 가득 입에 물고는 판결을 내려버렸다.

압수물품은 소각이 원칙이라면서 그들은 이중섭의 진짜 작품을 경찰 트럭에 싣고 소각장으로 갔다. 그러고는 이 진품들을 끌어내려 거기에 휘발유를 뿌리고 불을 붙였다. 간수들로부터 소각이 완료되었다는 말을 전해들은 이허중은 절망에 빠져버렸다.

"난 지옥에 떨어질 거야. 선생님을 뵈려면 천국으로 가야 하는데, 난 죄가 많아 가지도 못할 거야. 가까스로 천국에 간들 내가 무슨 낯으로 선생님을 뵐 수 있겠어. 천도복숭아가 열리고 벌거숭이 동자들이 뛰어 노는 그런 천국, 이중섭 선생님이 어머니와 형을 만나 행복하게 지낼

그곳은 나 같은 놈이 갈 곳이 아니야.”

이허중은 미친 듯이 날뛰었다. 그는 자살이라도 할 듯이 악을 썼다.

생각할수록 머리가 터져버릴 것만 같았다. 기분 문제가 아니라 머리가 진짜로 터지거나 골수가 뒤섞이는 것만 같다. 아니, 서서히 미치는 중이라는 걸 그도 느낄 수 있었다. 이제는 약을 먹어도 통제가 되지 않는다.

조증이 조금씩 일어나기 시작했다. 행동은 급해지고, 말은 거칠어지고, 눈은 불을 뿜기 시작했다. 간수에게 약을 먹어야 한다고 요청했지만 그들은 서두르지 않았다.

“이제부터는 내 그림을 그려야 하는데…….”

그는 불타버린 이중섭의 그림을 살려내야 한다면서 이따금 간수를 찾아가 종이와 물감을 달라고 호소했다.

“미친놈!”

그뿐이었다. 형무소에서 아무 반응이 없자 그는 아무 데나 그림을 그렸다. 벽이고 바닥이고 닥치는 대로 그렸다. 물감이 없으면 돌로 갈고, 꼬챙이로 긁어댔다. 그때마다 ‘ㅎ ㅓ ㅈ ㅜ ㅇ’이라고 서명을 넣었다. 이중섭이 ‘ㅈ ㅜ ㅇ ㅅ ㅓ ㅂ’이라고 자음과 모음을 풀어 서명한 것처럼.

형무소 안의 벽화는 그의 차지고, 죄수들치고 그가 그린 초상화 하나 받지 못한 사람이 없었다. 그림이 마음에 들었는지 한 간수가 자기

딸이 쓰던 거라며 학생용 물감을 갖다 주기도 했다.

뒤늦게 진료를 받은 이허중은 겨우 약을 먹기 시작했다. 하지만 이미 치솟아버린 그의 조증은 날이 갈수록 심해지더니 몇 달 뒤에는 시멘트벽에 머리를 짓찧어 붉은 피를 흘리기도 했다. 그 피를 찍어 그림을 그리기도 했다. 그때마다 "이중섭 선생님, 용서해주십시오! 제가 잘못했어요!" 하고 절규했다.

어떤 때는 이중섭의 가족들이 자기를 죽이러 오고 있다며 화장실에 들어가 문을 닫은 채 하루 종일 숨어 있기도 했다. 또 "이놈아, 허중아. 나비는 아래에 놓고, 위에 구름을 돌돌 말아 올려!" 하고 마치 이중섭이 말하는 것처럼 알 수 없는 말을 중얼거리기도 했다.

하지만 운명은 가혹했다. 이허중이, 사회정화운동이랍시고 벌인 쿠데타군의 국토건설단에 배속된 것이다. 딱히 오래 징역을 살릴 범죄가 아니라고 본 듯했다. 주로 깡패를 잡아 국토건설단을 조직한다고 했지만, 막상 깡패가 모자랐다. 여기저기 도로 건설에 동원하자면 상당한 수의 깡패가 있어야 하는데, 막상 잡아들인 진짜 깡패만으로는 건설 인력을 조달할 방법이 없었다. 특히 이허중에게 배속 명령이 내려진 제주도 5·16도로 건설은 엄청난 토목공사라서 깡패를 더 많이 만들어내야만 했다. 덕분에 이허중도 깡패가 되었다. 그도 그럴 것이, 사회 불만세력, 사상 불순세력 같은 모호한 혐의를 덮어씌워 평소 경찰 검찰의 눈 밖에 난 사람이나 법정에 끌려온 잡범들이 그 대상이 되고 말았다. 억지로 수효를 맞추자니 이허중 같은 재소자가 가장 많이 동원되었다.

이허중은 이미 체념의 경지를 넘어섰는지 말없이 군대를 따라 제주도로 건너갔다. 차출된 건설단원은 500명이었다. 이허중은 제주도로 끌려갔지만 다른 죄수들은 남강댐 건설 현장 도로 16킬로미터, 양구-화천 간 도로 11킬로미터, 강원도 정선 철도공사, 영주 경북선 선로공사, 섬진강댐 건설 현장 도로공사, 울산공업도시 간선도로 등 주로 도로 건설 현장에 나누어 각각 투입되었다.

이허중이 배속된 5·16도로는 제주도 남북을 가로지르는 43킬로미터 비포장 흙길로 제주의 산남과 산북을 정확히 가른다. 제주도의 전체 차량이 300대에 불과한 상황이었다. 이 도로를 낼 가치가 없다는 반대가 많았지만 군부세력은 그대로 밀어붙였다. 4·3사건을 겪은 군부로서는 남북 관통 도로 건설을 한라산 기슭에 숨어 있을지도 모르는 좌익 세력의 근거지를 파괴하는 사업이라고 여겼다. 결국 국토건설단은 맨손으로 길을 닦아야만 했다.

이허중은 이중섭의 체취가 묻어 있는 서귀포에서 북쪽으로 내는 도로 공사에 동원되었다. 낮에는 노동을 하고 밤에는 숙소에 돌아가 그림을 그렸다. 식당 벽에도 그림을 그리고 텐트에도 그렸다.

하지만 그는 5·16도로 건설 현장에서 오래 일하지 못했다. 하루 종일 계속되는 고된 노동을 감당해낼 정신력이, 체력이 모자랐다. 군대에서는 약을 제대로 주지 않았다. 그들은 양극성장애가 무슨 병인지도 알지 못했다. 다리가 부러지거나 머리가 깨지거나 발작을 일으키거나 기절해야 병인 줄 알았다. 정신과 약이 떨어졌다고 호소했지만 누구도 귀담아들어 주지 않았다. 군인들은 이허중이 약을 달라고 호소할 때마다 멀쩡한 놈이 꾀병을 부린다고 악다구니를 썼다. 형무소라면 간수라도 있어 말귀를 알아들을 텐데 도로 건설 현장은 한글도 모르는 병사들이 감시감독을 했다. 그런 데서 이허중의 질병쯤은 감기만도 못한 것이었다.

약마저 끊어지니 조증은 날이 갈수록 심해졌다. 등짐을 지고 가다 쓰러지기 일쑤였다. 군인들은 그런 이허중의 등짝에 매질을 가했다.

몇 해 전, 이중섭을 따라 배우겠다고 서귀포에 들렀던 그 시절 그 시간이 참으로 행복했다는 걸 새삼 느꼈다. 남의 불행을 따라서 겪는다는 건 불가능하다. 아무리 애써도 거짓이다. 하지만 지금 이허중이 처한 실제 상황은 이중섭이 서귀포에 들어와 살던 시절보다 더 혹독하고 고통스럽고 처절하다. 아침저녁으로 죽음을 물고 산다. 하늘이 찢어지고 땅이 갈라지는 것만 같다. 귀에서는 무슨 뜻인지 모를 환청이 그치질 않는다. 엉뚱한 곳으로 흙을 지고 가다가 군인에게 잡혀 얻어맞기도 했다. 헛것이 보이자 4·3 때 죽은 귀신들이라며 소리를 지르기도 했다. 그럴 때마다 약 대신 매가 주어졌다.

4월 중순, 봄 햇살이 유난히 따사로운 날 오후에 그는 숙소의 벽면 가득 그림을 그려놓은 뒤, 아무 일도 없었다는 듯이 세수하고 양치질을 한 다음 목을 맸다. 도로 공사 현장인 만큼 목을 맬 수 있는 끈은 충분했다. 아침 노동에 동원되는 점호에서 그가 누락된 사실이 알려지고, 이내 시신이 수습되었다. 목숨이 끊어지는 시간은 채 5분도 안 걸렸다. 시신은 이중섭이 살던 서귀포, 그래서 바다에 떠 있는 섶섬을 향해 매달려 있었다.

시신이 발견된 뒤 진작에 정신병원으로 옮겼어야 했다고 누군가 아는 체하며 중얼거렸지만, 그도 죄수 출신 건설단원이고, 막상 매가 두려워 말 한마디 도와주지 못한 자의 비겁한 후회일 따름이었다. 5·16 쿠데타 후 사형수가 넘치는 상황에서, 더구나 도로 건설 현장에서 정신질환자까지 보살필 여유나 상식이 군인들에게는 없었다. 시신이 수습된 뒤 이허중이 남긴 그림은 국토건설단원들이 나눠 갖거나 혹은 버리거나 벽에 남아 침묵했다.

그의 시신은 군인들이 화장을 해서 분골로 빻았다. 분골은 오동나무 그릇에 담겨 말죽거리 화실로 배달되었다. 자살했다는 통지서와 함께. 그의 아내와 어린 아들 담은 이중섭의 유가족처럼 처절하게 내팽개쳐졌다.

이허중이 죽은 뒤에도 '이중섭 미발표 유작 전시회'는 성황을 이루었다. 이중섭의 아들 이태성을 사칭하는 야마모토, 그를 앞세운 화랑 사장은 이허중이 죽었다는 소식을 들은 뒤에 이 전시회를 5대 도시에서 잇따라 개최하겠다고 발표했다.

"작품이 너무 많아도 안 좋지. 미술은 상품이고, 화랑은 시장이야. 그러니 화가의 인생이란 상품 포장지라고나 할까."

화랑 사장은 이허중이 자살했다는 소식을 듣고 이렇게 기뻐했다.

숨은 이야기

'이중섭 미발표 유작 전시회'가 열리고 있는 화랑으로 중앙신문사 미술부장으로부터 전화가 걸려왔다.

화랑 사장이 전화를 받았다.

"조 사장, 거기 전시된 작품 다 가짜입니다. 우리 기자가 엑스레이로 확인했는데, 이허중이란 놈이 비밀 사인을 해놓았어요. 이거 밝혀지면 세상이 발칵 뒤집힙니다."

"예? 정말입니까, 부장님? 이를 어쩌지요?"

화랑 사장은 깜짝 놀랐다. 그림의 값어치뿐만 아니라 화랑의 신뢰가 땅에 떨어질 대사건이다. 사건이 커져 박정희 장군이 알기라도 하면 본보기로 다루려들지도 모른다.

"뭘 어쩝니까? 일단 시치미 떼고 차근차근 문제를 풀어봅시다. 그래도 어수선한 세상인데 이만한 일로 시끄럽게 할 수야 없지요."

거래를 하자는 말이다.

일제 때도 눈치로 살았지만 해방과 건국을 거치면서도 좌익 우익 사이에서 눈치를 보고, 4·19와 5·16 때도 눈치껏 살아남은 화랑의 조 사장은 눈치 하나는 번개처럼 빠르다. 즉시 움직였다.

미술부장으로부터 전후 사정을 확인한 화랑 조 사장은 곧 이중섭 유가족의 대리인을 자처하는 야마모토를 불러 의논했다.

"야마모토 씨, 이거 큰일 났소. 여기 있는 작품이 다 위작이랍니다. 진품은 이허중이 비밀 창고에 있답니다. 기자가 찾아가 사진을 찍어 올 거랍니다."

"그래요? 그럼 난 일본에 있는 유가족들한테 죽습니다. 지금껏 돈으로 후원한 야쿠자도 가만있겠습니까. 기껏 위작을 사는 데 돈을 다 허비한 셈이니 이걸 어쩝니까?"

"그럼 이렇게 합시다."

화랑의 조 사장은 재빨리 계획을 세웠다.

살아날 구멍이야 열심히 찾으면 보이기도 하는 법이다.

"그동안 야마모토 씨가 모아놓은 위작이 얼마나 됩니까?"

"꽤 되지요."

"그럼 그걸 챙겨 이허중의 창고에 있는 진품하고 바꿔치기 합시다.

그런 뒤에 전시 작품하고 바꾸면 되지 않겠습니까?"

"좋습니다, 그렇게 해주십시오."

화랑 사장은 중앙신문사 미술부장에게 전화를 걸었다. 그 기자더러 이허중을 시내에서 만나 인터뷰를 시키라는 것이었다. 부인까지 대동하여 사진도 찍으라고 했다. 아울러 부장에게도 사람을 보낼 테니 지하주차장에서 만나달라고 했다. 무슨 뜻인지는 이심전심으로 통한다. 부장은 그러겠다고 했다.

화랑 사장은 곧 믿을 만한 수하를 불러 야마모토가 모아놓은 위작 100점을 포장하여 트럭에 실었다. 그러고는 이허중의 집으로 달렸다.

다행히 집에는 아무도 없었다. 사람들은 재빨리 지하실로 들어가 비밀방을 찾아냈다. 그러고는 그 안에 있던 작품을 모두 꺼내 차에 싣고, 그들이 싣고 온 작품을 한지에 씌워 그대로 두었다. 모든 일을 감쪽같이 처리한 이들은 흔적 없이 돌아갔다.

이날 밤, 화랑 사장과 야마모토는 밤을 새워가며 전시 작품을 진품으로 바꿨다. 적절히 배치를 하니 아무도 차이를 알지 못했다. 선보이지 못한 작품이 있어 그림을 재배치했다는 친절한 안내판도 내걸었다.

한편으로 중앙신문사 미술부장은 이허중에 대해 더 자세히 알아보았다. 이중섭이 죽기 전 병원에서 만났다고 하면 수도육군병원, 베드로정신병원, 청량리뇌병원, 적십자병원 중 하나일 것이다. 그는 기자들을 풀어 이 병원 중에서 이허중이 입원한 기록이 있는지 알아보았다. 곧 청량리뇌병원에서 기록을 찾아낼 수 있었다. 이중섭이 입원했던 시기와 일치했다. 약 두 달간 같이 있었다.

이렇게 해서 이허중의 진료기록서가 화랑 조 사장과 야마모토에게 들어간 것이다.

아무것도 모르는 김종휘 기자와 이허중은 감쪽같이 속을 수밖에 없었다. 이허중은 그가 그린 위작과 함께 사라져야 할 운명을 안고 형무소에 수감되고, 화랑 조 사장은 이허중이 국토건설단에 포함되도록 뒤에서 장난을 쳤다. 서귀포에서 죽을 수 있게 해준 걸 고마워해야 할지 모른다. 물론 묻는 사람도 없다.

에필로그

내 사랑에게

나는 다시 미쳐가는 것 같아요……. 이번에는 회복되지 못할 것 같아. 누군가의 목소리가 또 들리고, 도무지 집중할 수가 없어요.

조울증을 앓아온 영국 소설가 버지니아 울프가 자살하기 사흘 전에 쓴 편지 일부이다.

작곡가 슈만은 조울증의 조증 상태에 있을 때 맹렬하게 작곡을 했다. 하루에 22시간씩 잠을 자지 않고 작곡에 매달렸다. 이 같은 폭발적인 정열로 슈만은 2주일 동안 세 곡의 현악 4중주를, 그리고 1년 동안

무려 138곡의 가곡을 작곡했다. 그러나 조울증의 조증 상태가 사라지고 우울증이 찾아오면 그의 창작력은 썻은 듯이 사라지고 말았다. 조증 상태에서는 그야말로 '미친 듯이' 작곡에 매달리다가, 우울증 상태에서는 발작을 일으켜 라인 강에 몸을 던지기도 했다. 결국 슈만은 46세의 나이로 아내이자 피아니스트인 클라라 슈만과 일곱 자녀를 남겨둔 채 정신병원에서 사망했다.

차이콥스키는 최고의 걸작이라고 평가되는 교향곡 6번 〈비창〉을 작곡한 지 얼마 되지 않아 자살했다. 이때는 그의 우울증이 최고조에 달했던 때였다. 결국 우울증 때문에 그는 걸작을 남기는 대신 자신의 목숨을 내놓았다.

〈서머타임〉의 작곡가인 미국의 조지 거슈윈은 재즈와 클래식을 결합한 작품을 많이 작곡해 젊은 나이에 유명세와 부를 거머쥔 세계적인 천재 작곡가였다. 그러나 거슈윈은 30대 중반부터 심각한 정신병에 시달렸다. 매주 5일씩 2년간이나 유명한 정신과 의사에게 치료를 받았는데도 그의 병은 낫지 않았다.

병으로 고생하던 2년 동안 거슈윈은 자신의 최대 걸작인 오페라 〈포기와 베스〉를 작곡했다. 그리고 1937년 어느 날, 갑자기 정신을 잃고 쓰러져 병원으로 실려 갔다. 이미 뇌 속에는 손쓸 수 없을 정도로 종양이 퍼져 있었다. 결국 거슈윈은 39세의 나이로 요절하고 말았다. 이 종양 때문에 그의 정신병이 나타났던 것이다.

   화가 빈센트 반 고흐, 폴 고갱, 바실리 칸딘스키, 알브레히트 뒤러.
   작곡가 로베르트 알렉산더 슈만, 게오르크 프리드리히 헨델, 엑토르 베를리오즈, 표트르 일리치 차이콥스키, 구스타프 말러, 세르게이 라흐마니노프, 루트비히 판 베토벤.
   시인 프리드리히 횔덜린, 에드거 앨런 포, 찰스 램, 에밀 졸라, 레프 톨스토이, 기 드 모파상, 에즈라 파운드, T. S. 엘리엇, 버지니아 울프, 조너선 스위프트, 루이스 캐럴, 윌리엄 블레이크, 어니스트 헤밍웨이, 샤를 보들레르, 오노레 드 발자크, 찰스 디킨스, 월트 휘트먼.
   과학자 아이작 뉴턴, 요하네스 페터 뮐러.
   철학자 아르투어 쇼펜하우어, 프리드리히 니체.
   이들의 공통점은 조울증 환자라는 것이다.
   이 명단에 이중섭의 이름이 올라간다.
   이허중은 비록 가공인물이지만 아직 살아 있다. 우리들 사이에, 우리들 가슴에. 그리고 "넌 고흐처럼 그림을 그리는구나."란 말을 듣는……

   그리고 나는 대학 시절 이중섭의 절친인 구상 선생님으로부터 시를 배웠다. 대학원 조교로 있을 때는 구상 선생님 개인 심부름을 하고, 여의도 아파트 단지에 있던 서재 관수재(觀水齋)를 자주 드나들었다.

선생님은 폐와 위절제술을 여러 번 받아 몸이 늘 쇠약하셨다. 처음에 둘이서 점심을 먹는데, 내가 너무 빨리 밥을 먹어버려 선생님이 다 드실 때까지 벌서는 기분으로 꼼짝없이 앉아 기다린 적이 있다. 크게 당황한 나는, 이후 밥을 천천히 먹는 습관이 생겨 지금도 밥을 빨리 먹지 않는다.

선생님은 화가 이중섭의 원산 친구로 그의 둘도 없는 절친이었다.

이 무렵 구상 선생님은 가끔 이중섭 이야기를 해주셨다. 그때만 해도 나는 화가 이야기에 관심이 별로 없었다. 들어도 되묻지 못했다. 이 작품을 쓸 줄 알았으면 자세히 여쭤봤을 텐데 못내 아쉽다. 나와 이중섭 사이에 구상 시인이 계셨다.

이중섭 연보

1916년 1세

9월 16일, 평안남도 평원군 조운면 송천리에서 700석 규모의 부유한 지주의 유복자로 태어났다. 어머니는 안악 이씨다. 부친 이희주는 우울증에 정신분열증까지 더해져 나이 서른에 허망하게 요절한다. 이때 장남 중석이 12세, 누이 중숙이 5세였다. 부친 이희주가 세상을 떠날 당시 중섭은 모친의 복중 태아였다. 4월 10일로 알려진 생일은 잘못된 것이다.

1924년 9세

서당에서 《동몽선습》, 《맹자》, 《논어》 등을 배우다가 외가가 있는 평양 시내로 나가 종로공립보통학교에 입학했다. 이 학교에서 화가 김찬영의 아들이며 뒤에 화가가 된 김병기와 한 반이 되었다. 보통학교에 다니는 동안 김찬영의 집에 가서 각종 화구와 미술 서적들을 구경하기도 하고, 벽화가 그려진 고구려 무덤 유적 안에서 잠자기도 하고 운동과 그림 그리기에 몰두했다. 한편 늦도록 어머니 젖을 먹고, 오줌을 자주 쌌다.

1928년 13세

보통학교 4학년 때부터 그림을 그리기 시작한 이중섭은 수채화와 풍경화를 많이 그렸다.

1931년 16세

보통학교를 졸업하고, 평안북도 정주의 오산고등보통학교에 입학했다. 미술부에 가입해 교사이던 서양화가 임용련, 백남순 부부의 집중적인 지도를 받았다. 임용련은 예일대학교 출신의 유학파였다. 당시 이중섭은 식민 당국의 우리말 말살 정책에 반발해 한글 자모로 된 그림을 그렸고, 이후 한글로 이름 쓰기를 실천했다. 이때부터 소를 즐겨 그렸다. 다쳐서 1년간 학교를 쉬었다.

1933년 18세

정주에서 하숙을 하며 학교를 다닐 때 그의 가족들은 함경남도 원산으로 이사했다. 이해 일본 유학을 마치고 돌아온 형 중석이 원산에 백화점, 문방구점, 악기점을 열었다. 집안은 여전히 부유했다.

1934년 19세

일본 회사의 보험금을 타서 학교를 재건하겠다는 의도로 친구들과 오산학교 건물인 화학실에 불을 질렀다. 오산학교 25회 졸업 앨범에 한반도를 그리고, 현해탄 쪽에서 불덩이가 날아드는 그림을 그려 물의를 일으켰다.

1936년 21세

일본 도쿄로 가서 제국미술학교에 입학했다. 연말에 다쳐 쉬면서 프랑스어 공부에 몰두했다. 이후 자유주의적이고 개방적인 동경문화학원에 입학했다. 이때 김병기, 오산학교 선배 문학수와 유영국이 상급생이었다. 강사로 나오던 쓰다 세이슈와 친밀하게 지냈다. 기치조지의 아파트에서 자취생활을 하였다.

1938년 23세

서울화신백화점에서 열린 동경 유학생들의 미술협회전에 〈낚시질하고 돌아가는 아이들〉을 출품했다. 이 무렵 후배인 일본 여성 마사코를 알게 되어 사귀기 시작했다.

1940년 25세
동경문화학원을 졸업했다. 일본의 자유미술가협회 주최 제4회전에 〈소〉를 출품하여 협회상을 받았다. 원산에서 휴식을 취하면서 연말부터 애인 마사코에게 그림만으로 된 엽서를 보내기 시작했다.

1941년 26세
프랑스 유학을 시도했으나 형의 반대로 뜻을 이루지 못했다.

1943년 28세
일본 자유미술가협회 주최 제7회전에 〈망월〉을 출품하여 태양상을 받았다. 서울에서 세 번째로 열린 조선신미술가협회전에 출품하기 위해 조선으로 왔다가 일본으로 다시 가기를 포기했다. 태평양전쟁 징병을 피하기 위해 고아원 등에서 일하기도 했지만 그림은 거의 그리지 못했다.

1945년 30세
4월에 애인 마사코가 천신만고 끝에 홀로 현해탄을 건너 원산으로 와서 결혼했다. 아내의 이름을 이남덕으로 바꾸었다. 분가하여 따로 집을 마련해 살다가 소련의 대일 폭격을 피해 다시 이사했다. 여기서 8·15 해방을 맞이했다. 10월에 서울에서 열린 전람회에 작품을 출품했다. 최재덕과 함께 서울 미도파백화점 지하에 복숭아나무에 매달린 아이들이 등장하는 벽화를 그렸다. 명동의 술집에서 친구가 부당하게 뭇매질을 당하는 것을 말리다가 순찰 중이던 미군정 헌병에게 방망이로 맞아 머리가 터졌다. 벽화 사례금으로 골동품을 사서 원산으로 돌아갔다. 이해 말 평양 체신회관에서 황염수 등과 6인전을 개최했다.

1946년 31세

2월에 북조선예술가동맹의 회화부원이 되었다. 원산사범학교의 미술교사가 되었으나 작업에 전념하기 위해 일주일 만에 그만두었다. 닭을 키우며 이를 그리는 데 열중하다 이가 옮아 고생했다. 첫아들이 태어났으나 디프테리아에 감염되어 세상을 떠났다. 연말에 원산문학가동맹에서 펴낸 시인 구상 등의 공동 시집 《응향(凝香)》의 표지를 그렸다. 시 내용과 더불어 표지 그림이 북조선문학가동맹의 규탄을 받아 문초를 받았다. 구상은 이 사건에 반발하여 월남했다. 이후 이중섭은 부인이 일본인이라는 이유로 친일파로 치부되었다. 마침 그 당시에 스탈린을 수염 없이 그려 또 논란이 되었다. 그는 자유롭게 그림을 그릴 수 없음을 비관하여 자주 술을 마시고 주정을 부리기도 했다. 하지만 월남을 하지는 않았다.

1947년 32세

6월에 친구인 오장환의 시집 《나 사는 곳》의 속표지 그림을 그렸다. 8월에 평양에서 열린 8·15 기념전에 〈하얀 별을 안고 하늘을 나는 어린이〉를 출품했다. 이를 본 소련인 평론가가 호의적인 평가를 하였다. 둘째아들 태현이 태어났다.

1948년 33세

9월 9일에 조선민주주의공화국이 출범했다.

1949년 34세

봄에 셋째아들 태성이 태어났다. 원산 시외인 송도원으로 이사했다. 소를 하루 내내 관찰하다 소 주인에게 고발당하기도 했다. 원산에서 가까운 강원도 금성에 살던 화가 박수근과 친하게 지냈다.

1950년 35세

6·25전쟁이 발발하기 직전에 가장인 형 중석이 행방불명되었다. 친일파, 부르주아로 몰려 처형되었다는 소문이 돌았다. 10월에 집이 유엔군 폭격으로 부서져 가까운 친척집으로 가서 머물렀다. 전세가 바뀜에 따라 남한군이 북진했다. 원산에서 신미술가협회를 결성하고 회장이 되었다. 12월 6일에 다시 바뀐 전세에 따라 부인과 두 아들, 조카 영진을 데리고 흥남부두를 떠나 부산에 도착했다. 이때 70대 노모에게 그때까지 그린 그림을 모두 두루마리로 말아 맡기고 내려와 평생의 한이 되었다. 부산 범일동의 창고에 거처를 정하고, 부두에서 짐 부리는 일에 잠시 종사했다. 이때 껌을 훔친 소년을 잡아 마구 때리는 군인을 말렸는데, 그 군인이 듣지 않자 화가 나 군인을 때렸다. 못 견딘 군인이 패를 지어 다시 나타나서 휘두른 총 개머리판에 맞아 머리에 큰 상처를 입었다.

1951년 36세

4월에 문총구국대 경남지부 회원으로 가입했다. 이후 가족과 부산을 떠나 제주도로 향하여, 여러 날 걸어서 서귀포에 도착했다. 〈피난민과 첫눈〉은 이때의 체험을 그린 것이다. 서귀포에서 만난 주민이 방을 내주었다. 피난민에게 주는 배급과 고구마로 연명하는 한편, 게를 잡아 찬으로 삼았다. 장차 벽화를 그리기 위해 갖가지 조개를 채집하여 솜으로 싸두었다. 선주에게 사례하기 위해 여섯 폭 병풍 형식의 그림을 그려주었다. 부산에서 열린 월남작가전에 출품하였다. 12월에 다시 부산으로 갔다. 오산학교 동창을 만나 범일동에 있는 판잣집을 얻었다. 일본의 처가에서 소액의 원조금을 보내왔다.

1952년 37세

국방부 종군화가단에 가입하였다. 영도에 있는 대한경질도기회사에 다니던 친구 황염수를 매개로 그 공장에서 당시 미술대 학생이던 김서봉과 두어 달 같이 지냈다. 3·1절 경축미술전에 출품하였다. 생계 곤란이 계속되어 부인과 두 아들이 일본인 수용소에 들어갔다. 12월에 일본인 수용소의 제3차 수송선 편으로 부인과 두 아들이 일본으로 떠났다. 가족에게 보내는 그림편지를 쓰기 시작했다. 박고석, 한묵 등과 기조(其潮) 동인을 결성하고 르네상스 다방에서 전람회를 열었다. 원산에서 함께 월남한 조카 영진이 군에 입대하였다.

1953년 38세

부인이 남편 이중섭의 생활비와 제작비를 위해서 오산 후배에게 일본 서적을 외상으로 보내고 이익의 일부를 이중섭에게 주기로 했으나 이를 어김으로써 거액의 빚을 지게 되었고, 이중섭은 뒤늦게 이 사실을 알고 실망과 고민에 빠졌다. 8월에 친구 구상의 도움으로 선원증을 입수해 일본으로 갔으나 처가살이가 굴욕적이라 여겨 일주일 남짓 만에 귀국하였다. 유강렬의 호의로 통영으로 가서 그림을 그리면서 다방에서 작품 40점으로 개인전을 열었다.

1954년 39세

봄에 화가 박생광의 초대로 진주에 머물면서 그림을 그리고, 이를 다방에서 전시하였다. 서울로 거처를 옮긴 뒤 부인이 진 빚을 갚기 위해 개인전을 열 계획을 세웠다. 경복궁 미술관에서 열린 대한미협전에 〈달과 까마귀〉 외 2점을 출품했다. 친지의 집에서 기거하면서 개인전 준비에 몰두하였다. 연말에 병원에 입원하여 치료를 받았다. 이 무렵 자신의 그림 값을 빼앗아 먹으려는 친구들에게 다방 탁자를 집어던지면서 소란을 피우기도 했다. 정신질환이 나타났다.

1955년 40세

정부의 환도와 함께 상경하였다. 1월 18일 서울 미도파 갤러리에서 개최한 개인전에 유화와 은지화를 비롯한 소묘 등을 전시하였다. 전시회는 성황을 이루었으나 은지화가 춘화라고 하여 철거당하고 그림 값을 떼이기도 하면서, 저녁마다 술로 지냈다. 빈털터리가 되었다. 자학이 늘고 매사 기진맥진하였다. 구상의 권유로 남은 그림을 가지고 대구로 가서 여관방을 전전하면서 그림을 그렸다. 5월에 미국공보원 전시장에서 개인전을 열었다. 영양실조와 극도의 쇠약으로 정신분열 증세를 보였다. 성가병원에 한 달 동안 입원하였다. 친지들이 조치하여 서울로 와서 이종사촌의 집에 머물렀다. 이후 수도육군병원에 입원하였다가 성베드로병원으로 옮겼다. 증상이 호전되어 퇴원한 뒤 화가 한묵과 정릉에서 함께 지냈다. 이때 황달이 몹시 심해졌다.

1956년 41세

영양실조와 간염으로 고통을 겪으면서 다시 음식을 거절하기 시작했다. 청량리 뇌병원에 입원하였다가 정신질환보다 간 치료가 급하다는 이유로 퇴원하여 서대문적십자병원에 입원하였다. 미국 뉴욕현대미술관이 은지화 3점을 소장하기로 결정하였다. 9월 6일에 서대문적십자병원에서 홀로 숨을 거두었다. 병원 시체안치실 흑판에는 "1956년 9월 6일 오전 11시 45분 간장염으로 입원가료 중 사망, 이중섭 40세"라고 쓰여 있었다. 당시 그는 무연고자로 취급되었다. 3일 뒤 친구들이 이 사실을 알고 장례를 치러 망우리공원묘지에 안장하였다. 그의 묘 앞에는 '대향이중섭화백묘비'가 서 있다. 묘지 번호는 '103535'이다.

"판사님,
제발 이 작품들만은
소각하지 말아주십시오.
이중섭 선생님께서 직접 그린 진품입니다.
제발이지 불에 태우면 안 됩니다.
차라리 저를 사형시키십시오.
그 대신 그림만은 살려주십시오.
그림을 태우는 건 이중섭 선생님을
다시 죽이는 겁니다."